習近平
對江澤民亮殺手鐧

中央高層有兩個聲音

新紀元周刊編輯部

目錄

■第一章 政治局的1.2.4弱常委制 7
第一節 知青掌權 習近平的苦難歲月 8
第二節 習近平「北京整風」王岐山執刀 15
第三節 習李王唱大戲 另四常委遭冷遇 22
第四節 上任首月省部級大洗牌內幕 27
第五節 十多年來非江派系首主國務院 34

■第二章 習近平與胡錦濤結盟 37
第一節 一張照片洩露的中南海祕密 38
第二節 習召汪洋進國務院 雙重目的 44
第三節 18大江澤民被羞辱的祕聞 48
第四節 反腐升級 習近平怕「魚死網破」 50
第五節 中紀委絕密週報 120高官被盯 62

■第三章 習藉反腐想打大老虎 65
第一節 心腹李春城免職 周永康傷不起 66
第二節 公安部網路監控大隊長被祕捕 70
第三節 傳江澤民外甥吳志明被實名舉報 72
第四節 李鵬威脅退黨 李小鵬才當了省長 77
第五節 中紀委內控4330官員 軍隊把關防外逃 79

■第四章 公布財產是虛槍死結 85
第一節 受反腐衝擊 官員自危告狀 86
第二節 中共八元老家族財富大曝光 91

第三節 陳雲提議導致的權錢分贓圖 101
第四節 中共政治局七常委財產清單 103
第五節 港媒：習年前反腐三大反常 107

■第五章 江習鬥拉開序幕 雙方初遞招 111
第一節 江挑釁「習八條」頻頻亮相 112
第二節 黃菊的死在提醒習近平什麼？ 115
第三節 中共權鬥核心：清算與拖延 117
第四節 民眾要周永康公布財產 123
第五節 江題詞後 官媒高挺「江剋星」 125

■第六章 江習鬥肉搏大戰 元旦啟動 131
第一節 《南方周末》新年致詞被篡改 133
第二節 江習鬥升溫 軍方介入 140
第三節 胡錦濤赴鹽城涉及的密案 146
第四節 習近平的「祕密武器」 151

■第七章 南周大回放 江習鬥大打出手 155
第一節 中央現兩個聲音 江習鬥大打出手 156
第二節 局勢突變 習提前廢勞教內幕 160
第三節 全球聲援南周 薄案升級 劉雲山失算 170
第四節 新京報社長提出辭職內幕 178
第五節 習近平改革路線圖：先法治後民主 181

■第八章 江澤民最怕見光的罪惡 187
　　第一節 鬼節飾品藏求救信 美調查中國奴工 188
　　第二節 二戰「骷髏人」再現中國 196
　　第三節 奧斯維辛證人去世的啟示 202
　　第四節 一直在上演的盜賣器官黑幕 207
　　第五節 江澤民最怕見光的罪惡 210

■第九章 廢除勞教所 習近平點中江七寸 215
　　第一節 駭人聽聞的勞教所性侵男人 216
　　第二節 對女性的性摧殘更是慘絕人寰 225
　　第三節 江澤民下令用藥物「轉化」 232
　　第四節 劉雲山的毒招 244

■第十章 國際通牒：逮捕江澤民 247
　　第一節 高層流傳一則「江辦」笑話 248
　　第二節 阿根廷判決：逮捕江澤民 251
　　第三節 阿根廷聯邦法院決議書（摘要） 268

■第十一章 憲政夢的驗金石：廢除勞教制 273
　　第一節 截訪人員被判刑 久敬莊釋放訪民 274
　　第二節 國際通告：清算定罪江澤民 278
　　第三節 政法委人心惶恐 廣州公安副局長自殺 282
　　第四節 「憲政夢」成政法委惡夢 官員頻自殺 285
　　第五節 周永康嫡系特工打人案 紐約定罪 289

■第十二章 中宣部黑幕與南周事件餘波 293
　　第一節 習批劉雲山添亂 胡舒立王岐山介入斡旋 294
　　第二節 南方報系前主編揭中共鉗制媒體黑幕 302
　　第三節 南周出報再提憲政夢 新京報獲獎 306
　　第四節 黨校教授詮釋中國夢更前衛 313
　　第五節 有習家背景的港媒披露宣傳部黑幕 320
　　第六節 新華網刊宋祖英囧照 羞辱江澤民 324

■第十三章 政法委大坍塌 大老虎呼之欲出 327
　　第一節 453人被查 政法委大坍塌 328
　　第二節 揪出烏坎、李旺陽、鄧玉嬌案的幕後黑手 334
　　第三節 知識界要求撤銷政法委、廢除勞教制 347
　　第四節 劉雲山左膀落馬 江派三高樂團解散 350
　　第五節 前高層智囊稱中國將爆發革命 355

■附錄一：江習鬥內幕 第一回合大事記 359
　附錄二：法輪大法簡介 363
　附錄三：突破網路封鎖的方法 372

習近平對江澤民亮殺手鐧

第一章
政治局的 1.2.4 弱常委制

中共 18 大政治局常委的七人班子登台之後，中共總書記習近平高舉反腐大旗，頻發抓大老虎信號。李克強、王岐山以左右護衛的姿態亮相，而其餘四常委，俞正聲、張德江、劉雲山、張高麗相比之下遭「冷遇」。

（Getty Images）

第一節

知青掌權 習近平的苦難歲月

2012年美國總統奧巴馬連任前的競選時，第一夫人米歇爾在激情演講中揭露了一個政壇祕密。「作為總統，你會收到各種各樣的人向你發出的各種各樣的建議，但是到最後，需要做出決定的時刻，作為總統，你所擁有的全部指引就是你的價值觀、判斷力，以及那些對你影響深遠的成長經歷。」

由此可見，分析一個政治人物的價值觀和成長經歷，對於判斷他未來的執政理念是大有助益的，所謂「溫故而知新」，「三歲看老」。《新紀元》周刊編輯部在2012年11月出版了23萬字的《18大中南海新權貴》一書，裡面詳細介紹了當今執掌中國政局實權的30多位新權貴的成長歷程和價值觀取向。這裡我們不再重複，只是簡單補充一點習近平的小故事。

在中共18大新常委中，習近平當知青的時間最長：七年，在一起去延安的知青中，習近平也是最後一個離開，在太子黨中他也算吃苦時

間最長的。回憶當年離開北京時的場景，習近平說：「全部都哭啊，就是我在笑。」

那是1969年的1月，習近平還不滿16歲。此時的北京，「文革」正滑向暴力的方向，當時習近平已是「黑五類」，父親被打倒了。2004年習近平接受延安電視台採訪時，回憶道：「我不走才得哭啊，我不走，在這兒有命沒命，我都不知道了。」

陝北農村非常苦。當年中共靠延安存活下來，但中共執政後，並沒有對老區百姓給予什麼回報，好像中國就不存在「感恩節」似的。當年習近平插隊到此，碰到的第一關就是跳蚤，每晚「餵蚤」。為殺蚤習近平曾在炕蓆下灑一層劇毒「六六粉」，他自己的皮膚能挺過來，某年弟弟習遠平去探他，住了一晚，全身起疹，臨走時習交代弟弟，「回家後千萬不要告訴媽媽」。

回憶這七年青春黃金時代的生活烙印，習近平在《福建博士風采》叢書的「自述」中寫道：「我1969年從北京到陝北的延川縣文安驛公社梁家河大隊插隊落戶，七年上山下鄉的艱苦生活對我的鍛鍊很大。最大的收穫有兩點：一是讓我懂得了什麼叫實際，什麼叫實事求是，什麼叫群眾。這是讓我獲益終生的東西。二是培養了我的自信心。」

女生回憶：習近平「喝美了」也高調

何天在〈延安梁家河村插隊知青回憶習近平插隊點滴〉一文中披露，在梁家河過大年，除了暴飲暴食外，沒有一點文化內涵。儘管大快朵頤，大碗喝酒不限量，但酒醒之時，鬱悶心情油然而生，看什麼都煩。

當年到文安驛公社插隊是四所海淀區中學。大年初三知青組成「團拜」到樊家溝，窩在梁家河20多天都快憋瘋了。出發前，習近平換頂

當時很時髦的羊剪絨軍帽。樊家溝距離梁家河五公里，比梁家河村大，知青也多。「老鄉遇老鄉，兩眼淚汪汪」，何況是第一次遠離父母過年。想家，喝多少酒，就流多少淚，「酒逢知己千杯少」，喜怒哀樂盡在酒中。據在紀念北京赴延川插隊30年的聚會上某喝酒的女生回憶，在第一年新年的樊家溝同學團拜席上，不足16歲的習近平喝美了（綏德的九分錢一兩的「高粱燒」，後勁不小）。

當時習近平一改往日「位卑言輕」的低調，席間，習在與同校「革命幹部家庭」子弟「扳扛」中，站起來手舞足蹈高聲壓住對方：「那誰？你知道吧，那是我老鄉。那誰？是政協副主席。」習用筷子在桌邊敲的噹噹響。「別看他是副主席，我到他跟前說話，絕對不含糊。」

嗝兒——習又添了一樣新毛病打酒嗝。「你們咋都不吃啊，多好的菜啊趕緊吃，趁熱，涼了就不好吃了。」習又用筷子敲盤子，「跟你說吧，他每年春節提著茅台給我老爹拜啊（嗝兒）年。」回憶到這，知青聚會哄堂大笑。三瓶酒一滴不剩了，桌上的菜也已經亂七八糟，習還沉浸在一些事裡出不來。

習近平從北京高幹子弟變成陝北農民，開始也很難跟農民們打成一片，何況自己是讀書人。不過在父母的開導下，特別是在其姨夫的指點下，習近平認識到，必須融入土壤中，自己才能開花結果。後來接觸過習近平的人都說他很謙和、很容易相處，這就是延安生活給他帶來的生活觀在起作用了。正因為他能與底層民眾打成一片，才有了後來他上大學時，十多位鄉親步行60里相送的感人照片。

習報考清華 招生的人不敢做主

從1970年秋季開始，針對「知識青年」的招工就頻繁起來，習近

平的同伴們陸續離開了梁家河村到工廠和事業單位上班，最後只剩下習近平。

習近平接受國內雜誌《中華兒女》採訪時曾說：「我那時一邊當著村幹部，一邊總想著有機會我還是想上學深造一下，因為讀書確實讀得太少了，這與我理想的目標並不違背。」

那時清華大學有兩個名額在延安地區，一個分給延川縣。習近平三個志願都填了清華，他想：「你讓我上，我上，不讓我上，就拉倒。」當時延川縣替習近平報名，縣教育局也替他力爭，但清華來招生的人卻不敢做主，要請示清華。

1975年習近平的父親下放到洛陽的耐火材料廠。最後耐火材料廠開了個「土證明」，稱「習仲勛同志屬人民內部矛盾，不影響子女升學就業。」有了這張證明，習近平終於被清華錄取了，人生從此不同。

1975年，習近平離開梁家河被推薦到清華大學讀書。1985年習近平到了福建工作，先後在福建省的廈門、寧德、福州等地擔任要職，2000年1月當上了福建省省長。

「衣錦還鄉」塞錢給智障村民 每家送鬧鐘

梁家河村村民呂侯生是習近平的舊房東，現在還稱習為「習哥」。兩人年齡相若，當年曾合蓋一張被、同食一鍋飯。習升官後還有來往，90年代習在福建任官，呂右腿患骨髓炎寫信向習求助，習出錢為他請醫生，後來截肢，習又出錢為他裝義肢。

1992年習任福州市委書記時，曾回梁家河探望。見到昔日夥伴、從小智障的武林娃，早已不是那個牛一樣健壯的小夥了，而是駝背目花、不良於行，習近平頓時眼眶潮濕，拉著武的手，半日不鬆開，又偷

偷從口袋摸出幾百元，塞給對方。

　　有人說，看一個人的品行，就看他如何對待最弱者。

　　習近平當時還給梁家河的鄉鄰每家送了一個鬧鐘，表示「讓孩子按時上學，別遲到。」又歡迎鄉親們「隨時來找我。」但自 2007 年他官升政治局常委成為中共「王儲」後，村民再無緣見他，村民呂侯生說：「現在想見習哥，不容易了。」

　　習近平的父親習仲勳是中共陝北根據地主要創建人，中共建政後曾任國務院副總理、中共政治局委員、全國人大副委員長等。習仲勳在 60 年代因人描寫陝北根據地前領導人的小說《劉志丹》，被打成「叛徒」，文革中受殘酷迫害，審查、關押、監護前後長達 16 年，文革後復出任廣東省委第一書記。「八九天安門事件」時他強烈反對出兵鎮壓學生，同情反對出兵的時任總書記趙紫陽。2002 年 5 月 24 日習仲勳在北京病逝，終年 89 歲。

習近平 29 年前的手錶和香煙

　　2013 年 1 月，網路流傳一組習近平年輕時的舊照，其中有一張習近平在辦公桌上放著香煙的圖片引起網友們的關注。那是 1983 年習近平在河北正定縣做縣委書記時的舊照，只見辦公桌上放著一包煙，是石家莊市煙廠生產的荷花牌香煙，當時的售價為 0.46 元一盒。

　　於是有人把習近平的香煙與手錶跟近年來發現的「表哥」、「表叔」進行了一番比較說：「1. 習總腕上的上海牌手錶算是那個時代的奢侈品，卻不離譜；2. 荷花牌香煙，連過濾嘴都沒有，不算什麼『九五至尊』；3. 煙缸滿滿，煙癮挺大，不知現在還吸否；4. 縣委書記坐這樣的椅子，趴用這樣的桌子，房間這樣的簡陋布置，正定縣確實比較窮。現在的縣

太爺與之相比，該怎樣感想呢？」

香煙在中共官場已經超越了「抽」的範圍，最典型的是南京市江寧區原房產局局長周久耕，他因在會議桌上擺了一盒上千元一條的「九五至尊」香煙，被細心網友發現，一頓炮轟而出事，最後以收受賄賂被判刑收場。

周久耕出事後，網友對官員的香煙就更感興趣了，由此，還延伸到官員戴的手錶，延伸到官員身上的穿戴行頭。據大陸媒體報導，一名小偷五個月裡進入台州市路橋區政府大樓九個房間作案16起，從一樓到八樓，盜竊27條中華煙以及紀念幣等財物。

「九五至尊」的周久耕倒下了，「中華大樓」卻被「偷」了出來。官員抽名煙、戴名錶與其「微薄」的公務員薪水有著天壤的差距。

「表哥」楊達才被「人肉」11支錶

進入微博時代，中國網民使用「人肉搜索」功能的力道爐火純青，尤其被冠以「微笑表哥」的陝西省安監局局長楊達才，從他在陝西特大交通事故現場露出微笑，直至被網民「人肉」搜索並公布他擁有11支名貴手錶、渾身是寶物後，終於遭到紀委調查，消失在大眾視線中，前後僅五天。大陸網民的力量之強大，特別是曝光貪官污吏，令中共官員人人自危、寢食難安。

據《新京報》2012年8月27日報導，陝西延安境內的包茂高速公路，一輛雙層臥鋪客車和一輛裝有甲醇的罐車追尾起火，36人遇難。涉事客車上有39個座位，事故發生後僅三人逃生。百姓震驚之餘，在事故現場照片中，發現某黨官腆著肥肚腩在微笑，激怒了大眾，有人問：「我們弄不懂他們在百姓的災難面前為啥要笑，但我們極其厭惡他們的

這種無恥的笑。」

結果，微笑哥、陝西安監局長楊達才遭人肉搜出。楊局長沒料到，搜的不光是他的人，還捎帶著他的 11 支豪錶。

網友「人肉」出其在不同場合佩戴過五支不同品牌名錶。繼續「人肉」，結果又找出其六支名錶。自此，楊的名錶總數達 11 支之多。「表哥」雅號就此戴在又一個中共廳局級貪官頭上。

昔日「知青」掌握最高權力

在 18 大習近平的七人常委中，有過知青經歷的占了多數。當時俞正聲趕上「文革」期間大學畢業隨即參加工作，張高麗在「文革」中正讀大學，畢業後便進入石油行業，除了這兩人，其餘五人都當過知識青年，「到農村去接受貧下中農再教育」。

有人說現在是知青治國，由於年齡段的原因，那一代人基本上都走過了「上山下鄉」的路，所以知青治國具有必然性，不過那段痛苦經歷會給這些常委們帶來什麼就另當別論了。

他們「修理地球」的時間，最短的是王岐山，兩年；最長的是習近平，七年；李克強和張德江都是四年。習近平、張德江經保送當上了「工農兵學員」；王岐山則是工作兩年後才當上「工農兵學員」的；只有李克強在 1978 年恢復高考後考上了北京大學法律系。

這幾位新權貴大學畢業後，習近平靠父蔭先進了中央軍委當祕書，後主動要求下地方鍛鍊；王岐山靠著岳父進了陝西博物館搞近代史研究，而後又搞起金融研究；李克強和張德江都選擇或被選擇了畢業留校，並由此步入仕途，踏上了快速晉升之路。

第二節

習近平「北京整風」王岐山執刀

習近平高調反腐「清黨」

18大結束後，大陸微博上就有傳聞，「中共醞釀『北京整風』運動將於明年（2013年）春天在全國全面展開！預計此次運動涉及層面之廣、打查力度之大、持續時間之長將是中共歷史罕見！」

對於「北京整風」的傳聞，有分析認為，這是在為習近平的「整風」運動做輿論準備。18大後，習近平在2012年11月17日主持中共政治局第一次集體學習時嚴重警告：「腐敗問題越演越烈，最終必然會亡黨、亡國。」習也承認，近年來中共「發生的嚴重違紀、違法案件，性質非常惡劣，政治影響極壞，令人怵目驚心。」

新任中共政治局常委、中紀委書記王岐山則把反腐稱為「一場鬥爭」。有傳聞稱，王岐山之前透露習近平可能親自「掛帥」反腐，中共

內部即將展開一場新的風暴。《大公報》11月25日刊出評論稱，隨著2013年初中央紀委全會的召開，反腐領域改革措施將陸續出台。

不過，「北京整風」的提法讓人聯想到「延安整風」運動。「延安整風」運動說是整頓「學風、文風、黨風」，但是背後是抓特務、打擊、迫害幹部。最終目的是建立毛澤東的核心地位，消滅掉共產黨內外的質疑聲音。而習、王此番聯手「整風」，各界拭目以待。

「救火隊長」王岐山成「清黨」幹將

作為財經及金融專家的王岐山，被視為中共政壇的「救火隊長」，從臨危受命被派往廣東清理金融殘局，到薩斯（SARS）期間出任北京市長，被認為是能員幹吏。有評論稱，這些常委候選人中，王岐山最特立獨行，他不跟任何人拉幫結派，也根本不把政治派系放在眼中。

據悉，王岐山素有「鐵面」形象，由於具備金融與地方工作經驗，熟悉官場運作與財產轉移伎倆，對查出貪腐具有極大的「殺傷力」，他個人的性格也注定不是左右逢源、不願得罪各方勢力的中紀委書記的合適人選。不過，如今中共官員腐敗已到了無官不貪、病入膏肓的地步，在「亡黨」危機下，王岐山被推到反腐第一線。香港《太陽報》評論，「反腐要取得成就，關鍵要對中紀委進行改革，建立一套防腐、反腐的制度，使官員真正做到不敢腐、不想腐、不能腐，而不是將反腐當作清肅政敵的手段。」

中紀委被指「利益集團」

評論認為，「事實上，中紀委本身已成為一個利益集團，一些反貪

官員其身不正，通過反腐而斂財已是公開的祕密，尤其是一些省部級官員的重大案件，經辦人員上下其手，對貪官及其親屬敲詐勒索，往往一個項目辦下來，很多經辦人員已成為千萬富翁。在這樣的體制下，要想徹底根治腐敗根本是與虎謀皮。」

《明報》則表示，在金融海嘯後遺症還在發展和深化之際，把王岐山這名老手調離經濟戰線，出掌中紀委，是否「亂點鴛鴦譜」？還有一種說法，王岐山掌中紀委，以他與太子黨的關係，富人和紅色家族可以安心和放心了，因為他們的利益會得到照顧云云。是否真是如此，還有待觀察。

政法委降級 副書記神祕消失

18大後，中共政治局常委人數由九變七，文宣和政法委兩個部門從常委中除名。2012年11月19日，曾不可一世的中共中央政法委書記周永康不再任職，而由現任公安部部長孟建柱兼任。同時在政法委主辦的網站上只列出書記與委員的名單，政法委副書記一欄卻神祕消失，這表示王樂泉已經卸任，而新任政法委副書記人選還未最後確定。

前任政法委副書記王樂泉68歲，因年齡過線而離任。王樂泉是周永康的人馬、有江派背景，曾仕新疆黨委書記。在發生新疆「七五事件」後，被調進由周永康獨掌的中央政法委出任副書記，在18大後結束了他的政治生命。

周永康的政法委一直被指為中共「第二權力中央」。1999年，江澤民為更徹底地實施對法輪功的打壓政策，在政法委的基礎上建立了「610辦公室」，一個專責打壓法輪功的系統。政法委權力無限膨脹，統管公、檢、法、司，其權力涉及特務、外交、財政、軍隊、武警、醫

療、通信等諸多領域。

2012年初，周永康與薄熙來的政變計畫被曝光後，「第二權力中央」政法委成為中共中央的一大威脅，此後，政法委被大大削權，其「頭目」不再進入18大政治局常委。到今年初孟建柱離開公安部後，政法委的權力也將再度被弱化。

目前，政法委將被拆解已成定局。據悉，中共高層傾向的拆分方案是：將「綜治委」從政法委中拆分成為平級機構；由人大委員長監管政法體系，即將檢察院、法院系統交由中共人大直接管轄；政法委今後不再有權調動武警；國安可能會由中共國務院直接管理。與原有的政法委相比，將來的政法委只剩下公安和國安，或者只是公安。然而，很多政法委官員都背負血債，惶惶不可終日。

「整風」操刀手？重慶打響第一槍

對於習近平的「北京整風」運動，有消息稱，為習近平操刀的，是新近提拔上來的親信、中紀委第一副書記趙洪祝。

趙洪祝，1947年7月生，內蒙古寧城人，曾任中共解放軍總後勤部某部政治處主任、黨委常委。1992年3月，45歲的趙洪祝被拔擢到中央紀委，升遷加速，1997年9月在中共16大上，趙洪祝成為中紀委常委；1998年3月，出任國務院監察部副部長；2000年6月，又出任組織部副部長。2007年接替習近平，至今擔任浙江省委書記。

在浙江，趙洪祝是首次擔任地方大員，與時任上海市委書記的習近平往來密切，被外界視為習近平可信賴的人選。

18大前，紀委工作經驗豐富的趙洪祝就曾引起媒體關注，時隔五年在王岐山主掌中紀委後，趙洪祝再次擔任中紀委委員，並接替何勇擔

任了中紀委第一副書記。消息稱，趙洪祝將成為習近平「北京整風」的操刀手。

而孫政才剛從內蒙調入重慶，即在重慶打響「反腐」第一槍。2012年11月23日，最高檢高調約談被薄熙來陷害的李莊，而孫政才到重慶「第一把火」燒掉北碚區委書記雷政富，牽涉薄熙來和王立軍，箭頭直指薄熙來大本營。截至11月29日，據悉已有近900名不同程度被錯誤處理的重慶警察得到平反。

不過，大陸民眾早有說法，中共無官不貪，所謂「反貪」已成為剷除異己的手段。究竟中共清黨整風是為民還是為一己之利？還有待觀察。

七個地方大員職務空缺

當時在中共18大進行的人事大調整中，中央組織部部長由陝西原省委書記趙樂際接任；中央宣傳部部長由四川原省委書記劉奇葆擔任。此外，浙江省委書記趙洪祝也在時隔五年後，重新回到中央紀委任職並不再兼任浙江省委書記。

而在地方大員調整中，吉林省委書記孫政才調任重慶市委書記；福建省委書記孫春蘭調任天津市委書記；上海市長韓正兼任上海市委書記；貴州省長趙克志兼任貴州省委書記。

由此而來，陝西省委書記空缺；四川省委書記空缺；浙江省委書記空缺；吉林省委書記空缺；福建省委書記空缺。按照慣例上海市長、貴州省長暫時「虛位以待」，有待新的繼任人選。

如今中共體制內部也是人心惶惶，官員們更是在觀望，看「風頭」向哪邊吹，官員和商人們索性盡快轉移財產及家人。近日，大陸女富豪

張蘭被曝更改國籍，引發公眾再次聚焦富豪和官員親屬移民。逃離中共成為上策。

央行行長花落誰家 資本市場倍感困擾

中共高層人士更迭的迷茫，直接造成混亂。路透社報導稱，期貨市場的機構參與者們惴惴不安，擔心原本創新發展勢頭正猛的期貨公司，是否因監管層的人事變動帶來業務上的「急剎車」。

近期的中共18大，央行行長周小川未進入中央委員，意味著可能退休，這一炙手可熱的職位未來花落誰手，成為金融界關注的焦點。按照中共慣例，央行行長需由中央委員級別的人士擔任。

誰是強有力的人選？在18大新任中央委員的金融界人士中，銀監會主席尚福林、中行董事長肖鋼、證監會主席郭樹清、保監會主席項俊波，以及中投董事長樓繼偉、工商銀行董事長姜建清都有可能。在這樣的高層迷局背景下，最糾結的恐怕就是股市以及漸趨活躍的期貨市場的機構參與者們。

「我們現在很迷茫！」北京一家投行部的老總無奈地說：「因為從郭（樹清）上任至今，出台的許多舉措都劍指資本市場的市場化進程，尤其是新股發行制度改革（IPO）以及ST公司退市制度等，事關證券市場的長遠發展。」

被外界戲稱「三天出一個政策」的郭樹清，在2011年10月底出任證監會主席一職，在僅一年多的任期內新政頻出，推出諸如強制分紅、內幕交易零容忍、IPO制度改革、創業板退市制度，鼓勵券商創新等舉措。「我們最擔心的是一旦換了人，新上任者是否還有魄力繼續推進這些改革，以及現行的政策是否會面臨中斷？」深圳一家中型券商的高層

表示,「尤其是鼓勵券商的創新產品是不是會被叫停?」

股市暴跌 郭樹清不敢談 股民怒吼

香港《東方日報》評論,金融界對今次換血早就有預聞,中國股市在18大期間跌跌不休,起伏不定,很重要的一個原因就是對財經界人事更迭的不安。

聽聞輿論關注滬指跌破2000點,證監會主席郭樹清很淡定:「是嗎?很好。」2012年11月28日,他在北京財經年會上,讓各大媒體深感失望的是,儘管中國股市暴跌,滬指當周失守2000點進入「1」時代,但面對記者的圍追堵截,郭樹清拒絕任何採訪。同日,網易財經調查顯示,近七成股民對股市徹底失去信心,稱A股是一個無底洞。統計顯示,七個月時間(2012年5月8日至2012年11月28日),滬深A股總市值累計蒸發人民幣4.3萬億元,將由5600萬戶股民承擔全部虧損,如果平攤給每位持倉投資者,人均虧損已經高達人民幣7.68萬元。兩市僅有3.35%帳戶還在交易,96.65%帳戶已經「冬眠」。

自2007年上證指數創出6124點的歷史高點之後就一路下跌,2012年11月28日僅為1963.49點,還不如12年前2000年時的高點。而證監會主席不敢談股市,讓近年來虧損慘重的股民們大為失望和憤怒。

在大陸網站新浪和網易,有關〈郭樹清亮相避談股市〉的新聞均吸引了超過五萬人次的網友參與評論,成為當日評論最多的新聞之一。

除痛罵管理層不作為外,部分網友甚至指:「因為中國執政黨的官位不是民選的,就會視人民群眾的利益如糞土!他們從來都沒有真正的為人民服務過!要想改變這一切,改朝換代是大勢所趨!否則老百姓將永無出頭之日!」

第三節

習李王唱大戲 另四常委遭冷遇

習近平新官上任「三把火」

2012年12月4日,習近平主持召開中央政治局會議,拋出改進工作作風、密切聯繫群眾等八項規定,稱作「新八項注意」,被認為是習近平鞏固胡錦濤用「裸退」逼迫江澤民全面退出政治舞台的關鍵措施。

12月7日,習近平上任後首次出巡視察選擇前往深圳特區。習近平選擇鄧小平「南巡講話」地點、改革開放前哨站深圳作首訪,頗有深意。習近平的父親習仲勛在1978年到1980年主政廣東,向中共中央提出給予廣東特殊經濟政策,深圳被劃為特區,對廣東影響深遠。

12月20日,習近平在中南海會見來北京述職的香港特首梁振英時,特別強調中央負責港澳工作的高官是張德江、李源潮。分析認為,這是在警告梁振英,分清誰是他真正的主子,因為梁振英一直繞開當朝高層,卻祕密接受江派大管家、中共特工頭子曾慶紅的吩咐。

北京消息稱，梁振英一直不受胡、溫、習、李的青睞。梁振英在2012年7月後剛一上台就被曾慶紅等授意推出被稱為「洗腦教材」的「國情教育教學手冊」，引發港人的憤怒，大型抗議不斷，致使香港局勢動盪。

為此，胡錦濤勒令梁振英不得離港參加2012年9月初在俄羅斯召開的APEC會議，給梁振英臉色看。而習近平「南巡」對梁避而不見。分析說，梁振英很可能成為香港最短命的特首。

王岐山高調「反腐」

除習近平動作連連外，18大新任常委中備受關注的當屬中紀委「一把手」王岐山了。王岐山把反腐稱為「一場鬥爭」。中紀委發文件宣稱：「任何人觸犯了黨紀、國法都要依紀、依法嚴肅查處，絕不姑息，黨內絕不允許腐敗分子有藏身之地。」

之後，李春城作為18大後首個副省級高官落馬。而李春城的後台是周永康。王岐山被稱為習近平的「清道夫」。

2012年12月18日，具備國務院副總理和中紀委書記雙重身分的中共政治局常委王岐山到美國參加第23屆中美商貿聯委會，抵美時，戴著禮帽、墨鏡酷裝下飛機，其特立獨行另類表現再次引發關注。

19日王岐山在晚宴脫稿演說，引用「捧殺」一詞笑談美方：「你們把我捧得太高了。」稱「生命難以承受其『捧』！」王岐山訪美，很多中共的「裸官」都很害怕，唯恐他跟美國達成一些協議：哪些海外的非法資金要堵回中國，哪些裸官要抓。

訪美期間，王岐山向美國官員抱怨，希望在美國投資的中國人不應該受到「政治背景檢查」。但實際上，中共造假、欺詐、沒有信譽等惡

名連累了中企到海外投資。2012年12月3日美國證交會對五大國際會計公司中國分公司提出告訴，也是源於中國公司造假醜聞不斷。迄今證交會已下令50家中資背景公司下市、並控告40家公司或個人作假詐騙。因造假中國在美上市公司遭整體退市風險。

李克強的「大動作」

而一向以低調姿態示人的李克強在上任總理「滿月」之前的動作亦是不斷。從其參加會議時打斷照本宣科、念稿子的彙報者，以及寧可讓官員等著，也要跟民間防治愛滋工作者座談，以及新的「改革紅利說」等。2012年12月19日，中共中央工作經濟會議後，李克強在緊接著召開的「經濟社會發展和改革調研」座談會上強調：「中國要實現真正的發展只能依靠改革。」並稱：「如果我們的GDP無法讓人民群眾的收入增長，那GDP增速再高，也是自拉自唱，並不利於發展，也不利於穩定。」

李克強曾曝光中國GDP數據不可靠。據維基解密公布的美國駐北京大使館在2007年3月15日發往美國華府的電報顯示，時任遼寧省委書記的李克強，在北京參加兩會期間與美國大使共進晚餐時談到遼寧經濟時說：中國的GDP數字是「人造」的，因此不可靠，「只能做參考」。

2012年末，有傳李克強任上國務院會出現大動作，即對中國所有政府機構進行改革，如國務院原44個政府部門、27個部委，將減到18個，國務院直屬的17個機構，只准許留下六個部委辦。很多權力大、貪腐錯綜複雜、互相包庇、抱成團的大小官員，在這場改革中將被徹底清理。

知情人士透露，李克強的動作很大，他要放「三把火」。將民委、

民族宗教、台辦、港澳辦等全部捆綁成一體——「國家和平統一委員會」。原國土資源部、鐵道部等都將取消，由國安部人員充實偽裝的、原屬中央僑辦的海外交流協會、海外聯誼會等單位都歸併到外辦門下。

另外四常委「打醬油」

在習、李、王三足形成的鼎立之勢外，其他常委俞正聲、劉雲山、張高麗的動作則少得多。幾乎沒有能引人注意的顯眼動作，被指「打醬油」了。

張德江2012年12月12日參加了民革第12次全國代表大會，並代表中共中央致賀詞；12月9日出席了民盟會議並代表中央致賀詞；12月4日，參加了憲法公布施行30周年大會。

俞正聲於12月17日出席了第九次全國台灣同胞代表會議並發表講話；12月15日，參加中國民主促進會第11次全國代表大會，並代筆中央致賀詞；11月28日出席黨外人士學習貫徹中共18大精神座談會；11月27日受中央委託，前往南京參加丁光訓追悼會。

劉雲山12月17日會見羅陽先進事跡報告團成員；在12月13日主持召開中央黨的建設工作領導小組會議；12月7日參加了中華全國工商業聯合會第11次會員代表大會，並代表中央、國務院致賀詞；11月22日，出席學習貫徹黨的18大精神中央宣講團動員會並講話；11月16日，會見寮國客人。

這四人不是參加民主黨派會議，就是參加什麼座談會、追悼會，會見一些不重要的客人，均是無關大局的活動。

而從新常委七人的公務安排以及官媒的處理方式，不難印證，江系人馬入常的確並不意味著江派還存有大的勢力，反而說明這樣的安排正

是胡錦濤等出於保黨的需要，而製造的江派衰而未亡的假象，以防止周永康等人拚個「魚死網破」。

中共「反腐」 專家民眾不買帳

所謂改革，時政評論人士陳破空認為，北京只提經濟改革，不提政治改革，擺明就是老生常談。連舊瓶新酒都不是，而是舊瓶老酒。經濟改革已經唱了34年，越唱越流於形式，越唱越陷入停滯。而當下中國最缺少的，恰恰是政治改革。政治體制改革，也是經濟體制改革進一步深化的前提。不提政治改革，就是拒絕改革。

中共祭出反腐大旗已有幾十年，但海內外專家和民眾認為，其根本目的是「保黨」，中共是制度性腐敗，如今幾乎無官不貪，無官不腐，無官不色；而黨內腐敗只能使中共完蛋，不會亡國。相反，沒有了中共，才有新中國。在民間和中共官場十幾年前就流傳「反腐敗亡黨，不反腐敗亡國」的說法，代表了社會的共識。

第四節

上任首月省部級大洗牌內幕

2012年12月下旬,就在習近平上位滿月幾天後,中共宣布了一系列省部級大員的人事任命,胡錦濤的團派人馬和習近平的習家軍占了絕對優勢,進一步證實了此前《新紀元》獨家報導的「江派在18大的『勝利』是假風光」。

12月18日,中共組織部長趙樂際宣布,政治局委員胡春華調任廣東省委書記,山西省長王君任內蒙古自治區書記,夏寶龍任浙江省委書記,陝西省長趙正永任陝西省委書記,吉林省長王儒林任吉林省委書記。一天前中共還宣布了陳敏爾任貴州省省長。

胡春華是大家熟知的團派第六代接班人,1963年4月生於湖北五峰,是典型的苦孩子出身,並且胡春華原名並不姓胡。同汪洋一樣,胡春華是中共高層官員中少有的不染髮的人。《新紀元》在《18大中南海新權貴》中介紹了他的成長經歷以及胡錦濤對他的提拔,還有他的長處弱點等,轉折起伏頗具故事性。

夏寶龍，1952年12月生於天津，曾任天津市河西區解放南路小學教師，團支部書記，共青團天津市河西區委書記，正宗的團派人馬，後來被提拔為天津市常務副市長，2003年調任浙江省委副書記，是當時任省委書記的習近平的助手，兩人一同工作四年。2011年8月升為代省長，不到一年就被提拔成了浙江省委書記，其晉升被認為是胡錦濤、習近平共同提攜的結果。

　　趙正永，1951年3月生於安徽馬鞍山，1974年被推薦到中南礦冶學院，學習金屬物理，他從馬鋼的技術員做起，後擔任馬鋼研究所的共青團委書記、公司團委副書記等職。1982年出任共青團馬鞍山市委書記，也是標準的團派幹部。

　　王儒林，1953年4月生於河南濮陽。1969年任吉林省露水河林業局團支部書記，到了1987年任共青團吉林省委書記、黨組書記，也是團派官員。1998年任延邊州委書記，2004年任長春市委書記，2010年任吉林省長，兩年後提拔為吉林第一把手。

　　王君，1952年3月生於山西大同。1971年在大同青磁窯礦當工人，1974年在山西礦業學院採煤專業學習；1993年提拔為大同礦務局第一副局長；1999年為山西省副省長，2009年當上山西省長，這次被調到內蒙古做第一把手。

　　從他們的仕途經歷來看，此次的五省大員中，除了王君是技術官僚出身之外，其餘四人都是團派起家，而且王君長期在山西工作，是團派首長袁純清的副手，也算半個團派之人。

　　這次被提拔為貴州省長的陳敏爾，1960年9月出生在浙江諸暨。1978年紹興專科學校中文系畢業後一直在浙江工作。習近平主政浙江時，曾以筆名「哲欣」在《浙江日報》上開專欄，身為浙江省委宣傳部長的陳敏爾的功勞「不言而喻」，隨後陳被提拔為浙江省副省長。

李克強心腹尤權鎮守福建

在中共官方公布廣東浙江等五省一把手幾乎由團派占據後的第二天，2012 年 12 月 19 日，中共高層再次洗牌，李克強「愛將」國務院副祕書長尤權出任福建省委書記；團派巴音朝魯升任吉林省代省長；原中聯辦主任彭清華任廣西自治區黨委書記。

尤權於 1954 年 1 月出生在河北盧龍，是中共國務院的老臣，曾在朱鎔基、溫家寶手下工作，被稱為國務院「第一副祕」。據悉他行事低調，鮮少在媒體曝光。李克強 2012 年 5 月 5 日至 7 日前往福建南平、福州視察時，尤權也曾陪同前往。

1987 年，尤權在人民大學獲得經濟管理系碩士學位，留校任教，後進入國家計委、國務院辦公廳，從事經濟政策研究。他曾配合朱鎔基分管金融工作，2001 年起，擔任國務院副祕書長，分管金融，協助時任副總理的溫家寶，任國家電力監管委員會主席、國務院副祕書長等職務。中共 17 大習、李接班體制確定後，2008 年尤權調回國務院任常務副祕書長，全力輔佐李克強，被指是李的心腹大將。

福建省也是習近平起家之地，從 1985 年起，習近平歷任廈門市副市長、福州市委書記，直到福建省委副書記、代省長等，在福建 17 年。震驚中外的遠華走私案，幾乎令福建省官場人人自危，接受調查和詢問的官員逾 600 人，近 300 人受到刑事處罰，而習卻置身事外，知情人透露，因遠華集團主腦賴昌星看不上習，認為他「傻」，不喜歡「埋堆」，因此沒有向他「埋手」。

此次尤權被放外省大員，外界分析，習、李或有培植他的用意，以便將來委以重任。

2012 年 12 月 19 日，吉林省 11 屆人大常委會第 36 次會議決定，

接受王儒林辭去吉林省省長職務，任命巴音朝魯為吉林省副省長、代理省長，而王儒林此前已升任吉林省委書記。

巴音朝魯是蒙古族，出生於 1955 年 10 月，1980 年內蒙古師範大學政教系學習，1993 年曾任共青團中央書記處書記，中華全國青年聯合會常務副主席。2001 年調任浙江省副省長，寧波市委書記，2010 年任吉林省委副書記。

彭清華，1957 年 4 月生於湖北大冶，1983 年北京大學哲學系畢業後，在中共組織部工作，2000 年被提拔為中組部研究室主任兼政策法規局長。2003 年被派往香港任中聯辦副主任，2009 年升為主任。這次將接替郭聲琨執政廣西。

郭聲琨任公安局長 政法委再分解

2012 年 12 月 19 日被中聯辦主任彭清華替任廣西黨委書記的郭聲琨，早在 10 月就有消息稱，中共政治局 10 月 22 日討論通過，郭聲琨將接任公安部長一職，國務委員孟建柱將不再兼任公安部長一職。外界注意到，在官方新華社 10 月 22 日報導的孟建柱訪問馬來西亞的消息中，只稱孟為「國務委員」，未提其公安部長的職務。

18 大上被選為政治局委員的孟建柱此前被任命中央政法委書記，顯示《大紀元》此前報導的胡、習降級並不斷削權政法委正成為事實。政法委繼續被分權拆解，孟或將不再監管公安部。

郭聲琨現年 58 歲，江西興國人，1979 年江西礦冶學院選礦專業畢業後，一直在冶金和有色金屬行業工作，先後歷任國家有色金屬工業局副局長，國有重點大型企業監事會主席，中國鋁業公司董事長、總裁。2004 年步入廣西政界，一直在廣西擔任要職，被稱為「廣西王」。

由於其工作履歷相對簡單,派系色彩不明顯,胡習讓他這個沒有一點政法工作經驗的「局外人」掌管公安部,實際上是進一步降低了江系在整個政法系統裡的影響,讓原來的江派人馬在其掌控下無法翻身。

胡錦濤李源潮人事布陣 團派得天獨厚

從中共18大召開到2012年12月19日,至少已有17個省部長官員履新,其中11人調任個省和直轄市擔任黨委一把手,包括四川、陝西、吉林、浙江、福建、廣東、內蒙古、廣西八省區,以及上海、天津、重慶三個直轄市。這占了全國31個省市一把手的三分之一以上,相比於16大或17大,動作都大了許多。

在這17名履新的高官中,若按年齡來看,兩名40後,13名50後,兩名60後。兩名60多歲的履新官員是:中央政法委書記孟建柱,生於1947年。中央書記處書記、中央紀委副書記趙洪祝,生於1947年。

13名50多歲的幹部是:中央書記處書記、中央辦公廳主任、中央直屬機關工委書記栗戰書;中組部部長趙樂際;中宣部部長劉奇葆;四川省委書記王東明;上海市委書記韓正;天津市委書記孫春蘭;浙江省委書記夏寶龍;陝西省委書記趙正永;吉林省委書記王儒林;內蒙古自治區黨委書記王君;福建省委書記尤權;吉林省省長巴音朝魯;廣西自治區黨委書記彭清華。

兩名40多歲的省部級高官是49歲的重慶市委書記孫政才和廣東省委書記胡春華。這17人中,孟建柱、韓正、孫春蘭帶有一點江派色彩,栗戰書、趙洪祝帶有比較明顯的習近平色彩,王君、彭清華派系不明,其餘10人都是團幹部出身,都帶是明顯的團派色彩。比如王東明,從中央組織部副部長到中央機構編制委員會辦公室主任,再到四川省委書

記，但他在1983年6月至1985年3月任共青團遼寧省錦州市委書記，明顯是胡錦濤的人馬。

也就是說，在新提拔的17人中，團派至少擁有10人，占了將近60％的絕對優勢，而且所占據的位置都是影響力大的重要核心部分。

「60後」「70後」高官中團派也占多數

2012年9月20日，中共官方喉舌《人民日報》海外版在題為〈60後省部級官員將影響未來中國〉一文中提到，據不完全統計，現任「60後」省部級領導幹部共有161位，其中省委常委118位。年輕、高學歷、有實踐經驗、人文社科背景等是這個群體的典型特徵。

文章還具體介紹了七位正部級的「60後」官員，如現任新疆自治區黨委副書記、自治區主席的努爾·白克力，福建省長蘇樹林，當時的吉林省委書記孫政才，內蒙古黨委書記胡春華，湖南省委書記周強，湖北省長張慶偉，共青團中央書記處第一書記陸昊，這七人有兩個共同點：都有共青團工作經驗，有國企工作經驗。文章還說，「毋庸置疑，胡錦濤主導下的團派已占據絕對優勢，將主導大局。」

《人民日報》海外版在2012年9月28日還發表了〈盤點70後廳局級幹部：多數擁有團幹經歷〉的文章，裡面舉例說，「另外一些70後幹部，如今已經成為地方行政的一把手：原共青團山東省委副書記孫愛軍，現擔任菏澤市市長；原共青團湖南省委書記李暉，現擔任懷化市市長；原共青團北京市委書記王少峰，現擔任北京市西城區區長；原共青團天津市委書記劉道剛，現擔任天津市河東區區長；原共青團上海市委副書記李躍旗，現擔任上海市金山區區長；原共青團廣東省委書記陳東，現擔任廣東省揭陽市市長；原共青團甘肅省委副書記柳鵬，現擔任

甘肅省嘉峪關市市長……」

胡錦濤學董存瑞和諸葛亮

外界分析稱，團派在中共官場的崛起，主要得益於中國 13 億人口，普通百姓家的子弟要走仕途，最常見的渠道就是從共青團幹部做起，所以團派人口資源比太子黨要大很多；更重要的是，胡錦濤早在 16 大時安排李源潮卡位中央組織部部長核心職務，方便給團派官員增加「履歷」。

胡錦濤為防止共產黨在他手上崩潰，胡以全退的方式，安撫並換取江派暫停「魚死網破」、「誰都別活了」的威脅，胡錦濤學董存瑞炸碉堡，用自己的全退阻止江澤民繼續干政，並讓習近平以「八規定」的制度方式，徹底杜絕老人干政。習近平對此非常感激。

與此同時，胡錦濤也學諸葛亮布陣，在自己全退之前，跟習結成聯盟，安排好了 18 大之後的人事布局，其中團派占了絕對優勢，這也從人事組織結構上進一步削弱了江派對政局的影響力。

2012 年 7 月在中共 18 大召開前夕，在各地換屆選出的 402 名省級常委中，168 人曾有各級共青團工作經歷，團派占了 41.79％。而且在 18 人新上任的 203 名中央委員中，團派至少占了 44 個，比例高達 21.5％。在中共 18 大 25 人的政治局中，有 12 位是年齡不到 60 歲，其中有九位被視為與團派有關聯，也就是說，團派占了政治局的 36％，而在政治局常委七人中，除了習李，其餘五人都是即將退休的老人。

2002 年大陸各省市委書記、省長僅有六人出身團派，2012 年已高達 20 多人，增加了四倍多。於是很多人說，胡錦濤的裸退，是他在大權在握時的「以退為進」的「保黨」策略。

第五節
十多年來非江派系首主國務院

　　18大剛結束不久，溫家寶親信馬凱主持中央農村工作會議，江派背景來政變圈內人、國務院副總理回良玉也出席會議並講話。外界分析認為，這顯示馬凱將頂替回良玉擔任負責農業的副總理。

　　在即將到來的「兩會」中，將進行第三波中央機構及國務院部委領導換屆。李克強鐵定當總理，汪洋及劉延東被外界視為副總理大熱門，此背景下，江系背景的張高麗將出任常務副總理，將受到總理李克強和馬凱的上下夾擊、鉗制。

　　這是近十多年來，非江派勢力首次開始全面主導中共國務院。

　　在胡溫執政期間，溫家寶雖然是總理，但中共政治局常委多數是江澤民安插的心腹，特別政法委書記周永康，鐵桿江派，以致胡溫的執政權力受到限制，被指政令出不了中南海。

　　《新紀元》此前報導，周永康掌控的政法委是中共體制內一個畸形「怪胎」。從江澤民掌權時代開始，政法委書記高調成為政治局常委。

江澤民因鎮壓法輪功成立的臨時權力中心「610」通過政法委，控制中國的公安、法院、檢察院、國安、武裝警察系統。因「610」祕密權力機構類似文革中的中央文革小組，能隨時調動中國外交、教育、司法、國務院、軍隊、衛生等資源，實際上是另一個中央權力中心。

因而，政法委一直與胡溫存在根本上不可調和的權力衝突，早以成為一個獨立的最高權力機構，也形成了中共體制內一個獨特的「跛腳鴨」現象——雙重權力中心。

2012年2月王立軍、薄熙來事件爆發，王、薄的總後台周永康、江澤民等人的醜聞大量曝光，政法委的權力開始被逐步削弱，並被分拆，直到11月召開的18大，周永康徹底下台，政法委被踢出政治局常委，江派「第二權利中心」被摧毀。非江派勢力才開始主導國務院。

更多詳情請見《新紀元》出版的《中南海全程政治海嘯大揭祕（上、下）》。

習近平對江澤民亮殺手鐧

第二章
習近平與胡錦濤結盟

18大前,江派人馬從軍隊核心層被清洗出局,胡習陣營在鞏固了軍權之後,除政治局常委留出多數席位給江派以防「魚死網破」外,在中共中央、地方及中共國務院的人事安排上已卡住了各大要職。此外,胡與習結成反腐聯盟,民間舉報潮令一大批貪官落馬,落馬貪官的背後都有中南海江派大老的身影。

(AFP)

第一節

一張照片洩露的中南海祕密

2013年1月1日，中共政協舉辦新年茶話會，除18大後下台的原政治局常委周永康、李長春、賀國強外，新舊常委共11人出席了此次會議。中共官媒公布了一張全景集體照，令很多人看出了中南海不願公布的祕密：中共已經分裂成兩大陣營，各自站隊，楚河漢界壁壘分明。

在這張集體照中，胡錦濤坐在中央，胡的左邊是習近平、溫家寶、李克強、俞正聲及王岐山；而胡的右邊是吳邦國、賈慶林、張德江、劉雲山及張高麗。懂點大陸政局的人都知道，右邊基本是江派人馬，至少是江派色彩濃烈的人，而左邊是團派、太子黨的集合。新華網在報導時，第一個出現的名字是胡錦濤，隨後依次是胡錦濤左邊的習近平、右邊的吳邦國這樣左右交替，目的是排名上搞平衡。

俗話說「人以類聚，物以群分」，不知不覺中人的肢體語言就會洩露其心中的祕密。在2012年11月15日中共七常委亮相時，也是張德江、劉雲山、張高麗站在習近平的右邊。如此公開鮮明的「站隊」亮相，在中共權鬥歷史上恐怕也是少見。

虛化四常委 重用「落選人」

《新紀元》在 2012 年 11 月份的文章中已經介紹了目前中共 18 大政治局常委的人事安排是胡錦濤的布陣所為。胡為了避免江派走上「魚死網破、同歸於盡」的絕路，主動在人事安排上給人「江派強勢」的假象，但在實權位置上卻都是胡習的人馬。

有香港雜誌也報導說，由於習、李的支持，18 大後中紀委書記王岐山發動網路反腐。其直接效果是排名在王之前的張德江、俞正聲與劉雲山以及排名在王之後的張高麗被虛化，形成了「只可意會不可言傳」的「弱常委制」。據可靠消息稱：「習李選擇的『弱常委制』是與江胡兩代艱難談判的結果。」

報導認為，目前中共最高層分工不明朗。比如劉雲山本該接替李長春而掌控文宣，但去了書記處做領班，導致文宣權力真空。但也有傳言：常委中排名最末的張高麗已經接掌文宣，但工作基調未出台，有待習近平首肯有關規劃後，才有文宣界面的改觀。

2013 年新年伊始「世界新聞網」發表社論表示，習近平上台後的反貪腐和親民舉動帶來一點「新朝」氣象，但「新氣象之下也是陰霾重重、危機四伏」，中共內部的「正能量和負能量的較手也在無聲進行」，明槍暗箭的權力鬥爭並未止息。

文章表示，新上台的習近平正臨著嚴重的老人干政、權力掣肘的兩難局面。鑒於中共黨史上胡耀邦、趙紫陽等在總書記位子上遭老人鄧小平「廢君」的先例，「君位」尚未穩固的習近平「想要有大作為而又不會中途被廢掉」，唯一出路就是贏得民意的擁戴，以強大的民意來抗拒「老人干政」對他的捆綁。

由於這屆常委人選幾乎都是老人說了算，習近平這個總書記是無法

對其他常委們「說三道四」，而李克強之外的其他常委，除了中紀委書記王岐山或許會有一些「打老虎」舉動外，其他的常委都難以擺脫老人政治的束縛，都是只求「守住原有的江山地盤」的人，難有創新之志。

因此，著眼未來，習近平勢必大幅度重用汪洋和李源朝等「落選」常委，以穩固自己的權力體系、整合班子，維持新政溫度，以民意裹挾黨意，排除老人干政制約，為他後續的「新政」打基礎。

1.2.4 的「弱常委制」

2012年中共政壇爆發了執政以來的空前危機，引用大陸著名的法學家賀衛方的話來說：「2012年最具戲劇性，但2013年將到的時刻卻有一種難以名狀的無力感。2012年歲末時，完全沒有預料到此後上演的大戲，情節如此跌宕起伏，令人尖叫，然而又帷幕重重，欲說還休。新的一年會好麼？難說，只是我們都被這不可操控的力量裹挾著進了新年。」

2012年大陸網民在網路上做了一份「人渣排行榜」，薄熙來位於榜首。中共在2013年最大的懸案莫過於薄案的審判，以及薄熙來背後的靠山、原政法委書記周永康將如何遭到清算。18大後周永康「退休」時，中共官媒高調給予報導，寓意明顯。而其他下台的政治局常委如賀國強、李長春，官媒對此則非常低調。

18大中共黨內換屆後，到2013年3月，全國人大和政協在兩會上也會換屆。有消息說，張德江、俞正聲、劉雲山以及張高麗被虛化的「弱常委制」，屆時還會發生更大變化，弱的恐怕會更弱。

從局勢看，習近平將接替現任國家主席胡錦濤，正式成為中共黨、政、軍最高權力人物，李克強將正式升任國務院總理一職。與以往不同

的是,國務院總理排名第三,不過李克強卻排在了第二名,排名第三的張德江則可望成為全國人大委員長。

俞正聲會成為全國政協主席。新年前夕習近平拜會各「民主黨派」時,俞正聲都一路陪同,預先「拜碼頭」的意味不言可喻。兩會後,王岐山將卸任副總理一職,而已經擔任書記處書記的劉雲山也不會在兩會上接任其他職位。

由此可見,兩會後,習近平往前衝,李克強和王岐山左右護衛,其餘四人打醬油的「1.2.4」局面,會更加明顯。

習近平引用毛詩透露的心境

2013年第一天,中共政協全國委員會在全國政協禮堂舉行了新年茶話會,習近平在講話中引用了一首毛澤東1934年作的詞的上闋:「東方欲曉,莫道君行早。踏遍青山人未老,風景這邊獨好。」《大紀元》專欄作家周曉輝對此發表了一番評論,部分內容如下:

1933年10月,為了在剿滅中共後全力對付日本的侵略,國民政府領袖蔣介石在四次圍剿無功而返後,集結一百萬軍隊、並在德國軍事顧問的幫助下,開始了對中共的第五次圍剿。在國民黨「鐵桶」戰術下,中共根據地逐步縮小、人數急劇下降,中共軍隊只能節節敗退。1934年7月,國民黨重兵逼近中共根據地中心地區,中共惟有擇機突圍。此時,毛等人正在江西南部的會昌縣參加會議。

會議期間的一天拂曉,毛同幾人登上了會昌山,遂心有所感,寫下了這首〈清平樂會昌〉。據毛在建政後回憶此時自己的心境是:「1934年,形勢危急,準備長征,心情又是鬱悶的。」不知未來走向何方、在紅軍內部並不掌握主要領導權的毛當然是鬱悶的,而陷於鬱悶中的毛想

必無法安然入睡，因此早早起來去爬山。在山上，毛藉由所看到的雄偉壯觀的自然風光，來為自己打氣，並抒發自己內心的雄心勃勃。

中共後來的御用文人對這首詞的解釋是：毛相信自己雖然踏過了眾多的青山，走過了許多艱難險阻，但鬥志還在，因此相信革命終會取得勝利，到那時，惟有紅色根據地的風景獨好。但筆者認為，以毛的為人和對權力的熱中，以及在此後毛對中共黨內的一系列清洗，可以有另外一種解讀：毛相信自己歷經多種困難，但鬥志還在，因此相信自己一定會有雲開霧散的那一天，即奪取中共最高權力，到那時，自己這邊的風景獨好。

既表達了毛的鬱悶又展示了其雄心的詞作如今為習近平特意引用，或許無意間透露出此時的習也具有同樣的心境？一方面，上台後不久的習近平面臨著前所未有的挑戰，尤其是黨內延續至今的高層博弈以及江系帶給中國社會的重創和無休止的折騰，都成為其推行各項政策的阻礙，這自然讓人鬱悶。另一方面，年輕時所經歷的困難以及內心所具有的責任感又使習近平相信，自己鬥志尚存，只要走過艱難險阻，一定會取得勝利，就像當年毛最終奪取政權一樣。

只是此時非彼時。俗話說的好，古今成大事者，不僅要有天時、地利，而且更重要的是要人和。中共 1949 年奪取政權，可以說是承天時；又兼有廣袤的土地、豐富的資源，可以說是得地利；中共依靠一套民主的說辭和給予農民土地，贏得了百姓的支持，可以說得人和。然而，奪取政權後的中共很快露出了凶殘的本來面目，從其建政那一天起直到今天，一個又一個運動從未間斷，而且迫害死了至少 8000 萬民眾。同時，中共還大量攫取民眾所創造的財富，縱容假、惡、暴橫行，打壓殘害民主人士、有信仰民眾等，使中國人迄今仍生活在恐懼、擔憂和哀歎、麻木中。

如此逆天而行的中共發展到今天，不僅喪失了民心，成為眾多民眾唾棄的對象——那1億3000萬人的「三退」（退出中共黨、團、隊）之舉就是對中共政權無聲的投票；而且亦喪失了天時和地利，上天一方面通過貴州「中國共產黨亡」的藏字石以及諸多天災，警示中共；一方面通過一個個生態災難，提醒中國人：我們美麗的家園為何正在消失。喪失了天時、地利、人和的中共頹勢，依靠個人的雄心和不畏艱難的決心可以挽救嗎？

第二節

習召汪洋進國務院 雙重目的

習近平2012年12月7日起為期五天的「南巡」過程中，汪洋一直不離其左右，同時習近平藉南巡之機向外界釋放出強烈的將推動經濟改革的信號，外界分析有重用汪洋的寓意。南巡結束後，立即有消息傳出稱，汪洋將進京出任中共國務院副總理，協助李克強主管經濟事務。新任廣東省委書記、一向低調的胡春華也一改常態提到汪洋將去中央工作。另有消息稱，汪洋以後可能會進入政治局常委，接替王岐山出任中紀委書記。

18大「開明派」人物汪洋未能入常，一直被視為胡、溫、習、李為牽制江派而妥協的結果。汪洋進京後，將進一步虛化江系「弱常委」。有消息稱，習近平急切召汪洋回京，「重返國務院」，助李克強主管經濟。一方面增強習李政權一邊的陣容，另一方面給開明派暗示，藉汪洋收買人心。

汪洋肅清江派 廣東成團派根據地

汪洋被看作團派中的「狠角色」，深受胡錦濤、溫家寶的器重。據悉，汪洋33歲時出任安徽銅陵市長，被當地人稱為「娃娃市長」，當時他在電視講話中發表了一番改革言論，被鄧小平看中。1992年鄧小平南巡到安徽合肥，接見了時任銅陵市長的汪洋。此後汪洋仕途一路高升，1993年，38歲的汪洋升任安徽省副省長，成為當時中共最年輕的副省長，據傳鄧小平還把汪洋「託孤」於胡錦濤。

汪洋出任廣東省委書記之前，廣東官場一直被江派人馬把持，到2007年汪洋主政廣東之初，受到當地官場上來自江派舊有勢力的抵制，施政艱難。

汪洋上任後，開始清洗江派。2009年，廣東官場發生大地震，省政協主席陳紹基、深圳市長許宗衡、原廣東省紀委書記時任浙江省紀委書記王華元等人因「嚴重違紀」被中紀委革職查辦，原廣東省公安廳常務副廳長時任公安部部長助理鄭少東也落馬。

2011年11月，江派地方大員時任廣東省長黃華華突然辭職，據稱，黃華華深涉經濟腐敗問題被汪洋抓住把柄被迫辭職。

2012年2月，汪洋又啟動「三打兩建」的「打黑」專項行動，一場反「貪腐」風暴席捲廣東，數百名涉案官員被「雙規」。到胡春華接手時，廣東已成團派的「根據地」，江派在廣東已無市場。

胡習聯手 四波人事布局內幕

據北京知情人士透露，18大前，江派人馬從軍隊核心層被清洗出局，胡習陣營全面接掌軍權。在鞏固了軍權之後，胡習除政治局常委留

出多數席位給江派外，在中共中央、地方及中共國務院的人事安排上已卡住了各大要職。江派變成了「印象派」，只擁有表面的常委頭銜獨守虛名，實則已被困如孤島，在少數要職上的零星安排也是為防江派不致做出魚死網破的出格舉動。

　　胡習的人事布局共分四波。因為中共體制一直奉行「槍桿子出政權」，第一波布局從軍隊開始。從軍委主席、副主席到軍委四總部，再到各大兵種、各大軍區的人事安排上，江派幾乎已完敗出局，胡習陣營全面接掌軍權。

　　有了槍桿子，第二波布局開始，即中共中央政治局。在七常委中，胡錦濤傳人李克強的地位被提升到第二位，王岐山靠向習近平。25名政治局委員中，胡習陣營有15人占一多半，分別是：習近平、李克強、汪洋、李源潮、劉延東、馬凱、王滬寧、劉奇葆、許其亮、范長龍、孫春蘭、趙樂際、胡春華、郭金龍和孫政才。

　　在七常委中雖不占多數，但習、李、王三角聯手加上下面的委員，胡習陣營已控制政治局，江派常委被架空獨守常委虛名。

　　第三波人事布局在地方的封疆大吏。在11個省、區、直轄市的調整中，七名具團派背景的高官成為「一把手」，分別是孫春蘭執掌天津、王儒林掌吉林、趙正永掌陝西、夏寶龍掌浙江、尤權掌福建、胡春華掌廣東、彭清華掌廣西。

　　完成了第一、二、三波人事布局之後，胡習陣營在與江派的對決中已基本控制了局面。而2013年3月召開的中共人大、政協兩會是胡習布局的第四波。屆時將完成中共國務院政府系統的人事調整，包括未入常的汪洋、李源潮，胡習人馬將在此次調整中進入要職，完成對江派的立體圍堵。此前江派有三大老巢，即軍中的總參謀部、中央的政法委、地方的上海市，但在18大前後，此三大老巢在一夜之間全部失守。

總參謀部在 18 大前被胡錦濤「愛將」房峰輝接管。房峰輝出任總參謀長，掌握了調動軍隊、指揮作戰的實際兵權，同時將中共最大的特務機構總參一部、總參二部收入麾下，清除了江派在軍中的重要據點。而房峰輝出任總參謀長，也打破了以往北京軍區司令員不出任總參謀長的慣例。

政法委涉「周薄政變」被降級。在胡溫執政期間，江澤民安插鐵桿親信周永康以政治局常委的身分執掌政法委，胡溫的權力因而受到限制、削弱，當時有「政令不出中南海」的說法。

政法委控制著中共整套的司法系統，掌管公、檢、法、司、國安並有調動武警部隊的權力。在 2012 年初發生王立軍事件後，即曝光了政法委是周永康、薄熙來政變計畫的核心力量。隨後就傳出政法委將被拆分的消息，在 18 大上政法委被降級，從政治局常委中被踢出。隨著周永康的下台，江派也丟掉了政法委老巢。

江澤民發跡之地老巢上海不保。新任上海市委書記韓正早在 2006 年陳良宇案時就脫離了江派，向中紀委提供江澤民鐵桿馬仔黃菊、陳良宇等人的大量黑材料。

2006 年 7 月，查辦上海「社保基金案」工作組組長、時任中紀委副書記何勇找韓正談話，要求他配合調查。到當年 8 月，韓正向中紀委「社保基金案」工作組提供了大量揭發陳良宇的黑材料，還通過中紀委向中央政治局提交了一份長達五萬字的，揭發陳良宇、黃菊及其他江派要員的黑材料，這份黑材料也被視為他脫離江派的表現。

江澤民鐵桿親信楊雄破格出任上海代市長也是中央撇開上海市委直接任命的，在老巢盡失的情況下，胡習在上海給江澤民留了半個位置，以穩住江派人馬，避免在習近平完全站穩腳跟之前出現「魚死網破」的舉動。

第三節

18大江澤民被羞辱的祕聞

　　關於胡錦濤為何在18大突然放棄好不容易獲得的黨政軍大權，主動提出全退，把軍委主席和國家主席的全部權力都轉讓給習近平。有人說，胡錦濤在18大的權力角力中徹底輸了，不過真實情況恰恰相反。胡錦濤是在「布陣」，以便讓中共這齣戲還能演下去，否則就「曲終人散」了。而這裡面包含了何其激烈的刀光劍影、血雨腥風，以及江胡鬥之間的平衡布局內幕，請看《新紀元》本書系的《胡錦濤全退布局與令計劃的復仇》。

　　「18大」召開期間，前中共黨魁江澤民由專人攙扶進場，被胡錦濤安排亮相。會上胡錦濤在中共黨史上第一次沒有念完18大政治報告，就是因為江澤民的身體狀態，江不能持續坐那幾小時，而是必須靠著不斷注射藥物維持才能坐在主席台上。

　　作為「18大」主席團常委的江澤民在亮相之後，遭到眾多人的羞辱。胡錦濤的暗諷就不提了，毛澤東的兼職祕書、前中共中央委員李銳

的一番猛烈抨擊，不得不提。李銳大提江澤民的往事，並直接配合「胡錦濤裸退結束中共老人干政」的作法，稱「以前領導人不得干預現任領導人的工作」。

李銳被稱為中共黨史專家，他在18大被安排列席代表並進行了書面發言。一般來說，列席代表有會議的出席權和發言權，但沒有正式代表或與會人員所具有的選舉權、表決權或代表權。

李銳在書面發言中幾次直指江澤民，揭發關於江的醜事。有消息說，這是胡錦濤和習近平的故意安排，目的就是在18大上羞辱江澤民，同時警告江不要再干政。

據香港雜誌報導，18大期間，李銳在第五組進行了書面發言。發言中，李銳特別談及江澤民接班時，鄧小平在家裡開了一個小會，鄧小平對江澤民講了三句話：「毛在，毛說了算；我在，我說了算；你什麼時候說了算，我就放心了。」這是16大時的往事，李銳卻在18大會議上，再次提起江過往的糗事，毫無掩蓋給江難堪。

在提出對中共進行政治體制改革的幾點建言時，李銳說，中共領導人離職後，應當停止他在職時的特殊待遇，並在會上再一次揭發「江澤民在上海的別墅非常豪華」，李銳認為：「不應該享受原來生活方面的特殊待遇。」

曾上李銳還提出應「廢除領導幹部在黨政人大政協四大機構輪流且相兼任的現象，以前領導人不得干預現任領導人的工作。」明確提出應廢除「老人干政」，矛頭對準江澤民，暗指其戀權干政。

此前有報導稱，江澤民的「戀權」早已招致中共黨內很多人的反感，與江同屆退休的中共元老田紀雲就曾暗批江澤民：「要明白，到了眼睛睜不開了，嘴巴合不攏了，腰也直不起了，頭腦也不清醒了，還賴在台上，是不討人喜歡的。」其喻意深刻。

第四節

反腐升級 習近平怕「魚死網破」

習近平反腐從薄熙來的舊部雷政富，到周永康的家臣李春城，再到新進入政治局的李建國，反腐之火看似越燒越旺。然而面對中共無官不貪的現實，反腐專家李永忠警示魚死網破的態勢。點出了習近平「新官集團」最擔心的核心問題。

2012年12月15日，習近平的新班子出籠「滿月」了。新官上任三把火，官媒吹捧說，這一個多月是「新風撲面亮點多」，並把習近平的開局概括為「親民、務實、反腐、自律、改革」十個字，不過十個字中大多是虛詞，老百姓看到的只有「反腐」的一些小案例。

據網友統計，在這一個多月裡，因民眾舉報而被查處的貪官有20多人，從薄熙來的舊部雷政富，到周永康的家臣李春城，再到新進入政治局的李建國，好像反腐的火越燒越大，有人開始期待哪天能抓隻「大老虎」出來。

不過，中紀委書記、習李新政的「反腐執刀手」王岐山卻公開說：

「你們說新官上任三把火,我們更希望的是潤物細無聲,不大搞動靜,但是也不能有困難就不做。」

從目前的情況來看,官方尚無反貪大動作。一些北京觀察人士分析認為,畢竟習近平要到 2013 年 3 月中共兩會之後,才是中國名義上的權力第一人,他認為,真正的反貪風暴可能會在 2013 年中出現。

有跡象顯示,目前中共的反腐並未脫出以前的老套路,藉反腐清洗政治對手的戲目再次上演。一些政治失勢者的手下好像剝筍一樣被削去職務。但目前北京最高層最擔心的,是被清洗者會「頑抗到底」,導致「魚死網破的局面」。

雷政富李春城涉薄熙來周永康

18 大以來,網路掀起舉報熱潮。通過網友舉報,重慶的「雷冠希」、廣州番禺及順德公安局的「房叔」等一批貪官遭到當局迅速打擊,似乎只要網友一爆料,中共各地紀委力行「露頭就打」,立即介入調查,配合堪稱「密切」。

最快下台的當數 2012 年 11 月 23 日的重慶北碚區委書記雷政富,從不雅影片曝光到被撤職調查,僅三天時間。雷政富是薄熙來的人馬,雷政富曾就汪亂事件被建築商舉報而找到王立軍,王替他擺平了此事,雷因此更加賣力地為薄熙來、王立軍效勞,但也越來越變本加厲地貪腐和淫亂,因為他知道,只要薄熙來不倒,在重慶誰也告不倒他姓雷的了。

此外,最熱門的新聞還有中共 18 大後首位被拘查的省部級高官、中共中央候補委員、四川省委副書記李春城。李春城是中共前政治局常委周永康的嫡系人馬,他不但涉成都某國企老總貪腐案,還涉買官賣官、以權謀私及中共高層權鬥等,被中共新一屆領導當作「反腐」典型

開刀。

據稱，周永康兒子在石油、地產以及投資四川信託有限公司等的商業利益上，李春城的貢獻最大。四川信託擁有很多國有資產，包括部分五糧液和國窖白酒的股份，他們投資兩億元就竊取了70億的國有資產。

不久，成都市新都區國土局局長毛一新也因「涉嫌嚴重經濟問題」被雙規（在規定時間和規定地點交代問題），而毛被雙規主要是因為與李春城案相關。據新都區一建築商透露，調查人員在毛一新家中搜出3800多萬元現金。在毛一新被調查前，成都市工業投資集團公司董事長戴曉明於8月中被抓。

習近平反腐從薄熙來的手下、周永康的家臣入手，令外界看出了點門道。

網友指哪當局就打哪？

中共反貪官歷史可以證明，大部分的反貪案例只是權力清洗的手段或副產品而已。王寶森之於陳希同，陳良宇之於黃菊甚至江澤民，王立軍之於薄熙來，莫不如此。在這種關係之外，反貪反腐舉報往往出現狀況。

2012年11月30日，一位網友張貼文章，指廣東佛山市順德區公安局副局長周錫開也是「房叔」，涉嫌濫用職權、坐擁人民幣上億元房產，並質疑周錫開安排已懷孕的老婆移民海外，以逃避計畫生育。順德區紀委當晚深夜緊急說明：「網上反映順德區公安局副局長周錫開的有關問題，我委高度關注並已介入調查，待情況清楚後定向媒體公布。」但隨後，該公安局表態被舉報人是「一個好人」，舉報者被威脅，並已經失去了工作。

此外，曾擔任廣州番禺城管綜合執法局局長、政委的蔡彬，遭網友曝光擁有22件房地產。廣州市紀委隨後宣布查明其有收賄事實，已對蔡彬採取「雙規」；2012年8月，有網友稱在廣東省縣級以上機關2012年招錄公務員考試過程中，中山市人社局紀委書記梁國影指使他人調高了其子林某對外公布的筆試成績，梁隨後遭「雙開」（開除黨籍、公職）。這些案子，估計最後也將不了了之。

《財經》副主編實名舉報 能源局報案報警

2012年12月6日，《財經》雜誌副主編羅昌平在部落格發布〈中國式收購：名部級高官與裙帶商人的跨國騙貸〉一文。隨後通過其微博連發三條微博，向中紀委實名舉報國家發改委副主任兼國家能源局長劉鐵男涉嫌學歷造假、巨額騙貸，和劉鐵男包養、威脅情婦等問題。

這是這次反腐舉報大潮中第三次涉及副部級高官的舉報，甚至有說此事「抵得上十個李春城案」，因此也被輿論認為具有標竿性的意義，引發網路轟動。但僅僅四小時後，中國國家能源局新聞辦公室就表示，消息純屬誣衊造謠，正在報案。劉鐵男已得知此事，當時劉正隨王岐山訪俄羅斯。

而對於中共官方態度，羅昌平表示：「已經委託浦志強和斯偉江作為其和親屬的代理律師，將循法律途徑解決。」有評論表示，羅昌平舉出一系列詳實的證據，而官方從舉報到回應卻不過數小時，此回應絕對不是慎重調查之後的結論。也有觀點認為，如果羅昌平在這次事件中勝利，意味著媒體的權力增長迅速，中共中央是絕對不會容忍這種事情發生的。

12月18日新華社報導，一則題為〈曝河北省邢台市市長劉大群收

受回扣、豢養情婦〉的舉報網路文章，成為連日來高潮不斷的網路反腐事件最新一波。調查發現，劉大群曾任河北省農業廳廳長，因為「三鹿事件」2009年3月被省紀委監察廳處以記過的行政處分，2010年1月調任邢台市市長。

文章以「張劍仁」等河北省邢台市29名幹部的身分，聯名舉報劉大群「四宗罪」，包括在土地出讓中藉權力私拿回扣、涉足工程承包以撈好處費、毀掉國有邢台路橋公司、包養二奶並違規為其辦理事業單位招錄手續和幹部身分等。河北省紀委相關負責人表示，已經注意到相關網路文章，相關部門已專程寫出報告並彙報主管領導。

據英國媒體BBC中文網12月17日報導，已從官方有關部門證實，深圳市委衛生工作委員會書記、市衛生和人口計畫生育委員會黨組書記、主任江捍平，涉嫌嚴重違紀被調查；而廣州市一名城管隊長王寶林，因收受賄賂及擁有無法解釋的財產達到2000多萬元人民幣，被廣州市中級法院判刑14年。

另外，寧夏媒體報導，寧夏林業局原副局長馬林涉嫌利用職務上的便利收受賄賂，已被開除黨籍和公職、收繳其違紀所得，並移送司法機關依法處理。

另外，被中紀委調查的還有廣東省國土資源副廳長呂英明、廣東英德副市長鄭北泉、揭陽市委原書記陳弘平、山東省農業廳副廳長單增德、深圳市原副市長梁道行、太原市公安局局長李亞力等。隨著越來越多的基層官員貪腐黑幕被曝光，民間反腐舉報開始向中共高層蔓延，甚至涉及到政治局委員。

「實名舉報」向更高層蔓延

　　2012 年 12 月中旬，全國人大副委員長、人大祕書長，中共 18 大新晉政治局委員李建國遭網友韓寵光網路舉報，韓向中紀委舉報稱，李建國在擔任中共山東省委書記期間，將其「親外甥」張輝，僅八個月即從副處擢升為副廳，涉嫌違反中共黨內幹部選拔任用制度。

　　據知情人介紹，李建國不是第一次亂提拔人了。早在 2007 年他離開陝西調任山東時，離任前就違反常規，緊急提拔安插了數十名副廳、正廳一級的高級官員，這一作法讓接任陝西省委書記的趙樂際頗為不滿，狀告北京，曾在高層範圍內引起爭執和議論。

　　後來有消息說，張輝不是李建國的「親外甥」，張輝的妻子是李建國的「親外甥女」。也有消息說，前面那些被舉報的官員大多屬江澤民派系，而李建國作為中共最高權力實際掌握者的 25 人政治局的成員之一，與團派的關係更緊密些，因此有人說是中共內部藉網友舉報來進行派系鬥爭。不管如何，網路實名舉報反腐已逼近中共底限，這場反腐風暴能否繼續下去，人們拭目以待。

　　此前還有消息稱，江派人物前中共政治局常委主管宣傳的李長春的哥哥、原任大連建委主任李長吉已被雙規。自由亞洲電台報導說，李長春之兄李長吉原任大連建委主任，長期幫助薄熙來的「錢袋子」億萬富豪富彥斌打點官場關係，是富彥斌背後最主要的老闆。這也是薄熙來出事後，李長春保薄的主要原因。

　　據不完全統計，在習近平上任短短不到一個月的時間，已有 20 多名地方官員因涉嫌違紀或被舉報，而被中央或地方紀委調查。但有評論認為，中共現階段治貪採用這種「民間指哪打哪」的手段，是為了迎合民眾，為新一屆領導班子開局創造一個優質的輿論氛圍。

胡習聯手反貪 直指江家幫大老

對比18大前後的變化，人們發現，除了習近平上台外，還有個關鍵因素就是中共各級人事的變化，特別是政法委、中紀委、組織部的變化，才促成了這些貪官的紛紛落馬。過去民間舉報一直不斷，但很少引起中共官方的注意，更少被官方接納，從而讓很多貪官一直「帶病上崗」（指官員有問題仍被任用），越貪官位越高。

這次有所不同了。薄熙來被抓，周永康、李長春下台後，胡錦濤與習近平結成反腐聯盟，任命鐵腕人物王岐山為中紀委書記，習近平的人馬趙洪祝為中紀委第一副書記，團派大將趙樂際為中央組織部部長，這些具體做事的人至少在開局演戲階段，做了他們該做的事，這才令民間舉報有了下文，於是出現了民間舉報潮，令一大批貪官落馬。

而且這些落馬貪官的背後都有中南海大老的身影，這無疑就牽扯到高層仍在進行的江胡鬥的延伸劇目了。胡錦濤通過人事布置，與習近平聯手反腐，利用「剝洋蔥」的方法，從外面一層一層往裡剝，先打擊薄熙來、周永康、李長春的外圍人馬，收集罪證後，再進一步令高層大老收手服輸。

智囊擔心「魚死網破」

就在胡錦濤、習近平大聲呼籲「不反腐就會亡黨亡國」之際，首都北京的大報《京華時報》卻發表了習近平反貪腐智囊的反腐專家李永忠的「出格」言論：對腐敗官員不能趕盡殺絕、「絕不赦免」。

李永忠的核心觀點是：「如果我們用『絕不赦免』的方法，可以推算，『腐敗呆帳』只會越來越多，存量會越來越大，抵抗也會越來越頑

強，最後可能出現魚死網破，甚至魚未死網已破的態勢。」

李永忠是中國紀檢監察學院副院長，制度反腐專家，國家行政學院等院校兼職教授，中國經濟體制改革研究會特約研究員。他從軍隊紀委到地方紀委，從縣紀委、市紀委到中紀委，再到出任監察學院副院長，有數十年的「反貪經驗」。

來自北京的消息透露，李永忠是習近平、王岐山這次反腐運動的主要智囊之一。他提出的問題，其實也正是習近平「新官集團」最擔心的核心問題。

事實上，在2012年11月之後，已經可以看到內部被整肅貪腐官員頑強抵抗的效果。《紐約時報》的溫家寶家族財富報導，彭博社的習近平腐敗新聞，以及最近幾個月中國外逃官員、商人人數和資金外流數量大增，都會對中共體制造成傷害。但最重要的傷害，是來自「內部人士」的向外大爆料。北京一些分析認為，《紐約時報》有關溫家寶家族財富的報導，對中共的打擊不亞於薄熙來事件。

因為溫家寶被認為是中共內部改革派的「清官」，在民間尚有一定聲譽。「魚死網破」的一個後果，就是中共官方信用徹底崩潰。

騰訊網轉載李永忠文章之後的15萬則跟貼，幾乎沒有支持者，大量跟貼都是痛罵中共官員和體制，以及對貪官污吏的痛恨。顯示民眾既不相信中共反腐決心，也不相信中共的反腐機制，這對胡錦濤的「三個自信」可說是一大諷刺。

貪腐三層次與異體監督

李永忠把中國的貪腐分成三個層面：權錢交易、權色交易、權權交易。權錢交易，就是一種簡單的一次性的權力與金錢的交易，其應對的

法律政策比較明確，懲治起來也比較方便。權色交易的「色」，不僅僅指色情，而是泛指非物質化的賄賂，包括性賄賂、信息賄賂、業績賄賂等等。第三層面的權權交易超越了物質和非物質化形態，它不需要直接的經濟利益來表示，而是進行一種權力交易，比如，我培養你的女兒當後備幹部，你提拔我的兒子當市長。一旦權權交易形成，整個社會就板結化了，下層的人難有向上流動的機會，「官二代」「富二代」就這樣產生了，實質就是利益輸送。

對於當下轟轟烈烈的網路反腐風暴，李永忠將其歸入「異體監督」，他說：「過去30多年，幾乎沒有一個黨政主要領導的腐敗問題是由同級紀委監督出來的，這就是同體監督的弊端。」由此可見，反腐就得推行百姓的異體監督。讓百姓監督官員，最簡單的辦法就是公布官員財產，但「官員財產公示」提出了幾十年但至今無法實施，關鍵原因就是太多中共官員阻撓這項改革。

李永忠提醒人們思考公布官員財產的目的是什麼，想得到什麼結果。人們不能期待公示了財產就等於清算了貪官，這是肯定做不到的，公示本身不是目的，最終目的是為了實現「幹部清正，政府清廉，政治清明」。於是李永忠建議赦免部分退回贓款的貪官，以換取他們對財產公開等政改措施的支持，否則可能出現「魚死網破」的局面。

腐敗呆帳存量越來越大

研究發現，在改革開放之初，大陸平均腐敗案件潛伏期是一年多，因為貪官相對來說還比較少，容易被查處，但自從江澤民上台提倡「悶聲發大財」後，促成了大陸幾乎無官不貪的局面，使貪官被查處的時間大大推遲了，目前平均腐敗案件的潛伏期變成了九年多，也就是說，同

樣的貪腐,但被查處的時間延後了七、八年,概率降低了七、八倍。面對這樣的困境,李永忠擔心出現魚死網破的局面。

他因此提出兩點建議:其一,公示要從「兩新」(新提拔、新後備)幹部開始,最好是設立政改特區,或者通過找一批試點來實行。一步一步將一杯比較渾濁的水,通過不斷地加入新的清廉增量,來降低或者逐步擠出腐敗存量。他建議在全國 2800 個縣中,選 28 個也就是 1% 來實施政改試點。

除了用稀釋的辦法外,還得讓污水本身變清,李永忠於是提出第二種方法,叫做有條件的部分赦免,「腐敗分子將收受的全部賄賂匿名清退了,並且在案發後,經查實退回的贓款與實際情況完全吻合即可得到赦免。」這樣就等於給了貪官一條改過自新的路,否則他一旦貪腐了,就沒有退路了,只能一條道貪到黑。這樣也能減輕貪官對反腐的抵抗。

然而這樣的辦法老百姓是不同意的。據自由亞洲電台報導,李永忠的建議在中國網路上招致巨大的反對聲音。「在新浪和騰訊網上相關新聞之後的跟貼中查詢,發現幾乎 99% 的網民反對赦免貪官,很多網民也質疑這一建議的背後動機。」

中共陷入「信任泥潭」

以赦免罪犯的方式減少司法成本,是世界各國普遍採用的方法之一。深圳的中國公民監政會籌辦人郭永豐笑言,如果不採用這樣的方式,在目前中國無官不貪的局面下,可能要動用數億人來查處腐敗,各類案件牽連之廣,查處成本之大難以計算,中國將無法承受。

但這種方法無法取得民眾信任。事實上,政府信用是各類所謂制度設計中最重要的基礎,沒有信用,一切都無法施行。中共內部的一些專

家也認為，中共現在已經陷入「信任泥潭」，任何官方措施和方案，都無法取得社會各階層的信任和支持。在這樣一個狀態下，中共的任何改革都無法進行。

事實上，習近平上台之後高調推動反腐，爭取民眾信心也是最重要的目標之一。來自北京的消息說，習近平身邊的智囊認為，以鄧小平那樣的黨內權威，在進行改革開放之前，都必須先否定文革，進行大規模平反冤假錯案工作，然後清理幹部，最後才能全面推動改革。習近平上台之後，如要引領進一步改革，面對的困難可能更大。因此反腐，和藉反腐清理幹部隊伍是必行之策。

但很多評論者對習式反腐不抱樂觀態度。

改變一黨專政才是出路

自由亞洲電台就此問題採訪了美國南卡大學管理學教授謝田。謝田表示，在美國也有類似的措施，以赦免貪官部分罪行的方式挖出更大的貪官和降低反腐的成本，但他認為，在中國大陸這種方式恐怕難以實行：「那種方法確實可以帶來社會效益，減少成本，而且對貪官警示。但中國的問題是一黨專政，法律管不了共產黨，這才是關鍵。」

謝田對中國民間的「異體監督」也不看好，他認為中國的政治改革很難以特區方式進行，因為政改特區內不可能擺脫一黨專制的基礎，也難有新聞自由和司法獨立，他說：「中國的憲法中都規定共產黨在憲法之上，這樣的話什麼都沒有用，監督不了。」

當《京華時報》記者問李永忠深圳是否可以作為「政改特區」時，李表示，深圳「是改革搶跑者不是領跑者」，其制度創新並不積極。深圳的郭永豐因為籌建公民監政會而遭受深圳有關當局長期打壓，也曾被

判處勞教。由於沒有獨立於中共的民間監督，中國的反貪腐措施都難以生效。

　　李永忠也談到，現在中國「需要更大智慧、更大勇氣來推進政改」，他建議中共推出28個縣進行政改試點。目前各地政改試點遇到阻力，很多基層官員都指向「缺乏頂層設計」。事實上，其實大家都知道有關制度的頂層設計方向應該在哪裡，但卻苦於必須拿出一套符合黨內話語系統的說法。對此，習近平身邊的一位官員曾經感慨，「辯證法已經失效」，「屁股戰勝了腦袋」。

第五節

中紀委絕密通報 120 高官被盯

據《爭鳴》報導，2012年12月13日，中共中紀委向中央通報「反腐敗鬥爭工作的新動向」。通報指：仍房和城鄉建設部、監察部統計，2012年11月中旬以來，45個大中城市出現一股拋售豪華住宅、別墅等新動向，12月以來，拋售豪華住宅、別墅等情況繼續擴大，更改物業業主情況數以百倍上升，狀況空前。

通報指，根據調查，在拋售豪華住宅、別墅新動向中，出現若干極不正常情況：拋售住宅業主占60％持匿名、假名或以公司掛名；業主物業大多數空置或出租給親屬、朋友，沒有租住合約；業主出售物業都要求現金交易，不經金融機構；業主出手物業都委託律師全權處理，業務在交易過程中不露面。通報還指出，根據出售物業情況，匿名、假名物業業主均要求以現金交易及隱瞞其真實身分。經核查當年原始記錄、帳戶資金來往、住宅地點等，出售物業的業主皆屬黨政、國家公職人員、國有企業高級管理層。

另外通報說，18大後又有大批貪官準備外逃。據中國人民銀行、銀監會統計，2012年12月上旬被提取92.46億美元等值外幣，11月被提取146.44億美元等值外幣。

中辦、國辦12月12日下達通知：立即封存假名、匿名、假冒公司企業帳戶，待有關部門驗查。立即關閉、停業金融機構隸屬的各類「地下錢莊」經營活動。

文章透露，據知，中紀委、中辦、中組部至12月中已經召見近120多名現任高官打招呼，要求其家屬停止拋售住宅、註銷假名、匿名帳號等。

文章還說，中紀委、監察部12月14日也下達通知：嚴令各地紀委、監察部、印監委及公安部門要按規定政策把好關，嚴懲以假名、匿名、假公司、企業進行非法、違法物業轉售、出售等。嚴懲違規、違法提取各種貨幣、套匯及洗錢外流等活動。

不過，分析人士認為，在堅持一黨專制、缺乏獨立司法和獨立媒體監督的情況下，中共要想制止官員貪腐絕非易事。

《爭鳴》文章引述政界人士指出：大船快要沉了，老鼠們紛紛想跳船逃生，是海難現象。現在中共這艘滿載黨政貪官的大船也正在下沉，於是碩鼠們紛紛拋售各自非法竊取的豪華公寓、別墅，提取銀行裡不能說明來源的巨額外幣存款，為隨時外逃做準備。此類末口現象，正是所謂「中國特色社會主義」產生的。

習近平對江澤民亮殺手鐧

第三章
習藉反腐想打大老虎

習近平反腐中第一個倒下的省部級官員李春城，是周永康的家臣。處理李春城的目的是劍指周永康，清理江系殘餘。王立軍事件曝光了周永康與薄熙來密謀政變後，周永康的貪腐以及反人類罪行成了海內外民眾關注的焦點，圍繞周的親信展開的反腐網，也將把周永康繩之以法。

李春城（左）是中共前政治局常委周永康（右）的嫡系人馬，涉多項弊案，被中共新一屆領導當作「反腐」典型開刀。

第一節

心腹李春城免職 周永康傷不起

四川民眾進京遞交嚴懲呼籲信

2012 年 12 月 14 日,被民間舉報一周後,中共組織部證實四川省委副書記、周永康心腹李春城因嚴重違紀被免職。除了捲入周永康的家族腐敗及中共高層權鬥,李春城甚至還充當了成都黑社會的保護傘。當地官員甚至公開在網路上實名舉報其貪腐罪行。

1956 年出生在遼寧海城的李春城,從 2001 年開始相繼擔任成都市市長、市委書記近 11 年,被認為給當地民眾帶來深重的災難。18 大中他再次成為中央候補委員,得票列倒數第 17 位;成為 18 大後首位被調查的省部級高官。

2012 年 12 月 6 日大陸官媒報導中紀委證實李春城遭到調查後,12

月9日，有成都市民上街舉牌高喊不殺李春城不平民憤，呼籲繼續找出他的同黨！

12月10日下午，成都各區縣維權代表胡金瓊、彭天惠、吳萍、向陽平、辛國惠、周文明、辛文蓉、蔣玉等23人集體進京遞交呼籲信，並揭露李春城團伙的腐敗，要求當局嚴懲李在執政時期所犯下的罪行。李春城因為大搞「建設工程」及「四處拆遷」，還被封為「李拆城」的外號。

呼籲信中披露：「李拆城從拆城、拆村，到人南廣場設計、違建高爾夫球場、鳥巢政府窩、國際商城審批……從企事業改制嚴重貪腐侵害民眾利益，濫用職權侵吞巨額市財政資產。

有的小公司與李春城勾結非法批地後到香港註冊資金數億，有的公司從1個億兩年間獲土地暴利80個億，有的個人公司法人與李春城勾結濫用職權騙取市財政數千萬。李春城嚴重違反國務院審批規定非法強徵強拆，從大規模破壞耕地到操縱司法，腐敗極其嚴重，大量的冤假錯案在李春城治下得不到依法糾正。」

成都官員實名公開舉報成焦點

成都金牛區統戰部長申男從2012年12月3日開始在網上實名舉報李春城的罪行，他披露李春城在90年代初多次向原黑龍江省委女書記韓桂芝行賄數萬元（相當於現在的數百萬），以致李春城從哈爾濱團市委書記相繼被提拔成哈爾濱副市長、成都副市長、四川瀘州市委書記、成都市長、成都市委書記、四川省委常委、四省委副書記、中央候補委員。

李春城花巨額資金買官，同時也瘋狂賣官，尤其是 2003 年任成都市委書記以後，越來越令人感到其用人標準變成了「任人唯錢」，導致成都買官、賣官之風成「全國典型」。

申勇還披露，李春城千方百計將其妻子曲松枝從某醫院勤雜人員一路提升，最終塞進成都紅十字會，成為副會長、常務副會長直至一把手，開啟了成都紅十字會的腐敗序幕。

李春城有五宗罪 涉十大要案

李春城違紀內容，中共官方至今沒有具體說明，但民間認為他至少涉及五宗罪，包括：

1. 買官賣官：在哈爾濱任職時向時任黑龍江省委副書記韓桂芝買官。
2. 貪腐受賄：涉成都工投集團戴曉明貪腐案，戴已被拘。
3. 籠絡領導：仗權為「大領導」在四川斂財。
4. 瀆職失政：2008 年四川地震，李專門為超豪華行政中心揭幕，惹怒高層。
5. 以權謀私：提拔妻子從醫院雜工至成都市紅十字會會長。

《大紀元》獲悉，李春城貪污受賄贓款達十億，涉及十大要案：

1. 成都工業投資集團董事長戴曉明案。
2. 成都會展集團董事長鄧鴻巨額資金案。
3. 成都郫縣「今日田園」數千畝別墅房地產土地案。
4. 成都南延線「麓山國際社區」數千畝別墅房地產土地案。
5. 成都一環路、二環路跨線立交橋和下穿隧洞工程腐敗案。

6. 成都七條地鐵全線開工建設工程腐敗大案。

7. 成都南延線天府大道「鳥巢」新益州國際金融城（原市政府新大樓）建設及裝修工程腐敗大案。

8. 公然違抗國務院禁令強拆逼迫青白江房主自焚致死慘案。

9. 成都城投集團等關涉土地、資金等嫌疑案。

10. 黑龍江省委韓桂芝買官、賣官案。

官媒高調報導 劍指大鱷周永康

與以往不同的是，這次李春城被查，大陸官媒一直高調報導，人民網、新華網都發表了火力猛烈的評論文章，藉此傳遞當局的反腐敗力度。《新京報》發表社論也稱近來網路反腐聲勢頗為壯大，雷政富等一批廳局級貪官被迅速查處。

在《新紀元》周刊文章中，曾介紹李春城是周永康的家臣，李為周永康的兒子周斌在四川牟取巨額黑錢出了大力，因此李春城的落馬，直接牽扯到中共高層權鬥，處理李春城的目的是劍指周永康，清理江系殘餘。時事評論員鄭經緯認為，18大後周永康剛一「下課」，四川省公安廳廳長就實名舉報四川第三把手的李春城及背後大老周永康。如果沒有最高層的授意，給他天大的膽，他也不敢做這種一旦翻盤將遭殺身之禍的事。

王立軍事件曝光了周永康與薄熙來密謀政變後，周永康的貪腐以及反人類罪行成了海內外民眾關注的焦點，圍繞周的親信展開的反腐網，也將把周永康繩之以法。

第二節
公安部網路監控大隊長被祕捕

2012年7月初北京公安部網監處監控大隊長周涌（化名）被中紀委帶走調查，其涉嫌在「刪除網路輿情信息以及刪除官員負面信息時收取巨額賄賂」，其涉案金額過億，周通已被雙規。在周通被帶走後不久，北京市宣傳部及文廣新局以及北京各大網站又有多人被帶走協助調查。

周通是周永康在北京的心腹，一直從周永康、劉淇等人手中收受好處，在網路上保留薄熙來和周永康想要打擊的高層人物的負面信息，刪除不利於周永康和江派的信息。

消息還稱，周通不僅收取巨額賄賂，通過他的網絡，全中國共20餘省數十個地市涉入此案。2012年9月份以後，甘肅、湖南、湖北、河北、河南、山東、廣州、廣西等等多地均有人因此事被帶走調查，引起內部巨大震動。

消息稱，周永康在2012年3月份開始失勢，當2012年7月份劉淇下台後，胡錦濤和習近平正式動手，抓捕了周通。

此前，有報導稱周永康夥同李長春，對谷歌進行攻擊，並將谷歌趕出中國大陸，讓百度在中國搜索引擎中一家獨大。周永康和薄熙來買通百度，在網上釋放習近平、胡錦濤、溫家寶等人的負面消息。

從 2012 年 12 月 20 日起，中國各地訪民在北京大學、清華大學、國家信訪總局及北京市各個地鐵站口等地持續舉牌，要求原中共政法委書記周永康公布其個人財產以及維穩經費的數目與使用情況。這些活動都未受到北京當局的干擾。

中共人大常委會 28 日表決通過「關於加強網路信息保護」的決定，要求網路實行實名制。早在 2000 年，人大就通過了「維護互聯網安全的決定」，其中規定如果網民利用互聯網「造謠、誹謗或者發表、傳播其他有害信息」，將會繩之以法。這次決定的嚴厲程度更甚以前。

消息稱，這次網路言論突然收緊，也是習近平在為後面拿下周永康做輿論控制，主要是為了防止到時網路傳言四起，失去控制。

消息還稱，江派的幕後人物曾慶紅正與其他派系談判。當前的局面下，各方都在評估「拋出」周永康的後果。有關江澤民高調的現身，實際也是為後面做鋪墊。一旦 2013 年周永康被拋出，江派會由江澤民出面高調表態與其切割，而不至於顯得江澤民是被迫切割周永康。

第三節

傳江澤民外甥吳志明被實名舉報

中共18大後,掀「反腐」風潮,不少中共中央委員甚至政治局委員被實名舉報。有消息稱,有人向中紀委實名舉報江澤民外甥、原上海市政法委書記、公安局長吳志明大量犯罪事實,涉及陳良宇案內幕和江澤民兩個兒子的犯罪證據。

2012年6月5日,上海政法委官網——上海政法綜治網發布消息說:「上海鐵路法院、檢察院移交協議簽字儀式在上海舉行,市委常委、政法委書記丁薛祥出席儀式並講話。」此為當地官方首次披露丁薛祥履新政法委書記消息,正式宣告江澤民外甥吳志明卸任政法委書記職務。

江澤民外甥吳志明是原上海幫核心之一,1952年生於江蘇揚州。從2012年5月下旬上海市委產生新一屆領導成員後,吳志明就不再擔任市委常委職務。

吳志明發跡祕聞

2009年12月5日大陸學者呂加平公開發表文章，揭露了江澤民的「二奸二假」問題：第一奸，是江本人和他的親生父親都是日偽漢奸；第二奸，是他還是一個效力於蘇聯克格勃情報間諜機關和向俄出賣奉送大片中國領土的蘇俄奸細。第一假，他是一個冒充49年前加入中共地下黨的假黨員；第二假，他又是一個冒充中共所謂「烈士」江上青養子的假「烈士」子弟。

有消息稱，江澤民沒有被過繼給叔叔江上青，江澤民的弟弟江澤寬倒是真的被過繼給舅舅吳月公。吳月公膝下無子，把江澤寬抱來承嗣，取名吳德興。吳德興的兒子吳志明70年代下放安徽蚌埠，在鐵路蚌埠東站派出所當民警，不是網上所稱的18年扳道工，其連襟姓劉在蚌埠鐵路機務段退休。吳志明結婚時曾到北京探親，那時江澤民在北京一機部任職。

江澤民上位後，江澤民的弟弟投機認祖歸宗恢復姓江，本來要讓吳志明也恢復姓江，但江澤民不允許。

90年代初期，江澤民坐專列路徑蚌埠東站，停車派人找到吳志明上車小談，其後吳志明就被馬屁精們保薦到鄭州公安學院進修，回來就當了南京鐵路公安處副處長，上任第一件事就是回到蚌埠拿下蚌埠乘警大隊隊長等人職務，因為當年這些人壓制他沒有做成乘警。

吳志明的兒子被特招南京政治學院，當時安徽教育廳長陳賢忠特批。依靠裙帶關係，吳志明不久調任上海鐵路公安處處長，2000年4月任上海市公安局長；次年10月升任市委常委兼公安局長；2002年6月再兼任市政法委書記。

上海「南霸天」吳志明涉多起大案

吳志明任上海政法委書記近 11 年，期間還曾兼任上海市公安局局長達八年。老百姓稱吳志明是上海的「南霸天」，造成多起冤案。

據知情者說，吳志明生活奢華，在上海市有多幢豪宅，其中位於靜安區新閘路南草坪的住家為一幢三層樓花園別墅豪宅，市價過 1000 萬元人民幣。

上海官場中盛傳，吳志明直接牽涉到周正毅案和社保基金案兩大案件之中。周正毅當年行賄遍及上海市要員，與吳志明稱兄道弟。近期曝光的涉案金額高達 1 萬 2000 億的上海招沽案，江綿恆及吳志明等又被指是幕後黑手。

2008 年因襲警案被判處死刑的楊佳被中國民眾稱為當代武松、佐羅，網上很多帖子稱楊佳最想殺的人是閘北公安分局督查警官吳鈺驊，上海人稱吳鈺驊的父親是上海公安局長吳志明。網路作家草蝦在〈楊佳案的元凶是吳志明衙內吳鈺驊〉一文中指出，當時在派出所毆打楊佳的主犯就是吳鈺驊，楊佳後來針對吳鈺驊投訴了半年多。7 月 1 日楊佳闖入政法大樓就喝問：「督察室在哪兒？」一直殺上 21 樓督察室找到吳鈺驊。上海維權律師鄭恩寵被判刑，是江澤民親自批示「鄭恩寵一定要判」。因此陳良宇倒台鄭恩寵仍受到迫害，江澤民侄子上海公安局長吳志明要阻止鄭揭露上海幫黑幕，以防扯出他自身及江澤民兒子江綿恆的腐敗醜聞。

此外，香港居民沈婷作為周正毅案第一當事人，因 2003 年周正毅案位於上海靜安區東八塊的祖屋被強行拆遷，走過了艱難的四年維權之路，期間她連同上海著名維權律師鄭恩寵協力將周正毅案大面積曝光，得到外界的廣泛關注。沈婷的回鄉證在 2004 年被羅湖海關沒收，被剝

奪了回家看望年邁父母的權力。在一封〈江澤民外甥吳志明停止迫害：我要告周永康，請胡錦濤批示〉公開信中，沈婷首次詳盡披露遭受上海幫包括江澤民外甥吳志明迫害的經過。

吳志明迫害法輪功 血債累累

上海市是發動打壓法輪功運動的元凶江家幫的老巢，也是中共迫害法輪功最嚴重的城市之一。任職政法委書記和公安局長十多年的吳志明是江澤民「血債幫」的得力幹將，身欠血債累累。

迫害逾十年，上海形成了以「610」為邪惡中樞，公、檢、法、司為四大支柱，上海男勞教所、女勞教所、提籃橋監獄、女子監獄、法制學校等為五大集中營，進而脅迫各級政府、居委會、學校、醫院等舉國參與的對法輪功學員無法無天的迫害體系。這個體系的迫害手段，主要有造謠、監控、綁架、勞教、刑罰、嚴管、洗腦、酷刑、藥物摧殘、活摘器官等。每一種手段，皆被使用到極致。

到 2010 年止，據不完全統計，上海法輪功學員被迫害致死者至少 12 人，被非法劫持、關押迫害的數以千計。據明慧網局部調查統計：上海當局 2011 年到 2012 年 2 月 20 日，已綁架法輪功學員 103 人，其中勞教七人，判刑十人，面臨被非法起訴八人，綁架到洗腦班和看守所拘留所關押迫害 72 人。另有徐佩珍、陳來娣、劉枝亮等三人被迫害致死。

另據追查迫害法輪功國際組織調查，一系列證據證實上海多家醫院參與活體摘取法輪功學員器官「這個星球上前所未有的邪惡」。2004 年《解放日報》報導，自從 2002 年，上海科委設立多種臟器移植的「重大研究課題」，投資 800 萬元資金，推動包括復旦大學附屬中山醫院、二醫大附屬瑞金醫院、市一醫院、二軍大東方肝膽醫院、市肺科醫院在

內的五家醫院從事心、肝、肺等大器官移植臨床研究。2002年，上海各種臟器移植手術近500例，其中，心、肝、肺、胰等大臟器移植患者110例，比2001年度增加五倍多；2003年，移植總數接近1000例，僅肝移植總數就達400餘例。此外，上海已完成心臟移植術57例。

吳志明因其迫害法輪功學員罪行，被追查迫害法輪功國際組織列入惡人榜、追查對象。吳志明隨時面臨被起訴和清算罪行。

第四節

李鵬威脅退黨 李小鵬才當了省長

李鵬：我要退黨！

　　2012年12月18日，據山西衛視《山西新聞聯播》報導，山西省委召開常委擴大會，省委副書記、常務副省長李小鵬講話。李小鵬原是省委常委，現在多了個副書記銜頭，且排名位於另一位省委副書記之前，按中共官場規定，每省配備兩位副書記，一人是專職，一人是省長兼任，這表明，接替王君出任山西省長的將是李小鵬。

　　據傳，18大前李鵬為李小鵬未及時晉升正省級很是生氣，並施壓溫家寶和李源潮。無奈李鵬身欠六四血債，再加上李家壟斷電力系統，口碑極差，李小鵬轉正便被一拖再拖。

　　博訊網報導稱，李鵬對李源潮未及時提拔兒子十分不滿，在醞釀18大常委時，李鵬對胡錦濤提意見說，李源潮「六四」立場不堅定；

搞公推公選，就是企圖拔掉黨的根子，任何對黨管幹部的改革，就是動搖黨的基礎，「如果他入常，我要退黨！」

文章稱，李鵬要退黨對中共絕對是個「核彈」，意味中共有可能崩盤，胡錦濤只好犧牲李源潮！在搬掉這枚「釘子」後，習近平和李克強也迫於壓力，不得不買李鵬的帳，終於將李小鵬轉正。

李鵬唯恐家族被清算

李小鵬是李鵬的大兒子，李鵬唯恐家族因「六四」血債被清算，於是安排兒子棄商從政，辭去華能國際電力公司董事長等職務，2008年5月出任山西省副省長。可是四年下來，李小鵬還窩在那個常常發生礦難而難以卸責的地方。

及至中共18大，李家四處「活動」，好歹幫李小鵬弄上了中央候補委員，但得票卻倒數第一。

18大前有關報導說，李鵬得罪不少中共政壇人士，也引發對六四屠殺的新仇舊恨。而中共第五代的改革，繞不開「平反六四」，但如今鄧小平已死，承擔最大罪責的就屬李鵬，即使不交法院審判，在千夫所指下，李鵬的日子也屈指可數了。

此番李小鵬轉正，有民眾趁勢調侃說：「政治家的兒子也是政治家，董事長的兒子也是董事長，在中國，政治家的兒女是政商通吃。」

第五節

中紀委內控 4330 官員軍隊把關防外逃

據港媒消息稱，2012年12月3日凌晨起，大陸32個進出航空站、港口、邊境口岸都由中紀委、中辦、國辦、公安部、武警特警部隊進駐把關。以中紀委書記王岐山為組長，坐鎮指揮「打貪防外逃」，該項行動被認為是與當時習近平的反腐言論相配合。

嚴密布防下 近 30 名內控官員失蹤

香港《動向》報導，有關省委統一在2012年12月2日晚上十時，由中辦召開臨時緊急電話會議通知，凌晨二時已完成布署，前後僅四小時。這樣緊急通知、迅速布署是為了防止走漏風聲和通風報信。

12月3日至8日，在七個航空港、四個邊境口岸，先後攔截被列入審查名單中的115名圖謀出境外逃的中共官員。

據悉，就在這樣嚴密布防下，12月5日晚，有關省市通報：被列

為內控名單的 4330 名黨政、國家部門官員、國有企業高級管理層有近 30 名報「失蹤」。

被列為內控的 4330 人名單，是由中共中紀委、中辦、國辦、中組部、公安部、安全部、軍紀委、最高檢察院、監察部門等九個部門單位整理列出的一份涉嫌百萬元以上貪腐活動，涉嫌有命案、血債的黨政、國家科級及以上官員，國有企業處級及以上高級管理層人員名單。

在被列為內控、防外逃名單中，有 22 名省部一級官員、275 名副省部一級官員、1280 多名地廳司局一級官員。

命令逾百央企黨委紀委即時採取措施

2012 年 12 月 3 日由中共中紀委、中組部下令通知 127 家中央企業黨委、紀委即時採取措施：

（一）封存舉報本單位管理層信函，待中央派人員查閱。

（二）對涉嫌貪腐的高中級管理層人員要禁止出境、出國，有關證件、護照要上交保管。

（三）對被舉報涉嫌貪腐有初步證據的，應從境外、外國召回，返國接受調查。

（四）對涉嫌貪腐或犯有其他刑事罪案的人員如畏罪外逃或抗拒召回返國的，應及時向中央提交報告，由公安部門發出通緝逮捕令。

據悉，該次「打貪防外逃」行動由王岐山任組長，掛帥坐鎮指揮，孟建柱、栗戰書為副組長，直接對中央政治局常委會負責。

習近平上任首月網路揭貪官一覽表

職務	揭發時間	揭發緣由	揭發網民	進展
廣東湛江政府副祕書長鄧文高	2012年12月	被曝養「二奶」並超生孩子	網友實名舉報	被免職並立案調查
河北邢台市市長劉大群	2012年12月	被舉報收受回扣、包養情婦	29名幹部群眾網上聯名舉報	河北紀委表示進一步了解核實
山東高密農業局副局長聶玉杰	2012年12月	脅迫男性網友與其發生性關係	男性網民「王顯」在山東大眾網上發帖	12月14日，高密紀委介入調查
新疆烏蘇市公安局長齊放	2012年12月	將「雙胞胎情人」調入公安局工作，保持不正當男女關係	新疆亞心網出現新疆「最牛局長」的帖子	塔城紀委稱部分情況屬實，免去齊放局長職務，接受調查
山西公安廳副廳長、太原公安局長李亞力	2012年12月	其兒子涉嫌醉駕並毆打交警	網上發帖稱，太原交警為李亞力兒子集體作偽證，並上傳其子打警察視頻	12月6日，李亞力被免去職務、接受調查
國家發改委副主任國家能源局局長劉鐵男	2012年12月	涉嫌學歷造假，境外收購騙貸國內銀行，恐嚇威脅他人	中國《財經》副主編，羅昌平微博揭發	單位回應純屬誣衊，正在聯繫有部門採取法律手段處理此事

職務	揭發時間	揭發緣由	揭發網民	進展
蘭州市市長袁占亭	2012年12月	期間佩戴過至少五支昂貴名錶，包括20萬元的江詩丹頓	自稱「知名寫手、專欄作家，原蘭州軍區某部新聞報導員」的微博網民「周祿寶」	甘肅紀委說，袁占亭最貴手錶2.5萬元，佩戴其他名錶的指稱缺乏證據
重慶涪陵區綜合執法局文化執法支隊幹部吳紅	2012年12月	身著執法制服與裸露女子在房間「曖昧」	重慶大渝網網民	立案調查
重慶北碚區委書記雷政富	2012年11月	被拍攝與一女子發生性關係	調查記者朱瑞峰網上公開視頻	撤銷重慶北碚區委書記一職
黑龍江雙城市工業總公司總經理、人大代表孫德江	2012年11月	要挾此網民與其保持不正當關係；變相轉賣公家資產	自稱「雙城市縣級電視台播音員、主持人、記者和中共黨員王德春」的微博網民「王流浪2012」	撤銷人大代表一職，免去總經理職務
山東省農業廳副廳長、黨組副書記單增德	2012年11月	寫給情婦承諾書，保證與其妻離婚	網名為「風雨過後見彩虹」的微博網友	山東省紀委證實情況屬實，已被立案調查

職務	揭發時間	揭發緣由	揭發網民	進展
廣東英德市人民政府副市長、公安局局長 鄭北泉	2012年11月	與一涉毒團伙關係密切，充當保護傘，威脅幹警	英德市公安局副局長謝龍生與英德市公安局政委朱應忠在凱迪社區論壇揭發	正在接受組織調查
廣州市城管綜合執法局番禺分局局長、政委 蔡彬	2012年10月	個人擁有多達22套處房產	網名為「廣州正義者聯盟K」的天涯論壇網民	撤銷局長政委職務並被「雙規」，涉嫌經濟犯罪，已移交檢察機關查處
陝西省安全生產監督管理局局長、黨組書記 楊達才	2012年8月	任職期間佩戴11支名錶；在特大事故現場面帶微笑	眾網友「人肉搜索」	撤銷陝西省第12屆紀委委員、省安監局黨組書記、局長職務
太原小店區人大代表 李俊文	2012年12月	被曝有「4個老婆」、「10個子女」	多家網路熱傳	12月14日，李俊文人大代表資格被終止
神農架就業局局長 劉運山	2012年10月	娛樂場所公款消費	東湖社區論壇發帖揭發	免職

（來源：BBC中文網）

習近平對江澤民亮殺手鐧

第四章
公布財產是虛槍死結

中共提出要公布官員財產,口號空喊了幾十年從未實施。因為一旦公布真實數據,中共所標榜的「人民公僕」形象就會被撕裂,人民就會覺醒。據官方媒體透露,當前中共以0.4%的人口,掌控了中國70%的財產,如此極端的貧富差距,絕不是「共產主義」應有的畫皮。

(AFP)

習近平對江澤民亮殺手鐧

第一節

受反腐衝擊 官員自危告狀

文宣系老班底反擊 向劉奇葆告狀

中共 18 大後，中共新領導人習近平和王岐山聯手高調反腐，並在 2012 年最後一日召開反腐會議。此次反腐風潮開啟「習近平時代」，王岐山以網路為武器掀起全民反腐，拉下一批貪官、淫官，引發了中共官場恐慌不已。不過，這輪依靠民間舉報進行的反腐行動展開不久，就有港媒披露出中共高級記者向劉奇葆告狀。

據港媒報導，一對前新華社駐蘇（俄）高級記者夫婦對王岐山的網路反腐深為不滿，致信新上任的中宣部部長劉奇葆，稱「輿論失控是前蘇聯亡黨與解體的最大推力」。該信說：「黨內不健康的勢力正在利用反腐的民粹情緒，把網路變成針對中共的道德審判；即便審判不能達到預期效果，也會加強『共產黨裡面沒好人』的社會心理。」

習近平上台後，王岐山以網路為武器掀起全民式反腐。在一個多月

的時間裡，從鄉鎮官員至政治局委員，涉嫌貪腐問題的大小官員頻被曝光，幾乎每天都有貪官、淫官落馬。然而不久後，官媒以反對網路詐騙密集炒作世界末日為由，密集發文抨擊網際網路與微博。

報導認為，文宣系反擊網路反腐是一招政治險棋。一方面，會招致民眾更大的不滿；另一方面，王岐山很可能會採取新的動作，比如有重點地追查文宣系官員及相應關係人在文化體制改革中貪掠文化國資的行為，從而引發中紀委與文宣系的激烈內鬥。換言之，張高麗與王岐山的內鬥可能已經開始。

習李王三駕馬車反腐的難點

有北京政策研究人士分析了王岐山的反腐策略：「網路反腐至少可以讓民眾的憤怒心理得到緩解，從而減少了最高層對群體事件因腐敗而爆發的極度憂慮。在民眾一方，每一個貪腐案爆出均意味著貪官被網上『遊街示眾』。但是，在最高層焦慮心理緩釋的同時，整個官場會持反感態度。在官員看來，這無疑是『網路恐怖』。」

自由亞洲電台發表評論員未普認為，中共腐敗嚴重，而反腐的重大阻力來自既得利益集團。習近平在清華考博士的論文導師孫立平曾歸納，既得利益集團包括權貴集團、國有壟斷集團、金融虛擬經濟集團、地產資源利益群體等。這些利益集團多由紅色權貴操控，依靠權力和裙帶，及壟斷的國家關鍵資源、能源、金融、市場，來攫取巨額財富。

美國彭博新聞社 2012 年 12 月 26 日報導中共八名元老的後代瘋狂斂財、聚集巨額財富的詳情，以圖文顯示八大家族編織了一張通過聯姻與利益交織的網路，結成龐大的紅色貴族利益集團。

美國加州大學聖地亞哥分校的中國經濟學教授巴里・諾頓說：「中

國共產黨差不多被這八個人領導,他們比其他人更強硬,因此得以建立合法性,成為中國統治者。」

中共前總書記趙紫陽的祕書鮑彤說,革命家追逐權力,子女追逐財富,都是出於貪婪。權力導致腐敗,絕對權力導致絕對的腐敗。「革命家本人腐敗,這是常見不鮮的事情,革命家的子女腐敗,也不是什麼奇怪的事情。」

中共提出要公布官員財產,口號已經喊了幾十年,但從未真正實施。新一輪的官員財產公布的呼籲,主要由於2012年10月26日,溫家寶被《紐約時報》報導稱,其家族擁有27億美金的財產。溫家寶和家人當即聘請律師指控報導的不實,而且很多渠道的北京消息都透露,溫家寶在政治局常委會上,強烈要求對他與家人進行財產調查,並將結果公布於眾。

但這個提議被高層否決,儘管第二天中共當時的九常委一起亮相,表明對溫家寶的支持,對指控的否認。但這項官員財產公布政策還是被擱置了。

有消息說,光中共政治局常委一級的家人財產至少都以「多少億人民幣」為單位,動輒幾百億、上千億人民幣,若把這樣的數據公布出去,中共所標榜的「人民公僕」形象就會被撕裂,人民就會覺醒。據官方媒體透露,當前中共以0.4%的人口,掌控了中國70%的財產,如此極端的貧富差距,絕不是「共產主義」應有的畫皮。

溫家寶願意「率先公布個人財產」

2012年10月26日《紐約時報》報導溫家寶家族財產的文章發表後的第二天,一封〈溫家寶家人律師授權聲明全文〉在海外各大中文媒

體發表，指責相關報導失實。30 日，有報導稱溫家寶願意「率先公布個人財產」，並稱，他希望中共中央對他和他的家庭進行專案調查。如果中共中央不調查，他希望請專業單位對其家庭財產進行獨立的調查、審計，如果涉及非法，他和家人願意承擔法律下最嚴厲的懲罰。

2012 年 11 月 10 日中共 18 大前夕，前香港特區中共人大代表、培僑教育機構主席吳康民曾在港媒《明報》刊文〈《紐約時報》抹黑溫家寶家人〉，文中指「紐時事件」中攻擊溫家寶的材料都是假的，早在《紐約時報》抹黑文章刊登之前，這些誣陷材料已經出現，而且數量不少。

溫家寶曾於 2011 年 4 月在北京與吳康民單獨會面，兩人交談一個半小時。之後，溫家寶夫婦與吳康民夫婦一同合影拍照。

吳康民在文中說：「去年溫家寶總理在北京單獨會見我的時候，臨別時交給我一個牛皮袋子，內裡大概是一些文件。他也沒有說什麼，我也沒有馬上拆開。回到賓館，拆開一看，原來是一大疊影印剪報。但分門別類，並加上小標題：

1. 謠言的由來，2004 年 7 月 1 日《21 世紀經濟報導》。
2. 有關「平保」謠言，各報、雜誌、網路闢謠資料。
3. 有關珠寶展台灣代表團的聲明。
4. 徐明假冒女婿。
5. 近日有關溫雲松的報導失實。

吳康民談到，當時溫家寶把這些影印材料送給他，並沒有要求做什麼事。不過，吳康民認為，這些對溫抹黑的海外報導，顯然是希望「出口轉內銷」，為了打擊溫家寶。吳說：「那些抹黑溫總的材料，都是舊聞。以《紐約時報》揭發的所謂溫總母親持有『平安保險』巨額股票一事，實在匪夷所思。」「現在《紐約時報》又再以『平保』股權問題炒到 90 多歲的溫總母親身上，它很想說明，溫總祖孫三代都是貪腐分子。」

「至於熱炒溫總夫人張蓓莉是珠寶商一事，並謠傳她在北京國際珠寶展銷會上，豪擲 200 萬人民幣買珠寶。這本屬極為幼稚的謠言，還要勞參展台商和台灣參展團團長邱惟鍾在多份港台報刊刊登澄清聲明。很多媒體都稱，溫家寶夫人是寶石鑑定專家而不是珠寶商。」

文章最後指，《紐約時報》的所謂有關溫家寶家人祕密財產的獨家長篇報導，其中不少都是炒作多年前的「冷飯」。

有內部消息說，2012 年 5 月 6 日前後的政治局擴大會議上，在眾人面前，溫家寶與周永康撕破臉皮。

溫家寶就薄熙來的事件質問周永康，並要求調查周永康。但是周永康拿出海外的溫家寶負面傳言，要求對溫家寶的妻子同時也進行調查，並稱：「否則只是對我調查，在我黨中是沒有信服力的！」曾慶紅也表示支持。

據悉當時溫家寶立即拋出狠話稱：「可以對我溫家寶和家人進行調查，如果我本人及家人有任何斂財行為，我馬上辭職！」

但是周永康和曾慶紅在溫家寶發出此言後並沒有再堅持要求調查溫家寶的妻子，因為關於溫家寶家人貪污的假消息就出自周永康、薄熙來委託百度總裁李彥宏系統編造的，這是周、薄策劃奪權的整體計畫中的媒體假消息策略戰的其中一環。

更多詳情請見《新紀元》新書《胡錦濤全退布局和令計劃的復仇》。

第二節

中共八元老家族財富大曝光

2012 年 12 月 26 日,就在毛澤東生日當天,美國彭博新聞社發表長篇報導〈毛澤東的「同志們」的後代成為資本主義新貴〉(Heirs of Mao's Comrades Rise as New Capitalist Nobility),披露了中共八大元老的兒孫輩利用中國經濟改革聚斂巨額財富的詳細情況。

所謂「八老元老」是指鄧小平、王震、陳雲、李先念、彭真、宋任窮、楊尚昆和薄一波等八位中共元老,彭博新聞社的報導形容他們在中國的地位和華盛頓及傑佛遜在美國的地位類似,是中共統治階層中比較強硬和嚴酷的人。他們中很多人在文革中被放逐,文革結束後逐步掌權。之後 1980 年代他們利用改革的機會讓自己的子女占據國家的關鍵資產,形成太子黨精英利益集團,貪腐日益流行,直到 1989 年爆發天安門民主運動。為了保護家族資產和整個利益集團,八大元老在鄧小平的主導之下同意「六四」屠城。

六四之後,中共政權連表面的執政合法性也已失去。為了繼續斂

財，中共當局推動新一波經濟改革風潮，鄧小平南巡。此後太子黨反彈，對國家資產的搶占進入社會各個領域，控制了中國的整個經濟命脈。

2001年中國加入世貿組織後，藉中國經濟走入全球市場的機遇，八大元老的孫子輩又抓住機會，利用自己的家庭關係和海外教育背景大舉進入金融界及私營企業，很多成為企業主。

彭博社表示，八大元老播下了中共政權面臨危機的種子，他們讓自己的子女占據國家的關鍵資產，通過不公平的手段無止境的聚斂財富，這已經引發公眾憤怒。

為了揭露中共這批紅色貴族的規模與淵源，彭博社追蹤了八大元老103名直系子孫及其配偶的「生財」過程。透過這些可以看到中共這一權貴集團的詳細面目以及他們如何操縱和利用中國的經濟改革牟取家族私利。

彭博稱，這些紅色貴族的身分及其生意往來狀況往往被複雜的企業網路及互聯網審查所掩蓋。

彭博編撰的數據顯示，八大元老的兒子輩（太子黨）中，至少有26人在國有企業擔任高級職務，他們操縱了中國的經濟。而在追蹤的31名「紅三代」（「孫子黨」）中，至少11人在經營自己的企業或是占據企業高管職位，多數是在金融和技術領域。

通過國有企業聚斂財富

在1980年代，太子黨們被選定掌管國營企業集團；1990年度，他們進軍房地產和不斷擴張的煤炭與鋼鐵業。現在在中國融入全球經濟的大潮中，八大元老的孫子輩們又成了私人股權投資的玩家。

按照彭博編撰的數據，八大元老的直系太子黨中至少有26人在

國營企業擔任高管，控制著中國的經濟。按照2011年的數據，其中三人——王震的兒子王軍、鄧小平的女婿賀平、陳雲的兒子陳元，僅這三個人就掌控著1.6萬億美元的國有資產，這已經超出中國年經濟產出的五分之一以上。

太子黨們通過控制國有企業積聚財富，在彭博追蹤的103人中，43%的人擁有自己的公司或已成為私人公司的高管。

華爾街心照不宣的祕密

鄧小平的女婿賀平，2010年之前是保利集團的董事會主席。根據2008年4月29日的數據，賀平擁有在香港上市的保利地產集團（119）2290萬股的股份。截至2012年6月，楊尚昆的女婿王小朝擁有保利集團在上海上市的地產集團——保利地產集團（600048）3200萬股的股份。在另一家高爾夫企業中，王軍控股20%，而他之前曾擔任董事會主席的中信泰富，是這家高爾夫企業的主要客戶之一。

而八大元老的孫子輩和他們的配偶，大多在30多歲或40多歲，他們當中大多數都成功地利用自己的家庭關係和在海外受教育的背景，進入私營企業。在彭博追蹤的31名「紅三代」（孫子黨）中，至少11人在經營自己的企業或是占據企業高管職位，多數是在金融和技術領域。他們中一些人被花旗銀行、摩根斯坦利這類華爾街的銀行聘請。至少有六人在私募股權和風險投資公司工作，這些公司有時招聘太子黨，就是為了利用他們的關係來爭取業務。

加州大學聖地亞哥分校的中國經濟學教授巴里·諾頓（Barry Naughton）表示，中共建政之初，八大元老以其勝出別人的強硬和嚴酷統治著中國，但是現在他們正在失去其合法性，因為他們無法控制自己

的貪婪與自私。

中國的貧富分化是世界上最嚴重的，2012年12月發表的由中共央行支持的一個調查顯示，中國的貧富分化指數比分析家們預測會引發潛在社會動盪的指數值還要高出50%。聚集示威、遊行抗議和其他形式的抗暴，往往與當地的腐敗和環境退化有關係。這些群體事件中截至2010年的五年中翻了一番。

諾頓說：「中國普通民眾對太子黨都很清楚，當他們想到改變這個國家的時候，他們就會感到絕望，因為太子黨這種根深柢固的利益集團的力量會阻擋。」

中共當局控制著媒體和互聯網，掩蓋著太子黨家族的生意往來。而在公開的檔案中可以查看到的信息往往又被他們用不同的名稱（包括普通話、粵語和英語）所掩蓋，使普通的中國大眾對所發生的這一切一無所知。

彭博稱為了追蹤他們的身分和商業利益，蒐羅了數以千頁計的企業文件、財產記錄和官方網站，並進行了幾十個採訪——從中國南部的高爾夫球場、鄧小平家族在北京的複合樓房到美國密西根安阿伯市（Ann Arbor）的住宅。

報告顯示，至少18個中共八大元老的後代擁有或掌管的企業鏈接到在海外註冊的公司，包括英國維京群島、開曼群島，以及利比里亞和其他提供保密的管轄區。

中共八大元老後代 幾乎一半在海外

中共八大元老的後代幾乎有一半在海外居住、學習和工作，有的在澳洲、英格蘭和法國。太子黨是中共建政後最早到海外旅行和學習的

人，普通中國人沒有這樣的機會。美國一直是太子黨的首選目的地。八大元老的後代中至少有 23 人在美國學習過，其中包括三人在哈佛、四人在史坦福。還至少有 18 人任職於美國公司，包括美國國際集團、律師事務所 White & Case LLP（AIG）（該公司雇傭了鄧小平的孫子）。還有 12 人在美國擁有房產。

中共八大元老之一，宋任窮的後代在美國的情況最為典型。宋任窮育有兩子五女，至少有五人在美國生活過，其中三名女兒已成為美國公民，一個兒子則取得了美國綠卡。宋任窮曾擔任中共中央顧問委員會副主任、中共中央書記處書記、中共中央組織部部長、中央政治局委員、全國政協副主席等職。

報導說，宋任窮的三女兒宋珍珍到美國則是為了惡補自己的教育。她表示在美國再不用顧忌自己的言論。在過去 20 年的大部分時間裡，宋珍珍都在三藩市度過，曾在科技公司、私募基金和美國國際集團等公司工作。目前開辦了一家電子商務公司。

宋昭昭是宋任窮最小的女兒，在 2012 年 11 月的美國大選中，宋昭昭的選票投給了奧巴馬。這是她第二次支持奧巴馬。

宋昭昭的長兄宋克荒每年在美國待兩次。宋克荒持有綠卡，在加州的住房價值 95 萬美元，其妻、兒子都是美國人。其子米勒 12 歲來到美國，目前開辦了一家公司，製作塑膠雕塑。他認為自己並不是非常美國化的人，而是「五五」開的中國人和美國人。

大女兒宋彬彬是兄弟姐妹中最著名的人物，她在文革中改名為宋要武，在文革數年後來到美國，目前定居波士頓。其丈夫是一名美國公民。宋彬彬在麻省理工學院獲得博士學位後，進入薩諸塞州環保局擔任空氣品質測評工作。宋彬彬退休後每年從麻塞諸塞州拿到 1 萬 8000 美元的退休金。

宋彬彬在文化大革命期間的兩件事，一直飽受爭議。1966 年 8 月 18 日，宋彬彬作為紅衛兵的代表在天安門城樓上被毛澤東接見。當她為毛澤東戴袖章的時候，毛澤東問她叫什麼名字。她回答：「叫宋彬彬。」毛隨即以開玩笑的口吻告訴她：「不要文質彬彬，要武嘛。」之後，「宋要武」這個名字紅遍大江南北。

而就在天安門受到毛接見的兩個星期之前，北師大女附中的書記兼副校長卞仲耘被宋彬彬和她的「戰友」打死。卞仲耘是文革中被學生打死的第一位老師，隨後這種現象蔓延到全中國各地。

王震兒子王軍的中信龐大帝國

太子黨對中國經濟的操控程度沒有公認的衡量辦法。研究中國的學者估計，中國的財富和影響力集中在最少 14 個家族、最多幾百個家族手中。研究中國精英政治的哈佛歷史學家羅德里克‧麥克法夸爾（Roderick MacFarquhar）說：「蔣介石統治中國的時期有四大家族，現在有 14 大家族。」

1980 年代，榮毅仁創辦中信泰富（中國國際信託投資公司），王震的兒子王軍被任命為業務主管，吸引海外投資。當時中國的外匯儲備是 8.4 億美元。王軍日後把中信泰富變成了一個帝國，中信泰富現在運作中國最大的上市證券公司，支持北京一支球隊，開發奢華房地產項目。目前中國的外匯儲備 3.3 萬億美元。

2008 年，王軍成為深圳市正向體育管理有限公司的董事長，這是中信一家附屬公司參與建立的合資工資，王軍通過中信獲得 20% 的股份。

中共八大元老中有六人的子女在中信或其下屬單位工作過。楊尚

昆的女兒楊麗是中信部分擁有的一家公司的榮譽主席，在公司註冊資訊中，她的住址——位於香港的一套公寓也是中信另一子公司所有。彭真的兒子傅亮，是中信所擁有的電視廣播和地產開發商的董事會成員。

軍工業和稀土牟取暴利

1983年，王軍進入軍工業，將中國的軍工廠轉為商業企業。他和鄧小平的女婿賀平都是保利集團的創始人。根據美國陸軍戰爭學院戰略研究所發布的一份報告，保利集團銷售武器給伊朗、緬甸和巴基斯坦，獲利數億美元。

根據該公司的網站上的資訊，保利集團擴大到運行煤礦、拍賣行，與法拉利建立合資企業，並在蘇丹修建道路和為外籍人士在北京建別墅。它還有一個旅遊電視頻道和一連串的電影院。

八大元老的這些後代中至少有三個人曾在保利工作。楊尚昆的女婿王小朝是高管。

中國版微軟 Windows 是王震的三兒子王之，從他工作的電子工業部拿出30萬元人民幣組裝PC，後來他與比爾蓋茨合作開發中文版的Windows軟件。

鄧小平的女婿吳建常是一家國營金屬公司的高管，1993年成為該公司在香港上市的一家附屬公司的董事會主席。爾後他當上冶金部副部長，同時成為中國鋼鐵協會的主席、在奧斯陸上市的金輝船塢運輸公司的榮譽主席和在香港上市的江西銅業的董事。

吳建常的公司和另一家有鄧小平另一位女婿張宏運作的公司合作，從通用汽車公司購買了稀土永磁材料的關鍵生產商之一麥格昆磁（Magnequench）。購買麥格昆磁後，美國就關閉了稀土生產，這幫鄧

小平實現了壟斷稀土市場的目的。

偷稅、漏稅和暴利在中共國有企業中非常流行，非常嚴重。到1988年，五家最大的國營公司被調查，其中包括王軍的中信集團和鄧小平兒子鄧樸方創立的中國康華發展有限公司。這些腐敗現象引發了1989年的天安門民主運動。

前香港興業銀行的亞洲首席經濟學家格倫‧馬圭爾（Glenn Maguire）說：「證據非常的清晰：八大元老的後代和直系親屬從1990年代到2000年代的市場改革中掠奪了巨額的財富、巨大的權力和難以計量的特權。」

六四屠城後太子黨進駐新興行業

在天安門民主運動前夕，陳雲的兒子陳元，當時是中央銀行的副行長（現在是中國最大的政策銀行的主席），他利用與白宮的關係為自己的兒子取得一張美國簽證，並使其進入美國一家著名的私立寄宿學校求學。而那時普通中國人根本就不允許離開中國。

「六四屠城」之後，中共當局為了重拾民心，開始新一波的經濟改革（鄧南巡）。1990年太子黨有了更多的機會，紛紛進入大宗商品、房地產等發展迅速的新興行業。鄧小平的兩個子女——鄧蓉和鄧質方，就是第一批進入房產業的太子黨。兩年後，鄧蓉陪父親鄧小平南巡，此前她在香港推廣她主管的在深圳開發項目。根據《南華早報》的一期封面介紹，當時那座32層的複式公寓一套標價24萬。企業記錄顯示，到1990年代末，該公司的一半屬於兩個人：鄧蓉的弟媳劉曉原，王震的孫女王晶晶。

鄧小平南巡後，很多國營企業、政府辦公室、員警、軍隊都開始發

展服務業如賓館、旅遊和地產。香港科技大學教授丁學良研究 1990 年代省員警部門如何利用數十億元的國家資產建立房地產公司。他說收到官方「死亡警告」後,即停止了研究,「當涉及到領導幹部的子女或最高領導人的親戚時,已經到了核心,你不能調查。」

市場的增長使得政府機構在大陸新創建的股票市場推出更多的上市公司,在香港也興起一個上市的風潮。

「孫子黨」跟隨父輩的腳步

中共八大元老的孫子輩絕大多數直接進了私營企業,只有兩人在國家單位工作。2001 年中國加入世貿組織引發經濟高速增長,又成為太子黨的斂財良機。

鄧小平的 38 歲孫子卓蘇,跟隨父親吳建常進入金屬企業。他主管的公司購買了澳洲一家鐵礦石公司的股份。根據卓蘇的名片和在香港及中國的公司記錄,卓蘇是一箭投資公司的董事長,他持有 160 萬股的股份,或是金西資源公司(Golden West Resources)0.83％的股份。

王震的外曾孫女王吉祥(王晶晶之女)在社交媒體上廣播她一天的流水帳:為完成悉尼某大學的建築設計課程的作業,她臨時抱佛腳到很晚;在日本一個溫泉度假;21 歲生日的一條新圍巾;她的寶藍色染髮劑;12 月 6 日,她寫了一個帖子談她的指甲。同一天,深圳桃花投資公司(Shenzhen Blossom Investment)把她列為了董事會主席,這家公司同時擁有她母親王晶晶的在線支付公司的一部分股份。

孫子黨還利用他們在海外受教育的背景和家庭關係進入金融界。在八大元老的 31 個孫子輩中,至少 12 人在金融界工作,其中六人在私人股權或風險資本公司工作。

太子黨就讀名校、境外投資

陳雲的兒子陳元 1998 年以來主管中國國家開發銀行，該行資產超過一萬億美元。陳元的兒子陳曉欣先進入馬薩諸塞州的康科特學院，後來進入美國康乃爾大學，再後來到史坦福讀工商管理學碩士。他曾在花旗銀行香港分部和一家私人股權投資公司盤實資本（Abax Global Capital Ltd.）工作。陳元的女兒陳曉丹，先進入了馬薩諸塞州的塔博爾學院，年學費高達五萬美元。然後進入北卡羅萊納州的杜克大學，最終選擇哈佛讀 MBA，2012 年早些時候畢業。

陳曉丹曾在紐約的摩根斯坦利工作。去年，歐洲一家私人股權投資公司帕米拉集團（Permira Advisers LLP）在香港雇傭她。這家歐洲公司 2012 年與她父親主管的中國國家開發銀行簽訂了合作夥伴關係。

中共這些新貴們的財富和家庭關係往往受到境外保密管轄區的保護而被隱藏。

王震的長孫王京陽的妻子葉靜子（葉劍英孫女，葉選寧之女），把世界小姐選美大賽帶到中國，又在上海街頭舉辦賽車。但鮮為人知的是，37 歲的葉靜子是一家公司遼寧星際動力總成有限公司（Liaoning Starpower Engine Co.）的董事會主席，這家公司計畫在中國東北建立汽車發動機廠，由馬來西亞國營石油巨頭國家石油公司（Petroliam Nasional Bhd.）提供技術。該公司的唯一投資人在英國的維京群島完成註冊。

第三節

陳雲提議導致的權錢分贓圖

中共的權貴家族為什麼能夠掌控中國的主要國營企業，斂聚驚人的個人財富呢？著名經濟學家夏業良在接受美國自由亞洲電台採訪時揭示了一件往事：當年陳雲的一個提議，經過鄧小平默許後，導致權貴家族世襲權力，正是權力的世襲使得權貴家族能夠肆無忌憚的斂財。

中共元老陳雲的一個提議

夏業良說：「陳雲曾有個著名的說法，叫做江山是我們打下來的，因此繼承這個江山也應該是我們的後代。而且他提出一個家庭至少出一個人，出一個人的意思是掌握大權。鄧小平默許了這個提議，後來就形成了一個規矩，每一個家庭都有一個有權力的人，家裡的其他人就可以大量的斂財。總的來講，反腐從 1989『六四』到現在 20 多年過去了，不但腐敗程度沒有降低，反而愈演愈烈了。」

不過也有消息說，當時中共高層的子弟很多都在當官，比如薄一波的幾個兒子都想往上爬。薄熙成任北京市旅遊局局長時，薄熙來也在大連當官。為了限制太子黨的過多掌權，陳雲提議：「每家只留一個從政的」，每個家庭只給一個從政的名額，其他的就下海經商，或到軍隊。

不過無論正反兩面如何理解陳雲的建議，客觀效果是：中共高官的後代不但掌握了政權，而且掌控著經濟，這種人事結構加劇了中共官場上的權錢交易，一家人裡面有當官的，有開公司的，而開公司的利用自己家人的權力換取特別商業利益，也就順理成章了。

太子黨江綿恆 中國「第一貪」

中共統治下的中國已經成為全球貧富懸殊最嚴重的國家，黨國大員在八億貧困人口的基礎上，大多已是腰纏萬貫的大亨。中共高層龐大的腐敗利益集團盤根錯節，大量報導指江澤民的兒子——現年60歲的江綿恆，被公認為中國「第一貪」。

江綿恆就像其他太子黨成員一樣，曾在美國學習。1992年江澤民手握黨政軍大權後，讓江綿恆快速「悶聲大發財」。1994年，江綿恆用數百萬人民幣「貸款」買下上海市經委價值上億元的上海聯合投資公司而開始他的「電信王國」生涯，成了中共「官商一體」的最高代表。

中國近年來多起轟動國際的重大貪污案「周正毅案」、「劉金寶案」、「黃菊前祕書王維工案」等涉及天文數字的貪污受賄、侵吞公款，都與江澤民的兒子江綿恆有關。涉案金額達天文數字的中國金融市場最大的醜聞「上海招沽案」也直指江綿恆。

此外，李鵬家族、周永康家族、曾慶紅家族等也在中共的「改革」中個個都成了腰纏萬貫的大亨。

第四節

中共政治局七常委財產清單

在習近平高調反腐動作之下,來自北京的消息透露,中共官員公布財產的爭議點在於官員「家庭財產」的範圍。如果不公布子女及配偶的財產,只公布夫妻二人的財產既肅貪不了,也難挽回民心。

來自北京的消息透露,2012年底中共已經計算統計了政治局七常委財產的資料,最高當局正考慮何時公布。據悉,這些財產是由各常委的祕書上報,只統計了常委本人和妻子的財產,而沒有涉及其他家屬。與此同時,中共高層也在為常委公布財產後的社會反應進行測試和評估。

如何公開官員財產爭議很大

一位非常接近中紀委主要官員的人士對《新紀元》表示,未來官員公布財產的所謂「陽光法案」必然實施,而且實行的時間,將比大部分

人估計的更快。他透露說,當時爭議比較大的,是官員「家庭財產」的範圍。

2012年中紀委曾經向省部級幹部進行調查,大部分官員認為家庭財產應該是官員夫妻二人的財產。但中紀委大部分委員認為,如果不公布子女及配偶的財產,只公布夫妻二人的財產既達不到肅貪的效果,也難以挽回失去的民心。

目前世界上其他國家的「陽光法案」,都只涉及官員本人和配偶的財產公布,通常不公布子女及其配偶的情況,更不用說妻家和其他家族成員。但中共政治體制下的貪腐問題,通常不是個人問題而是家族問題。

據北京的消息人士透露,中共最高層和中紀委都認為,僅僅公布官員個人家庭財富,將無法達到預期作用。因為目前中國官員的貪腐,往往通過家族成員和「朋友」。貪官個人財產的接收、轉移、投資、洗白等過程,都通過一些既定成員進行。

因此,中國的「陽光法案」如何規定其範圍,尚未有各方認可的妥協方案。

中共高層醞釀公布財產　廣東試點

據說中共高層正在考慮何時、採用何種方式公布七常委的財產。廣東已經成為公布財產的「試驗田」。

2012年10月31日,大陸媒體報導稱,新出台的〈廣東省從嚴治黨五年行動計畫〉,「要求對黨政正職實行任中審計、『逢離必審』,2013年試行審計結果公開並逐步推廣」、「2014年前完成試點並逐步推開」。

〈計畫〉還指,「黨員領導幹部」對個人應報告的重要事項隱瞞不報告或作虛假報告的,一經發現、查實,一律先停職再作調查。

2012年12月8日的大陸媒體報導稱,廣東已選定橫琴、南沙和始興三地作為官員財產公示試點地區,三地正進行準備工作,其中橫琴已成立廉政辦公室,借鑒港澳反腐經驗;始興的試點已開展半年多,主要為「科一級領導幹部財產公開」;南沙籌備進展則未予透露。

多地政府官員急拋房

據大陸媒體報導,2012年11月以來,北京、上海、廣州等多地的二手房成交量明顯增長,其中不少是政府官員。他們委託房屋仲介,盡快將房產售出。

由於多地試點官員財產申報制度,廣東規定,凡瞞報財產,將一律先停職再調查。有分析認為,正因如此,那些擁有多套房產的官員們才趕緊將名下房產脫手出清,引發二手房產市場爆棚。

中國大陸最上層的400個家庭,大約掌握了中國三分之二的經濟命脈。其家庭財富多通過家族成員和「朋友」,以海外投資的方式放在歐美國家。這批人的財富,並不主要體現在中國大陸的商品房。

但中國大量的第二層官員的財產,則主要在房地產價值上有重要比重。中國缺乏安全和成熟的投資工具,因此個人財產的最重要、最安全的存在方式,就是房地產。有中國的專家估計,目前中國大陸的房地產市場存量中,約有一成五是貪官的贓款。因此,如果中國真正實行「陽光法案」公布官員財產,則出現大批官員拋售樓房,換成高流動性資產甚至逃出海外的情況絕不令人意外。

網路公布的中共七常委財產清單

姓名	財產	房產位置
習近平	房產三套 存款230萬	福州市台江區像園路58號像園公寓一套 杭州市文三西路省政府家屬樓一套 北京市紫竹橋總政家屬樓一套
李克強	房產兩套 存款180萬	鄭州市經五路緯三路省委家屬院一套（房改房）北京市朝陽區紅廟西里首經貿家屬樓一套（妻子程虹房改房）
張德江	房產兩套 存款180萬	廣州市天河區龍口西路551號穗園小區一套（房改房）北京市豐匯園小區一套（妻子辛樹森建行房改房）
俞正聲	房產兩套 存款370萬	武漢市水果湖步行街小區一套 上海市徐匯區永福路06弄伯樂大院一套
劉雲山	房產一套 存款170萬	北京市復興門廣電總局宿舍一套（房改房）
王岐山	房產兩套 存款480萬	廣州市越秀區達道路省委大院一套（房改房）北京市朝陽區幸福一村西里市委家屬樓一套
張高麗	房產兩套 存款390萬	濟南市市中區六里山路一套（房改房） 天津市越秀路祥和里一套

第五節

港媒：習年前反腐三大反常

2012年的最後一日，中共新任總書記習近平主持政治局會議，首次布署2013年反腐工作，並確定於1月中召開第18屆中央紀律檢查委員會第二次全體會議。

香港《太陽報》1月2日的報導認為，經過仔細研究會議公報，這次歲末反腐主要是政治姿態，向黨內發出「不是不為，很快就為」的強烈訊息。中紀委二次會議將有反腐大動作，王岐山會將習近平的「打鐵還需自身硬」落實到紀檢監察機關自身中去。

歲末召開反腐會議，在中共的歷史上還是首次。再加上這段時間，前中共黨魁江澤民的頻繁高調露面，被外界普遍認為是公然與「習八條」公開打擂台，欲重施「老人干政」的影響。習近平在2012年最後一日第一次公開主持反腐工作，並且要求把監督執行八項規定作為經常性工作，將「習八條」升級，突顯中南海依舊硝煙瀰漫。

報導還論證以下三點可證明習近平此次歲末反腐的一反常規：

（一）一年之計在於春，一般年頭的大事是經濟。

（二）3月就開全國人大和政協會議，這次兩會要換屆，還要進行部委改革，實行「大部制」，任務繁重，而且這些是必做事項，胡溫時代都是將反腐會放在較閒的「適當」時間開。

（三）中國傳統2月中國新年是天大的事，什麼事都要過了年再說，砍頭也要過了年。要在1月就「打虎」，從政治角度看不是一般的決心。

「腐敗亡黨」 習近平決心「打大老虎」

2012年11月17日，習近平主持了18屆中共政治局第一次集體學習，他提到「一些國家因長期積累的矛盾導致民怨載道、社會動盪、政權垮台，其中貪污腐敗就是一個很重要的原因。」並聲稱，「腐敗問題越演越烈，最終必然會亡黨亡國。」

《太陽報》分析稱，「腐敗亡黨亡國」之言，促使他下決心「打虎」，而且要早，打快打。

12月31日中共政治局會議明確強調，「個別領導幹部特別是高級幹部嚴重違紀違法」，要「維護黨的集中統一」。

有消息稱，十多年來，政法委系統是中國最大的腐敗地，維穩經費已經超過軍費，習近平反腐敗，要打大老虎，想拿民心。有分析指，這個大老虎很可能是周永康，「打周」符合各方面的願望。

中共18大會議結束後，胡錦濤決定全退，習近平上台，江、習鬥啟幕。習近平首先以周永康的馬仔——李春城反腐祭旗，周永康也在原九常委中最先下台失權；而江澤民緊接著一再公開對抗習近平八條新規，讓政治局剛出爐的「習八條」還沒有貫徹就打了「水漂」。「李春城快速落馬」被視為清理江派周永康殘餘勢力的風向標，李春城背後的更大巨貪是周永康家族、曾慶紅家族、江澤民家族等的腐敗。

江澤民的「腐敗治國」

　　江澤民時代以「腐敗治國」在海內外著稱。兒子江綿恆擔任上海聯和投資有限公司法人代表，並通過該公司先後控制中國網通、上海汽車工業總公司、上海機場集團公司、上海微創軟件有限公司、鳳凰衛視等企業。

　　「高幹子女經商」是江澤民腐敗治國的潛規則，所牽扯的中共高層利益集團盤根錯節，涉及龐大的勢力範圍。胡、溫在執政期實際上是「跛腳鴨政府」（無實權），直到18大前期，王立軍事件爆發，周永康、薄熙來等密謀政變，搞掉習近平的陰謀被揭露，胡、溫、習聯手打擊江派，才使得胡錦濤有契機全面執掌大權，掌控軍隊。

　　17大期間，下台的江澤民因恐懼殘酷迫害法輪功所欠下的血債被清算，死控大權，繼續維持對法輪功的迫害，將跟隨其積極迫害法輪功的周永康和李長春硬安插進政治局常委。

　　如同毛澤東死後四人幫被清算，江深恐被清算，江在任時靠「腐敗治國」培植起來的鐵桿親信幾乎個個貪腐成性，貪官「一查一個準」。

習近平對江澤民亮殺手鐧

第五章
江習鬥拉開序幕
雙方初遞招

18大之後，習近平接任中共最高權力者，胡錦濤則正式隱退江湖，而江澤民似乎仍然將繼續軟磨硬泡，不願意退出政治舞台，和習近平的衝突不可避免，雙方遞招試探，意味著江胡鬥將必然發展成為江習鬥。

（Getty Images）

第一節

江挑釁「習八條」頻頻亮相

　　18大走馬上任的中共第五代「新君」習近平,「滿月」不久就在中國颳起一股「習旋風」。習新官上任三把火,主要從「反腐、改革、開放」下手,比如2012年12月4日,新的政治局推出改進工作作風的「習八條」,要求各級官員改變作風、文風、會風,未經中央許可,不許隨便題字、作序、參加音樂會等。

　　與此同時,在民間網路舉報的熱潮中,至少20多名貪官聞聲落馬。外界評論說,習近平借助反腐旋風的推力,迅速向鄧小平形象靠攏,其首次南巡到訪深圳,改革形象的強勢崛起勢頭,已經大大超過當年的鄧小平。

　　在落馬貪官中,無論是重慶北碚區委書記雷政富,還是成都市委書記李春城,這些「地頭蛇」的背後都藏著「大老虎」。雷政富是薄熙來的重要親信,李春城是周永康的家臣心腹,只要嚴肅查下去,「敲山震虎」的效果馬上就會出來了。就在這當口,大陸政局出現了新動向。

江澤民「回北京」 三天四次「露相」

2012年12月21日，好不容易轉「正」的上海市委書記韓正，在上海主持常委擴大會，傳達習近平在中共政治局一次會議上的講話精神，「強調嚴格執行八項規定」，可是話音未落，上海就連續出現多起違反「習八條」的動作。

12月22日，長期居住在上海的前中共第三代黨魁江澤民，在11月15日中共18大閉幕後，灰溜溜地離開北京返回上海之後，首次再度現身北京。江澤民離開北京時，江派人馬，哪怕是被江強力提升到政治局常委的張德江、張高麗、劉雲山都沒有前去送行，而且曾經為江澤民「發明」「三大代表」理論的王滬寧還專門發文，要求今後各級報刊不要再報導江澤民。胡錦濤用自己的「全退」為中共立下了新規：不再容許老人干政。胡全退時提出兩點要求，非常明確地堵死江澤民再度干政的機會。

據《大公報》、星環球網等報導，「北京國家大劇院22日上演歷來『最高級別』音樂會，表演者全是『三高』（高級官員、將領、知識分子），外交部長楊潔篪、深圳市委書記王榮，以及香港前民政事務局局長何志平等，陣容強勁。前國家主席江澤民、前國務院副總理李嵐清到場觀看。」

不過令人回味的是，報導給出了李嵐清、楊潔篪等人在台上一字排開的集體照，但沒有任何江澤民在現場的照片。這不禁讓人想起此前三個月的9月22日，江派海外媒體放風說，當晚江澤民「現身」國家大劇院觀賞李嵐清的戲劇，詭異的是，大陸官方媒體沒有一家報導此消息，查看國家大劇院網頁，當天根本沒有上演任何江澤民等所看的音樂戲劇。

當時海內外各界都稱這是曾慶紅上演的「空城計」，用虛假聲勢為江派壯膽。86 歲的江澤民不但行動需要人攙扶，更患有嚴重的老年癡呆症，時而轉醒時而糊塗，更多的時候是意識迷糊不清的。18 大會議期間，江靠的是大劑量的高級進口藥物才支撐下來，這也是為什麼胡錦濤沒有把 18 大政治報告讀完的關鍵原因：江每隔三、四個小時就必須注射藥物。因此人們不敢肯定，江澤民從上海返回了北京，不過，曾慶紅要製造這樣的輿論效果，也是別有用心的。同一天 12 月 22 日，江澤民為《綠竹神氣——中國一百首詠竹古詩詞精選》作序及手跡發表，中共的中央級官媒人民網、新華網、中新網等各大新聞網站均在顯著位置予以報導，央視亦在新聞聯播中播報，中共中央政治局委員、國務委員劉延東出席首發式並講話，新任的中宣部部長劉奇葆為有關單位贈書。據說在這一百首詩詞中，還有一首是江澤民所寫。

緊接著在 12 月 24 日，由江澤民題寫書名的紀實畫冊《黃菊》的出版座談會在上海舉行。同日，江澤民題字的南京長江四橋建成通車，儘管此橋通車儀式遵照習近平提出的「八條規定」，沒有剪裁儀式，節約了幾十萬元，但上面的題字卻還是江的。

第二節

黃菊的死在提醒習近平什麼？

　　黃菊（原名黃德鈺，1938年9月28日至2007年6月2日），出生於浙江省嘉興市，黃是中共30多年來第一個在任內死亡的最高官員。每個中南海高官都有數不清的醫療保健醫生或氣功師護理，一般都活得很長，而黃菊卻是在癌症中痛苦地死去。

　　黃菊在上海任市委常委有20年，任市長、書記11年。知情人士披露，黃菊是江澤民一手提拔上來的，是「最忠於」江的上海幫主要成員之一。上海官場的人都說，「沒有江澤民，就沒有黃菊的今天」，不過這話應分兩頭說，沒有江的提拔，黃菊憑其低劣的人品和低下的能力，不可能升到中共權力最高層，但也正因為完全聽命於江，黃才死得那麼慘。黃菊不但是江澤民的家奴，也是當時中國知名度最高的貪官。

　　黃菊曾在中共第四代政治局九個常委中排名第六，也是第一常務副總理，具體分管金融、財政、稅務等工作，由於黨政軍特一切部門的開支都須經黃菊一枝筆簽發才能有效，也有人稱他是中共的「財神爺」。

為了報答江的提拔，黃菊幫「江太子」江綿恆以上海為基地，建成了江家的「電訊王國」，江綿恆創辦的中國第三大電訊公司「中國網通」，從申請審批到銀行貸款，黃菊一路大開綠燈，鞍前馬後，呵護備至。1992年中共14大後，江澤民鞏固了權力，於是將政策優惠和資源優勢全部向上海傾斜，中國經濟發展的重心也從珠江三角洲轉移到長江三角洲。浦東開發、市區重建、地產金融業大膨脹，黃菊主導著江澤民欽定的「面子工程」，把上海市包裝得美輪美奐，上海幫大小幹將們也在黃菊的關照下，差不多都「暴富起來」了。

　　黃菊只聽命於提拔他的江澤民，架空了胡錦濤、溫家寶。有內部消息稱，在任期間，黃菊聽江澤民的吩咐將中國政府超過四分之一的財政經費用於鎮壓法輪功，卻讓胡、溫替江的迫害政策背黑鍋。由於黃菊昧著良心迫害好人，結果落得如此下場——據說黃菊是被活活痛死的。各種止痛方法都不管用，胰腺癌把他折磨得生不如死，死前已經沒有了人形，簡直像鬼一樣可怕。他死後也不得安寧，被萬人所指，臭名昭著。

　　以江澤民為首的「血債幫」對善良法輪功學員的鎮壓，是13年來中國最大的人權案，當時黃菊主管中共的金融、財政，在江氏鎮壓法輪功最嚴重的年份，黃菊協助江氏背地從國庫中拿錢，建監獄、洗腦班、進行各種技術封鎖，獎勵為鎮壓法輪功出力的惡警、惡人，使鎮壓更加慘無人道，上百種酷刑輪番上陣、強暴婦女、活摘器官等惡事頻頻發生，犯下了這個星球前所未有的罪惡。

　　江澤民、黃菊、陳良宇，被稱為上海幫的「鐵三角」。有消息稱，2002年16大前，黃菊被中紀委審查為不合格，打算讓他從上海市委書記位置上「體面」退休。可是江澤民為了自己下台後不被胡溫清算，硬把黃菊塞進中共最高權力機構——中共中央政治局常委，結果一屆常委都沒任滿，黃菊就一命嗚呼了。

第三節

中共權鬥核心：清算與拖延

　　失去陳良宇、黃菊之後，江澤民把接班人轉移到了薄熙來身上。因為薄熙來也是迫害法輪功的主要元凶，只有這些欠有法輪功血債的「血債幫」上台執政，江澤民才放心自己下台後不會被清算。

　　法輪功是1999年以來中共政治權鬥的核心問題，江澤民之所以死死抓住權力不放，不讓胡錦濤擁有實權，就是擔心胡掌控實權後，會藉平反六四和法輪功，而徹底清算江澤民的罪行，包括江出賣面積相當於100個台灣的東北、西北領土給俄羅斯的賣國罪。法輪功問題也成了中共16大、17大、18大權鬥的核心。江想拖延到他死後，胡習想拋棄前朝遺留的政治包袱，就像文革結束以後的十屆三中全會那樣，平反一大批人以換回民心，盡快實行新政。

　　據《朝日新聞》透露，2007年6月25日下午三時，也就是中共17大前夕，400多名中共高級幹部在北京舉行了一次非公開的信任投票，目的是考察將來有可能進入中共最高決策層、年齡在63歲以下的幹部

的能力。

投票結果至今未對外公布。日本《朝日新聞》援引一名中共黨內人士（其親屬是原省部級高官）透露，當時的投票引發了一場風波。江派看好的時任商務部部長薄熙來的得票情況非常差，特別是軍隊內幹部對其評價甚低，而習近平得票則位於前列。

據稱這一結果讓江澤民十分心慌。由於中共高層各種因素制約，江澤民被迫選定習近平作為臨時過渡的接班人，沒想到薄熙來因為2012年2月王立軍的出逃美領館而落馬，於是，目前江澤民最恐懼的是：中共常委中已沒有迫害法輪功的元凶，而習近平上台後，藉反腐的名義，火力強攻薄熙來和周永康，眼看就要燒到自己了，所以，江澤民和曾慶紅坐不住了。如今江澤民高調為黃菊畫冊提名，「緬懷」當年最堅決跟定自己迫害法輪功的鐵桿心腹，意圖暗示習近平「要繼續走此路」。

江回京的意圖與楊雄升官

為何江澤民會在2012年12月22日返回北京呢？

2012年12月18日、19日，中共宣布了一系列新一輪的人事變動，包括11位省市書記、六位省市長。其中，新任廣東省委書記胡春華、上海市委書記韓正、吉林省委書記王儒林、吉林代省長巴音朝魯、浙江代省長李強等，都是團派人馬，這讓江澤民著急了。特別是李鵬的長子李小鵬，身為18大候補中央委員171人名單中的倒數第一，卻也擠上來當了山西代省長。

12月26日，中共官方宣布，此前落選中共上海市常委和18屆中央委員和候補委員的江派馬仔楊雄，被違反規定、破格提拔為上海市委副書記，並擔任上海市代理市長，此消息令外界側目。這等於是公

開挑戰中共的黨內選舉制度，楊雄沒被選中為上海市常委，怎麼能充當市長呢？

楊雄曾在江澤民之子江綿恆成立的上海聯和投資有限公司中擔任總經理，並協助江綿恆打造了一個勢力遍布上海的龐大資本帝國。2001年2月，江綿恆安排楊雄「殺回」政壇，任上海市政府副祕書長。2003年2月，楊雄任上海市副市長，2007年5月任中共上海市委常委、上海市副市長。2008年1月任中共上海市委常委、上海市常務副市長。此前還有消息稱，江澤民曾向胡錦濤提議讓楊雄接替韓正，但胡拖而不答。

於是外界猜測，這與江澤民的進京直接相關，江很可能是去為楊雄「要官」去了。中共人大常委會議於12月24日至28日召開，這將決定中共各政府部門的人事布局安排，江選在這段時間頻頻露面，還是想施展政治壓力，企圖左右習近平、李克強的人事安排。

此前的12月19日，李鵬的兒子李小鵬被中共晉升為山西省代省長。李小鵬在接受媒體採訪時表示：「我要旗幟鮮明、立場堅定，做黨的戰士；要⋯⋯向人民群眾學習，永遠做個小學生。」

民間對此反響強烈，很多民眾譏笑他說：「你一個小學生水平，怎麼能當省長呢？」也有人諷刺中共太子黨的上位是「老子英雄兒好漢，紅色江山代代傳。」「為人民服務不難，難的是一輩子為人民服務，最難的是世世代代為人民服務！」「又一個政治家的兒子長大依然是政治家，煤電終於一家了。」「央視以後不要用柯南批評日本世襲了，中國大陸叫選拔，日本才叫世襲。」

習近平的柔性反擊

江澤民在三天內四次高密度亮相與宣傳，目的就是向外界、主要是向江派下面的人馬宣示：江郎猶在，餘威尚存。不過，這無疑是對習近平的公開挑戰。

此前，與江澤民同屆退休的中共元老田紀雲就曾藉胡耀邦撰文暗批某些「老同志」帶來的黨內壞風氣，告誡中共黨內高級幹部學會真正的「退休生活」。他表示，「現在人才輩出，不愁後繼乏人。要明白，到了眼睛睜不開了，嘴巴合不攏了，腰也直不起了，頭腦也不清醒了，還賴在台上，是不討人喜歡的。」

新近上台的劉奇葆主導下的中宣部極為高調地配合江澤民的演出，而且新華社能發布江澤民的報導，這也非簡單之事，若沒習近平的默許，也無法發表。

有人猜測習近平之所以要默許江的違規，主要是習剛剛上任，不想過多得罪江澤民，至少在外人看來，是江澤民提拔了他，他不想得到一個過河拆橋的罪名，何況江也活不長了，讓老頭子表面風光一下，破例一次，下不為例，這也是可能的。

不過，即使習近平表面批准了江的出格行為，但依照他綿裡藏針的性格，內行人也看出了下面這些習近平式的回擊方式。

習近平帶令計劃走訪 高層連續挺令

在官方高層當時的活動中，習近平在南巡之後最醒目的行動就是出席了跟統戰有關的會議。新華網報導，2012 年 12 月 24 日全天和 25 日上午，中共總書記習近平和政治局常委俞正聲一起，走訪了各民主黨

派中央和全國工商聯，並發表講話。中共統戰部部長令計劃和習的親信——中央辦公廳主任栗戰書參加了走訪和座談。在新華社的報導中，特別刊登了一張能清楚看到令計劃臉龐的照片，官方此舉無疑是在給備受流言攻擊的令計劃闢謠。

令計劃是胡錦濤的最大心腹，他一手策劃處理了薄熙來事件，於是被江派人馬，特別是周永康和曾慶紅恨之入骨。2012年3月18日，就在3月15日薄熙來被免去重慶市委書記職務的第三天，周永康派特務政治謀殺了令計劃的獨生子，並在同年12月散布令計劃的妻子谷麗萍藉慈善機構大肆斂財被雙規等醜聞。

針對江派在海外釋放恐怖威脅信號，大陸官媒連續報導令計劃參與公眾活動。12月10日，新華社、中新社分別報導令計劃公開出席在北京開幕的中華全國工商業聯合會第11次會員代表大會。此前中國瀛公益基金會12月5日也曾出面闢謠，否認谷麗萍被「雙規」。《聯合早報》引用中國瀛公益基金會副祕書長高永回的話稱，谷麗萍5日下午還到辦公室和他一起開會。

令計劃被調到統戰部，據說也是胡錦濤的精心布局。中共打天下有「三個法寶」，一是統一戰線，一是群眾路線，再一個就是槍桿子。統戰部是中共最大法寶之一。據說蔣介石曾經總結國民黨輸給共產黨的原因有三點：宣傳、統戰、特工。中共的宣傳其實就是善於用謊言搞欺騙，統戰就是籠絡各種力量來壯大中共自己，特工就是背地裡搞陰謀詭計。

目前中共內外交困，如何做大統戰部，讓中共減少與各方的矛盾衝突，這是關係到中共生存環境的大事，而且由於六四、法輪功問題都涉及到海外統戰，如何處理這些問題，都是習近平未來最關心的事。

胡春華向鄧小平像獻花 暗諷江澤民

原廣東省委書記汪洋,一直等到習近平南巡後才把位置移交給胡錦濤的第六代接班人胡春華。胡春華上任後,調研的第一站就來到了深圳。胡春華基本按照習近平南巡深圳的相同路線,2012年12月25日先後調研了前海、蓮花山以及深圳的高科技企業,並向鄧小平塑像獻花籃。

胡春華履新首選深圳考察,句句不離習近平。12月26日,官方高調報導胡春華給鄧小平獻花,其實是另有所指。

1992年1月18日到2月21日,88歲的鄧小平在他的密友,時任國家主席、軍委第一副主席的楊尚昆陪伴下,南下武昌、深圳、珠海、上海,被稱「鄧小平南巡」。

1月18日,鄧到達武昌,鄧直接點名江澤民,要求當地的負責人給江的「中央」帶話:「誰反對13大路線誰就下台。」19日,列車到達深圳特區。一向比較沉默寡言的鄧小平發表長篇講話,明確地向江澤民發出最後通牒:「誰不改革誰下台。」

習近平下令新華社在江澤民一系列違規露相後,高調報導胡春華給鄧小平像獻花,其實是要點醒江派人馬,「誰要阻止改革,誰就下台。」

第四節

民眾要周永康公布財產

2012年12月26日這天還發生了一件不尋常的事。

習近平上任後高調反腐,從12月20日起,大陸各地訪民在北京大學、清華大學、國家信訪總局及北京市各個地鐵站口等地持續舉牌,要求原中共政法委書記周永康公布其個人財產以及維穩經費的數目與使用情況。開始還有警察干擾,但26日左右,北京當局就停止了干擾,讓訪民稱奇。

重慶訪民劉修召26日對《大紀元》記者表示,那天他走到人多的地方舉牌,很多訪民走在他旁邊舉各自牌子,還進行拍照,警察也沒管。訪民們在標牌中寫道:「致周永康的信——聽說中國維穩費高於軍費,草民不信,請你公布個人財產,以及維穩經費為盼、為謝!中國草民:XXX」

劉修召曾被當地政府關押40多天,他說:「我從網上看到,周永康和薄熙來是一夥的,已被眾人唾沫,要開始清算他了,我就大膽搞周

永康，我認為，這行為既得人心，也得政心。」

很多訪民也說，民眾受到的迫害很多都是周永康一手造成。「造成我們上訪的原因就是公檢法的腐敗，公檢法屬於政法委管，它們把訪民當作維穩的危險分子，藉維穩來打壓訪民，撈取維穩費，養這幫警察、政法委，中飽私囊，所有訪民的悲慘遭遇，就是周永康一手造成，大家對周是一片罵聲。」

2012 年 2 月 6 日，王立軍事件將薄熙來、周永康密謀政變曝光後，周永康父子利用在石油和政法委系統的影響力大搞權錢交易、賣官鬻爵等貪腐醜聞也不斷曝光。

習近平上台後，第一把火反腐，首先打擊的高官就是周永康的馬仔——四川省委副書記李春城，被視為清理江派周永康殘餘勢力的風向標。據民眾實名舉報，李春城涉 16 大要案貪賄數十億元，其中多起腐敗案與周永康家族利益密切相關。

消息稱，李春城對周永康家族在四川的人脈攫取利益大開綠燈，是周永康父子在生意場上的最大幫手。周永康家人在四川搞的加油站項目，可謂是「吃的準、吃的狠」，將周永康在四川、石油系和國土資源部都主政過的資源都「充分利用」了。

第五節

江題詞後 官媒高挺「江剋星」

就在江澤民頻頻題詞之後的2013年1月3日,中共黨報《人民日報》撰文稱讚原政治局常委的李瑞環的新書《李瑞環談京劇藝術》「對文化藝術工作管理寬容、開明」。有評論說,在江澤民六天內四次高調公開題詞挑戰習的「新規八條」的背景下,官媒突然對六四事件後與江澤民一同進入政治局常委的冤家對頭李瑞環「大加讚譽」,再揭江澤民「傷疤」,原因很簡單,因為李瑞環的官場別名就是「江澤民剋星」。

黨媒高調挺「江澤民剋星」

據《人民日報》文章稱,《李瑞環談京劇藝術》一書收錄了前政治局常委李瑞環從1986年11月19日到2009年4月12日期間有關京劇藝術的講話、文稿50篇,很多內容係首次發表。

六四事件後,李瑞環與江澤民同時被增補為政治局常委。1992年10月,李瑞環成為中共政治局常委中的四號人物,分管意識形態及統

戰。1989年六四事件前，時任上海市委書記的江澤民對同情胡耀邦的《導報》進行打壓。4月27日，江澤民派劉吉、陳至立負責的「上海市委整頓領導小組」進駐《導報》。整起人來不比江手軟的陳至立對江澤民言聽計從。她遣散《導報》員工，還特別下禁令不許《導報》的編輯再做記者。

江澤民及其親信對於《導報》的粗暴處理引發了一場席捲上海乃至全中國新聞界的抗議。上海街頭就發生了大規模遊行，公開打出了「還我導報」和要求恢復欽本立職務以及言論自由的旗幟和橫幅。

1989年4月24日，欽本立任職《世界經濟導報》總編時，因擬在《導報》刊載紀念胡耀邦的文章，《導報》遭到查禁。兩日後，《人民日報》發表〈四二六社論〉，欽本立遭「停職檢查」處分。

上海作協部分名人紛紛參加遊行，北京知識界和新聞界的著名人士致電江澤民，要求收回對欽本立及《導報》的處理決定。

當時在市政府門口席地而坐的學生們不時呼喊口號。當時在外灘的大學生約有8000餘人。江澤民最後採取武力強行鎮壓，得到鄧小平的青睞。

六四事件之後，踏著學生鮮血上台的江澤民，認為越開放老百姓越難控制，為了鞏固自身的地位，自上台後的兩年多時間內，推行極左路線，大力「反自由化，反和平演變」，加緊思想意識形態上的控制。

江澤民與左派勢力陳雲、李鵬合流，對文化藝術領域的打壓嚴重。

官至中共新聞出版總署署長的杜導正，「六四」時因支持趙紫陽反對鎮壓學運，遭受免職處分。1991年創辦以紀實為主的月刊《炎黃春秋》，多次遭到江澤民派系整肅。

江澤民在意識形態上的僵化及對追求自由的知識分子的打壓，令掌管意識形態的李瑞環左右為難，感到極為棘手。密友葉選寧獻計大力

「掃黃」，結果大得人心。知識分子們大都感恩「掃黃」沖淡了左派們對意識形態方面自由化的批判。

18 大後江澤民不斷被揭傷疤

2012年12月8日，習近平效仿鄧小平南巡。媒體在報導習近平南巡時，大張旗鼓地報導當年曾經陪同鄧小平的幾名「老同志」。

外界注意到，官媒意味深長地提到其中陪同鄧小平的陳開枝，罕見地將當年鄧小平針對江澤民的話舊話重提，他對習說，當時鄧小平說了一些很重的話，對領導幹部說：「誰不堅持改革開放，誰就沒有好下場。」對群眾則說：「誰不堅持改革開放，你們就可以把他打倒。」羞辱江澤民意向明顯。

1992年，江澤民在經濟上的保守令鄧小平無法忍受。「鄧小平南巡」明確地向江澤民發出最後通牒：「改革開放是大勢所趨，誰不改革誰下台。」

1992年2月20日由江澤民召開政治局擴大會議，傳達鄧小平講話。江澤民以「容易引起黨內幹部思想不穩」為藉口，刪去了鄧小平南巡講話大量內容，而且不許報導鄧小平南方之行的詳情。

1992年2月下旬的一天，主管意識形態的政治局常委李瑞環詢問《人民日報》社長高狄：「《人民日報》為什麼不登（鄧南巡講話），為什麼沒有反應？」高狄理直氣壯地反問：「小平同志現在只是一個普通黨員，我們不知道該以什麼樣的口徑報導。」高狄敢頂撞李瑞環，是因為自恃有江澤民做後台。

中共黨內的左派與改革派相持不下時，掌握軍方實權的楊白冰直接授意《解放軍報》發表題為〈為改革開放保駕護航〉的社論，殺氣騰騰

地公開表示,「堅決響應小平同志號召,為改革開放保駕護航」,旗幟鮮明地直接針對江澤民。

南巡後,鄧小平回到北京,又視察首鋼,對陪同的時任政治局委員、北京市委書記陳希同說:告訴中南海裡那幾個人,「誰不改革誰下台」。

一看大勢不妙,江澤民在1992年3月的政治局會議上,「深刻地」作了「自我批評」:「在抓住時機推動改革和開放方面缺乏敏感性,反對左傾也不夠堅決。」

唯恐鄧小平仍不會放過他,5月底,江澤民致信政治局,要求進一步加深領會和堅決貫徹鄧小平的講話。整個1992年,他在大會小會、一個又一個講話中,不厭其煩地重申鄧小平的旨意。

江澤民雖然被最終放了一馬,但這件事卻被江視為奇恥大辱。

在江澤民近期高調公開題詞來挑戰習的「新規八條」的背景下,黨媒對江澤民的剋星李瑞環「寬容開明」的讚譽,突顯了江澤民在六四前後的專制和冷酷,再一次揭了江澤民的傷疤。

李瑞環別名「江澤民剋星」的由來

自從江澤民踏著「六四」血跡爬上來之後,在中南海敢跟江澤民正面衝突的,不是胡錦濤,而是李瑞環,李因此被稱為「江剋星」。

1989年「六四」事件後,鄧小平從地方提拔了天津的李瑞環和上海的江澤民,並將他倆增補進政治局常委,當時李瑞環55歲,是常委中最年輕的,出任中央書記處書記;而江澤民則任中共中央總書記。

從1993年到2003年,李瑞環連任十年政協主席,當時把全國政協變成了一個「言官」的大本營。李瑞環在江澤民執政期內被視為敢於「直言犯上」。他沒有積極響應「三講」和「三個代表」,在各種場合重點

提領導人必須保持親民作風，多辦實事，少喊空口號，不擺花架子。

16 大前，李瑞環力挺胡錦濤在常委中是最賣力的，特別是 1999 年江澤民鎮壓法輪功以後，李瑞環對江澤民的反對態度更是一天比一天強盛。中共 16 大，江澤民因年齡紅線將面臨下台，決定先把李瑞環拉下去，故意放風說要給胡錦濤挪位置。為了確保胡錦濤能在 16 大後掌握實權，於是常委中年齡較小的李瑞環公開宣布自己要退休，希望把江澤民一起拉下台。但 16 大一中全會上，江利用張萬年突然發動兵變，逼胡錦濤妥協，讓他連任軍委主席成功。

李瑞環對此非常不服，隨後他在訪問澳門時的講話，更是公開講明自己主動提出退休，並說：「我不留戀職位。」言外之意，是在影射江澤民的戀權醜態。

一直有消息稱，被江澤民欺騙了的李瑞環心裡是多麼窩火。據香港《前哨》雜誌記者羅冰曾報導，隨後的 2003 年中共「兩會」之前，李瑞環至少四次反擊江澤民，2003 年 1 月 27 日，政協黨組第四度否決了「三個代表」入憲的提案。

2003 年 9 月中旬，李瑞環在出席原政治局常委、政治局委員座談會時，要求江應該讓出軍委主席的位置。他說：「今天是江澤民考慮黨內、社會上的意見，該退下的適當時候了。」

上屆中央軍委副主席遲浩田、中央軍委委員王瑞林，在座談會上也提出：江澤民同志已完成歷史重任，是全面退下的時候。

2004 年 9 月，在 16 屆四中全會前，江澤民被迫辭去軍委主席。

由於李瑞環常常公開與江澤民鬥爭，而且經常能「贏」，李瑞環被大陸官場視為「江澤民的剋星」。

習近平對江澤民亮殺手鐧

第六章
江習鬥肉搏大戰
元旦啟動

在發表社論文章挺習「維憲」之後，《南方周末》元旦賀詞被刪改，《炎黃春秋》網站則遭除名。面對江系的肉搏陣仗，習近平將上演「習松打虎」的壯士篇還是「以身餵虎」的苦肉劇？《南周》等事件，成為檢驗習式武功真假的第一關。

(AFP)

2012年12月4日,新任中共總書記習近平,在北京舉行的中共「憲法公布施行30周年」紀念大會上,發表了一個被官方稱為「重要」的講話。大陸嗅覺靈敏的兩家頗有影響力的媒體:廣東的《南方周末》與北方的民間政史月刊《炎黃春秋》,立即鎖定習講話中難得的「尊憲」精神,以此為支點,不約而同地藉年度元旦賀詞(獻詞),刊發了挺習的「維憲」社論文章,不曾想,卻就此撬開了習、江陣營的肉搏大戰之魔盒。

《南方周末》元旦賀詞被強行刪改,《炎黃春秋》網站則遭除名。有分析認為,這應該是習近平元年新政,能否繼續唱下去的當頭大考。

在「紀憲30周年」的講話中,習近平高調表示,中共應「依法、依憲治國」和「依法、依憲執政」;「憲法的生命在於實施,憲法的權威也在於實施」等。習還特意引用1978年鄧小平的話說:「為了保障人民民主,必須加強法制。必須使民主制度化、法律化,使這種制度和法律不因領導人的改變而改變,不因領導人的看法和注意力的改變而改變。」習近平還亮出18大的政治底牌:「法治是治國理政的基本方式,要更加注重發揮法治在國家治理和社會管理中的重要作用。」他還強調憲法的實施,「我們要堅持不懈抓好憲法實施工作,把全面貫徹實施憲法提高到一個新水準。」

儘管中共現行的憲法強調中共的領導和執政地位,但也寫入了「國家尊重和保障人權」(如2004年的憲法)和保障公民言論、出版、集會、結社、遊行、示威自由(憲法第35條)等條款。外界分析認為,習高舉「憲政」,以圖出師有名,以此來影響或引導黨內的「路線方向」之爭,試圖積累共識,迫使各派系跟進。然而,在中共的黑厚官場,「習幼主」迎來的卻是江系餘黨的赤膊挑戰。

第一節

《南方周末》新年致詞被篡改

　　2013年1月2日，《南方周末》2013年新年特刊在已經簽版定樣、編輯記者休假且完全不知情的狀態下，突然被廣東省委常委、宣傳部長庹震進行多處修改、撤換，導致報紙出現多處問題，甚至包括「2000年前大禹治水」的低級錯誤。

　　據香港《蘋果日報》引述北京媒體人羅昌平透露稱，文章在送廣東省委宣傳部審查時，宣傳部長庹震對內容大表不滿，刪去文中提到的涉敏感事件，更將主題改成歌頌中共的內容，全文充斥吹捧之詞。有關編輯拒絕簽版，最終要部長庹震本人親自簽發。

　　據新浪微博網友發布的照片顯示，《南方周末》的原獻詞為〈中國夢、憲政夢〉，後修改為〈夢想是我們對應然之事的承諾〉。而庹震大刪改後的版本變成〈我們比任何時候都更接近夢想〉。

　　早前，2012年12月17日，《南都周刊》49期「起底王立軍」系列調查報告剛上市，立即被有關部門責令全部收回。有分析認為，因為

其中的八篇文章，通過對「王式打黑」勝過黑社會搶劫的鐵證列舉，令人看到了中共政法系統的縮影，引起江系周永康勢力的不滿。

次日，《人民日報》頭版刊發評論〈網路不是法外之地〉，不僅警告網民，還威脅網監：「開放的中國需要文明法治健康的網路世界，不管是監管部門還是廣大網民，都應該珍惜這個平台。」暗示已經寒風凜冽的網路，還要降臨更大的「暴雪」。

庹震「手伸得很長」有背景

「南周事件」越演越烈，篡改《南方周末》新年獻詞的廣東省宣傳部長庹震成外界關注焦點。現年53歲的廣東省委宣傳部長庹震原籍河南方城，曾任北京《經濟日報》總編輯、新華社副社長等職。庹震是主管宣傳的江澤民派系政治局常委李長春的親信。

2012年5月，李長春將曾長期在《經濟日報》任職的新華社副社長庹震空降到廣東出任省委宣傳部長，其意在控制廣東的輿論。當時外界就有猜測，庹震很可能會拿某一媒體開刀。果不其然，兩個月之後，《新快報》便被整肅得支離破碎、面目全非。

李長春控制的宣傳部門在整肅《新快報》的同時，《南方都市報》的現實版和網路版的評論部分也遭到了閹割。此後，南方報業集團旗下傳媒（即「南方系」）空間受壓。

有媒體披露，由於熟稔傳媒運作，庹震除事先傳達各種禁令外，還經常直接插手編務，「手伸得很長」，以向中央顯示他有能力管好南方報業。此次「獻詞」事件實際上成為了江系黨羽向習新政的直接宣戰。

庹震痛罵習仲勛

有內部消息說，庹震野心勃勃，急於上位，並且不把習近平放在眼裡。據庹震原來的同事透露，庹震多次聲言，習近平之所以能夠上位，是因為有一個好爸爸。他說，習近平父親習仲勛那些言論，以現在的標準來評判，宣判他顛覆國家可能看得起他了，頂多就是一個漢奸、叛徒。據說他指的是習仲勛的一些批毛言論，這和目前中國臭名昭著的毛左論調幾乎相同。

庹震對習近平上台後的三把火也很不以為然。習近平訪問深圳與廣東時，他暗中發出指令，不許廣東等地報紙「借題發揮」，過多吹捧，更不許聯想，他對宣傳部幹部說，習近平可能只是作秀，他是來緬懷自己的父親，和中央政策無關，如果宣傳過火，就把習近平擺上台，「他下不來，我們就上不去。」

《南周》內部消息說，習近平南巡不封路、不清場，踐行新風。此前，中央高層也屢次提出「講真話」。而《南方周末》的南巡報導，重寫兩稿，共計一萬餘字，呈上省宣後，均被斃掉。編輯悲憤無奈，於是誕生了《南方周末》史上最短頭版報導：299字。

消息還稱，庹震認為習就是一個過渡人物。他甚至對人說，習能夠幹五年已經不錯了。新華社一位剛剛採訪過庹震的主管透露，庹震不看好習近平，認為他再這樣折騰，要麼就是被逼下台，要麼就是成為「末代皇帝」。庹震甚至表露出，習近平就應該下台。據此消息稱，至少有兩位前中共政治局大員，對庹震頗為欣賞，看重庹震那股「王立軍」式的「抗習」彪勁。據猜測，此後台人物很可能就是周永康與李長春。

庹震被要求下台

　　《南方周末》每年的新年獻詞一直引人注目。宣傳部長庹震親自操刀篡改為歌頌中國共產黨的媚文，引起轟動，成為 2013 年第一起重大政治醜聞。

　　消息經過媒體人微博流傳開來後，引起社會極大反響和學術界的震怒。之後，「南周事件」越演越烈，大陸專家學者、媒體同行等炮轟中宣部聲援《南周》，其中有要求庹震道歉，甚至要求其下台。

　　1月4日，52名《南周》前實習生聯名寫公開信，呼籲廣東省委宣傳部庹震引咎辭職，並公開道歉。此公開信未經核實。

　　據法廣報導，1月4日，另有數十名在《南方周末》工作過的資深媒體從業者聯署公開信，呼籲庹震承擔責任，「引咎辭職」。公開信稱，庹震曾經在《經濟日報》擔任總編輯，在其任職期間，將一家本有希望在市場上一顯身手的報紙，整到無聲無息；其在新華社分管社辦報刊期間，社辦報刊風聲鶴唳，萬馬齊喑。

　　目前已有兩名記者因為「南周事件」要求辭職，他們手舉標語：「理想滅、不從業；南周慫、我辭職」。

《炎黃春秋》網站被關閉

　　與《南方周末》新年賀詞公之於眾的同一天，《炎黃春秋》刊出題為〈憲法是政治體制改革的共識〉的新年獻詞，呼籲真正的執行憲法，徹底消除中共當局執政的種種黑暗。外界稱為 2013 年政改的第一炮。

　　2013年1月4日上午九點多，《炎黃春秋》官方微博發出消息稱其網站被突然註銷：「今天九時左右網站被關閉。2012 年 12 月 31 日

分別收到署名為『工業和信息化部網站備案系統』的簡訊和郵件：『您備案信息中的網站炎黃春秋網已被註銷，該網站的備案號京 ICP 備 08100492 號 -1 已被收回。特此通知！』通知中沒有註明網站被突然註銷的原因。詳情本刊正在了解中。」

《炎黃春秋》副主編楊繼繩表示已做好「殉憲」的準備，並指出該事件如何發展將是對「習李新政」的現實考驗。

劉雲山與習近平的不同調

就在外界紛紛揣摩「南周事件」背景同時，新晉升政治局常委的江系人馬劉雲山，在 2013 年 1 月 4 日的全國宣傳部長會議上，大唱奮鬥「中國夢」，隻字不提習的「憲政夢」，而與庹震腔調極為類同。

不僅如此，劉雲山對習高調言論亦有所指，火藥味很濃，他稱：「在社會思想意識多元多樣、媒體格局深刻變化條件下做宣傳思想文化工作，要樹立政治意識，對於黨的基本政治路線、重大原則問題、重要方針政策，要有正確的立場、鮮明的觀點、堅定的態度。」

中宣部長劉雲山因為壓制網路自由，言論自由，一直受到西方媒體的批評，稱之為「納粹宣傳部長」。

劉雲山積極討好江澤民，藉外國銀行家庫恩的名聲撰寫《江澤民傳記》，得到江的重用提拔。劉和李長春一樣，屬於中共的保守派，長期壟斷操控宣傳系統，維護中共一黨獨裁統治。中宣部被大陸網友評選為「最該被取消的部門」之一，另一個則是周永康的政法委。

汪洋挺習 有的放矢發新調

　　胡錦濤的愛將，前廣東省委書記汪洋，雖然還沒有得到官方正式任命，外界普遍認為，在錯失進常委之後，仍將進京擔任要職，輔佐「習李王」。

　　汪不斷有新見解、新觀點釋出，與習一唱一和，頗為熱眼。據《動向》報導，汪洋在廣東省委第二次學習18大精神會議上，開始鼓勵民眾示威、上訪請願。

　　汪洋稱：「要樹立新觀念、新思維，社會上有民眾示威、遊行抗爭、有上訪請願等，是一個開放民主法制社會的正常活動，要保護而不應害怕甚至打壓。」

　　汪洋時有語出驚人之舉，18大前曾發表顛覆「黨媽媽」的言論。早前有報導稱，2012年5月，時任廣東省委書記的汪洋強調「必須破除人民幸福是黨和政府恩賜的錯誤認識」。汪洋顛覆了中共一向宣傳的「黨媽媽」、「沒有共產黨就沒有新中國」的主旋律，讓外界吃驚。

　　汪洋在廣東不但發起「解放思想」運動，矛頭直指江的政治命根「三個代表」，還「騰籠換鳥」為胡的「科學發展觀」中「轉變經濟增長方式」做實驗，觸動了江派在廣東龐大地方利益集團。

　　他在廣東試點「官員財產申報制度」，並率先在深圳推動「工會直選」。另外，汪洋還在廣東掀起了廣東版的打黑風暴，數百名官員被雙規。廣東過去長期是江、胡陣營的必爭要地。江系李長春、張德江等都曾在廣東執政過，胡營則有汪洋，以及剛接任省委書記的胡春華。習仲勳也在廣東幹過不少時日，並進行改革和設立特區，成為中國改革開放「首功之臣」，因此習近平多少也被廣東命脈所繫所纏。

　　2012年12月7日至11日，習近平上任總書記第一次出巡，選擇

了當年鄧小平廣東、深圳等南巡線路，以示政改決心。汪洋全程陪同，習在廣東視察時表示，我們要「敢於啃硬骨頭，敢於涉險灘，既勇於衝破思想觀念的障礙，又勇於突破利益固化的藩籬。」汪洋自然心領神會。

2012年的最後一天，習近平主持中共中央政治局會議，為2013年中共黨風廉政建設和反腐敗做布署。在講話上，習近平著重強調了對「個別領導幹部特別是高級幹部嚴重違紀違法」的制裁，被認為是為打一隻「大老虎」所做的輿論準備。此表態引起江系的驚慌，更收緊對媒體輿論的控制。

到底是上演「習松打虎」的壯士篇，還是「以身餵虎」的苦肉劇，《南周》等事件，將成為檢驗習式「武功真假」的第一關。

習近平對江澤民亮殺手鐧

第二節
江習鬥升溫 軍方介入

　　習近平剛上台不久,人們看到江澤民三天四次「露面」:2012年12月22日在北京看一歌詠樂會,為竹子的詩歌集寫序,24日為死去的黃菊畫冊題寫書名,25日為南京長江四橋通車題字。而習近平則帶著令計劃走訪,而且藉胡春華給鄧小平獻花之際,藉陳開枝等四老人之口,猛揭江澤民的軟肋:誰不改革誰下台。江澤民在台上時,鄧南巡的很多細節內容被中共官媒禁止報導,如今習近平藉此把江澤民的「奇恥大辱」再度拿出來示眾,以此作為回擊。

　　等到了12月28日,江又為新書《江澤民與社會主義市場經濟體制的提出——社會主義市場經濟20年回顧》出版發行作批示。令看官感興趣的是,不但老江頻頻出手,新上任的中共第五代黨魁習近平也不甘示弱,頻頻接招,雙方你來我往,成了2012年跨年度中國政壇的重頭戲。

官媒故意發陳良宇江澤民合照

2012年12月30日，官媒人民網刊發〈老常委卸任後的生活〉，故意刊登了一張江澤民與陳良宇合影的照片。陳良宇是前中共中央政治局委員、上海市委書記，陳在2006年9月涉嫌違紀被撤職，2008年因受賄濫權罪名判囚18年，目前陳良宇仍在服刑中。

陳被起訴的罪名主要有受賄、濫用職權和玩忽職守。上海維權律師鄭恩寵公開指出，江澤民是陳良宇最大的後台。除陳良宇外，2006年的上海社保基金挪用案還涉及20名高級官員和商界要員，包括上海市寶山區區長秦裕、上海市社會保障局局長祝均一、國家統計局局長邱曉華等。中國國家審計局曾在2008年3月公布，此案涉及挪用資金高達人民幣339億元，遠高於原來估計的4.8億元。

新華網與人民網的圖輯配文均取自2006年5月在《南方周末》刊登的〈老常委的卸任生活〉，不過，人民網圖輯中多了陳良宇在2006年4月，即陳被撤職前五個月陪同江澤民到江的母校上海交大視察的照片。政治靈敏度高的大陸人士都在微博上詢問：「陳在『17大』前倒台，現在其照片被人民網刊出，什麼意思？」官媒這一罕見做法引起外界極大關注。

陳良宇曾被江澤民選中作為總書記接班人培養，沒想到在中共17大前「翻了船」，導致江派上海幫受到重創。陳良宇落馬、黃菊「病休」、江本人垂老體危，自顧不暇，「鐵三角」徹底散夥。江系上海幫開始勢微。2006年3月24日，胡、溫正式任命原浙江省委書記習近平為上海市委書記。

而如今，此番陳良宇與江澤民合照突然現身官媒，被認為是習近平藉此來「回應」江澤民，「再繼續挑釁隨時都會遭到處理」。昔日的

「江胡鬥」正在延伸為「江習鬥」（詳見第359頁附錄一：江習鬥內幕第一回合大事記），中共局勢處處隱藏著殺機。

「習八條」升級 欲打大老虎

緊接著第二天的新年除夕，新華網在差七分鐘進入新年時的12月31日23時53分11秒發出消息稱，中共新任總書記習近平31日在中共中央政治局會議上將「習八條」升級，要求將「監督執行八項規定作為經常性工作」。

新華社報導稱，習近平在會中要求認真落實中共中央關於改進工作作風、密切聯繫群眾的八項規定，嚴格執行廉潔從政有關規定，反對形式主義、官僚主義，堅決制止奢侈浪費。把監督執行八項規定作為經常性工作，制定監督檢查辦法和紀律處分規定，強化日常監督，做到出實招、動真格、見實效。

這個會議也是18大後習近平公開第一次主持反腐工作。習首次聽取中央紀律檢查委員會工作彙報，研究布署2013年黨風廉政建設和反腐敗工作。

會議明確強調，「個別領導幹部特別是高級幹部嚴重違紀違法」。會議稱新形勢下反腐敗鬥爭形勢依然嚴峻，少數黨員幹部宗旨意識淡薄，形式主義、官僚主義問題突出，奢侈浪費現象嚴重，一些領域消極腐敗現象易發多發。

此前中紀委高調反腐，首先落馬的省級官員是原政法委書記周永康的心腹——李春城，矛頭直指江派。外界也把「李春城快速落馬」視為清理江派周永康殘餘勢力的風向標，李春城背後的更大巨貪周永康家族、曾慶紅家族、江澤民家族等的腐敗是否將擺上檯面，外界高度關注。

日本媒體《朝日新聞》認為，習近平反腐下一步的關鍵就是如何判決薄熙來，挺薄勢力在不得不面對審判薄熙來中，重點放在如何量刑上。報導稱，曾與薄氏家族有交往的某中共黨內人士話說：「胡錦濤政權原本打算18大之前解決此事，再將政權順利移交習近平，但終究還是沒趕得及。圍繞薄熙來事件的黨內紛爭一時尚難平息。」

軍報：「維護習近平權威」

一天後的2013年1月1日，新華網轉發中共軍委主辦的《解放軍報》刊登的元旦獻詞，題為〈為建設一支聽黨指揮能打勝仗作風優良的人民軍隊而奮鬥〉，文章一開篇就推出習近平上台後提出的「中國夢」，內文則強調了習近平對軍權的控制，並罕有地提出要從嚴治黨，維護習近平的權威。

軍報表示，18大上中共已完成了領導層的新老交替，軍隊將「堅決貫徹習主席和軍委決策指示」，「始終在思想上、政治上、行動上同黨中央保持高度一致，堅決維護黨中央、中央軍委和習主席的權威，堅決聽從黨中央、中央軍委和習主席的指揮。」

軍方還拋出極具針對性的言詞要求「從嚴治黨」，聲稱「從嚴治軍，關鍵要從嚴治黨」，「在貫徹黨章和黨的制度上從嚴、在遵守黨的紀律上從嚴、在幹部教育管理上從嚴」。軍方的這一表態迎合了習近平提出的有關黨建方面的八項規定，但這一規定剛出爐即屢受江澤民的挑戰。軍方的這一「從嚴治黨」要求，被看作是對江澤民挑戰「習八條」的回擊。軍方高調拋出的「要堅決維護習主席的權威」，這一表態被認為是繼1992年鄧小平南巡後，軍隊第二次直接向江澤民喊話，也顯示出江澤民已經失去對軍隊的影響力。

2013年新年第一天，《人民日報》在其官方微博上宣布周末版將從8版增至12版，並在周日每天推出一塊評論版，「要在社會轉型的斑駁底色中凝聚共識」。《人民日報》還表示，「新一年，我們將努力說真話、寫實情。」民眾對於《人民日報》公開強調要說真話，既感覺好笑，也感到一點異樣。

胡、習、江脆弱平衡 隨時會破裂

元旦的《解放軍報》文章還四次強調胡錦濤的「科學發展觀」，「牢固確立科學發展觀在國防和軍隊建設中的指導地位」。外界由此獲悉，胡習聯盟十分緊密。

《新紀元》獲悉，習近平非常感謝胡錦濤，不但公開稱胡「高風亮節」，而且私下多次表示感謝。正因為胡的主動全退，才使習衝破了老人干政的潛規則，讓「小媳婦」擺脫了眾多公公婆婆的牽制。為此，習近平在胡全退後不久的12月4日，馬上從制度層面確定了習八條，12月31日又升級為「經常性工作」，目的就是杜絕老人干政。

據接近習近平陣營的消息稱，江澤民高姿態題詞，在一定程度上是得到習近平的默認。習就是在「高舉江澤民」的掩護下，在實際運作中收復江派權力和拆解政法委，以免江派大管家曾慶紅再次發動「同歸於盡」的毀滅性行動。

此前《新紀元》分析說，18大前周永康、曾慶紅不惜「魚死網破」，策劃《紐約時報》事件抹黑溫家寶，為了防止江派繼續採用「破罐破摔」的威脅手法導致中共立即垮台，胡、習聯手採取了一些措施。一方面胡錦濤在18大全退以換取結束老人干政，另一方面讓有江派背景官員出任一些非關鍵性職位，實質上已布署好權力上的卡位安排，讓這些江派

官員有名無實，無法控制實權，卻讓外界覺得「江派仍很有勢力」，以防止中共政局失控。

　　華府中國問題專家石藏山表示：「中共因江澤民鎮壓法輪功犯下的駭人聽聞的罪惡，已經將中共置於無法挽救的命運，中共已毫無信譽可言，習近平在中共體制內的改革和『救黨』，最終還是會被反制，因為江澤民、曾慶紅等還會一而再、再而三地製造18大前夕《紐約時報》這類威脅要『魚死網破』的事件。若習近平不主動布署解體中共，中共現任高層和江澤民之間非常脆弱而微妙的『權力平衡』會在一次又一次的相互搏擊中徹底破裂，中共也一樣會因此解體。」

第三節

胡錦濤赴鹽城涉及的密案

一宗轟動中南海的高幹子弟官司

2012 年 10 月 27 日，《大紀元》曾發表名為〈一宗高幹子弟官司轟動中南海高官求刊登求饒信〉報導。事件後兩個月，胡錦濤訪問江蘇，其中一站就是事發地點鹽城。消息稱，胡錦濤去江蘇主要就是為了去實地了解這件事情。

中共官媒報導胡錦濤的行程透露，12 月 26 日至 29 日，胡錦濤在江蘇省委書記羅志軍和省長李學勇陪同下，前往南京、無錫、泰州、鹽城等地考察。中辦主任栗戰書陪同。官方對外解釋稱，胡錦濤去鹽城市恆北村是為「推動城鄉一體化」。

中國大陸兩名高幹子弟兄弟因為修煉法輪功遭到迫害，出獄後對當地的中共官員提出巨額的賠償和道歉要求，並指名要求胡錦濤和溫家寶

親自處理此事。此事驚動中南海。

中共政治局常委賈慶林繼上次被胡、溫指定去河北訪問「300 手印事件」後，再度被派到這兩位高幹子弟所在省份做調查。

10 月 27 日，《大紀元》發表名為〈一宗高幹子弟官司轟動中南海高官求刊登求饒信〉的報導，一位參與迫害法輪功學員的中國某市政法委（「610」或公安系統）負責人委託其親屬轉給《大紀元》一份請求刊登的告饒信，該信是特別給被他迫害的法輪功學員的求饒信。

信中反覆「跪求」法輪功學員饒恕他的罪行。同時該信披露了中共政法委系統在常年迫害法輪功學員的過程中罪惡黑幕，政法委系統官員精神已處於崩潰狀態。

來自鹽城的消息稱，賈慶林的造訪並沒有解決這件事情，現在事情鬧得越來越大，政治局都收到了這起事件的傳真，這次是胡錦濤親自實地了解情況。

迫害法輪功的血債幫現在非常害怕，害怕會在法輪功問題上「變天」，這也是近期香港「青關會」騷擾法輪功升級，試圖在法輪功問題上捆綁習近平；江澤民突然為已死的迫害法輪功幫凶黃菊題詞，在法輪功問題上暗中警告習近平的原因。

受迫害高幹子弟要求賠償及公開審訊錄像

據「明慧網」2012 年 6 月 4 日的報導，有兩名法輪功學員是親兄弟，同時也是高幹子弟，在前幾年被非法勞教，然後遭到了殘酷的迫害。哥哥被非法審訊 15 天 15 夜，被迫害昏迷四、五次，最後當地官員也沒拿到口供和簽字。被送去勞教所之後，兄弟倆通過關係告狀，但是在當時被壓下來了。

幾年後,兄弟倆突然向「610」和當地的官員提出要求公開的巨額賠償和道歉,並且告訴當地的「610」和公安局的高官以及政法委書記等,如果不公開巨額賠償,就把他們腐敗的證據公布在網路上,同時通過特殊渠道送到中共的政治局常委手中,送給中紀委,讓紀委去「雙規」他們。

據說,那位哥哥還找了在黨政軍的高幹子弟朋友們求助,他們聯合起來之後,動用中共黨政軍某些部門的力量,花了接近一年時間,跟蹤了很多當時迫害他們兄弟的各級官員。用遠距離攝像機取得了很多官員的腐敗證據,而且延伸跟蹤調查了更多的官員。

兄弟倆還向當地「610」和政法委提出了一個強烈的質疑和要求,要求出示在幾年前被警察審訊時的全程音像。因為中共檢察院規定,警察審訊時必須全程錄音錄像。

據稱,現在當地的「610」和公安局以及政法委非常害怕,如果提供當時審訊兄弟倆的錄音和錄像,就等於是證明警察刑訊逼供。个掌山當時審訊的證據,就是非法辦案,也要被繩之以法。如果非法審訊,那後來的勞教也是非法。目前各級「610」已經多次找到他們兄弟倆談,希望他們能夠退讓一下,但是兄弟倆態度極其強硬,不理睬他們。

報導稱,最近一段時間,當地的「610」和公安局以及政法委幾乎天天長時間開會研究對策,但是完全沒有辦法,「頭疼無比,害怕無比。一點辦法沒有。」

相關人員與「610」和公安局以及政法委領導整天唉聲歎氣的,一副大禍臨頭的神情,整日沒精打采,而且夜裡嚴重失眠。白天精神恍惚地整天哭喪著臉。同事們背後都笑話他們說:「他們死了娘、老了的時候也沒有這樣難過的,看來法輪功不好惹!不能去惹法輪功!多一事不如少一事!」

賈慶林調查此事 臉色鐵青

有報導稱，中共常委賈慶林在沒有到現場「考察」之前，已經有消息傳出稱：「如果他們兄弟倆再折騰，一大批參與的各級官員和警察將會作替罪羊推出來，進行黨紀國法的處理。甚至更高級別的官員們都要拉下馬，給他們兄弟倆和他們家裡人一個交代。」

據稱，賈慶林最後到場調查此事，把當地大小官員都嚇壞了，「都認為這個事情搞大了，賈慶林能來，其他政治局常委肯定都知道。」

最後，該地的官員都互相推責，使得賈慶林臉色鐵青。據說：「當地的公安局、政法委、市委黨委領導無能啊，現在都膽戰心驚，一個個都絞盡腦汁推卸責任，沒有人敢去安撫他們兄弟倆，各級官員被他們兄弟倆多次指名道姓地寫信侮辱，罵各級官員眼瞎了，罵各級官員一個個人模狗樣地盡幹缺德的事情，但是沒有一個官員敢吭聲的。都拿兄弟倆沒有辦法，賈慶林來了都沒有辦法，氣得臉色鐵青，省委書記都不敢說什麼，我們有什麼辦法？不敢吭聲也罷了，為什麼不敢安撫呢？」

法輪功受迫害是中南海最核心問題

從2012年2月份王立軍出走美國駐成都總領館，再到薄熙來被免職，重慶事件背後的一切都是圍繞法輪功受迫害的問題在運作。2月中旬，美國媒體曝光薄熙來和周永康聯手，首先讓薄熙來在18大後繼承周永康的政法委書記，再伺機奪取習近平的權力，成為中共「第一人」。

江澤民在1999年開始鎮壓法輪功後，即使在中共高層中也不得人心，2000年前後在政治局會議中，表態不鎮壓法輪功的人包括時任常委的朱鎔基和胡錦濤，這使得江大為惱火，但是江最終憑藉手中的權力

使得其他常委就範。

到胡、溫接手權力後,並沒有推行如江澤民般大力鎮壓法輪功的政策,使得江大為恐懼,江最害怕的事情就是卸任後中南海在鎮壓法輪功上出現動搖。為此,江澤民不斷干政,在17大將政法委書記周永康弄進政治局常委,依靠政法委的實權人物繼續維持對法輪功和異議人士的殘酷鎮壓。

周永康在18大必須退下,江澤民也早就覓到周的繼承人,即同樣是手握法輪功血債的薄熙來。在江的計畫中,掌握政法委的權力只是第一步,出於對習近平的「不放心」,企圖以薄熙來替代習近平,才是其整個計畫的關鍵。此計畫最終因為王立軍的出走而全盤崩潰,並曝光於公眾。此後圍繞薄熙來的一切運作,都是江派想要保住薄這根「最後稻草」而作出的本能反應。

直到胡錦濤卸任,習近平掌權,江澤民最擔心的依然是法輪功問題,並且不惜拉破臉皮在法輪功問題上與習近平剛頒布的「習八條」對著幹。

第四節

習近平的「祕密武器」

習近平上台剛一個多月,「幼主新政」與「前朝遺老」的衝突已經到了肉搏階段,這樣的高速度不得不令人吃驚。時值新年伊始,人們對來年的官場惡鬥戲碼充滿了焦慮式的期待。

有人說,總結江胡鬥的十年,性格陰柔的胡錦濤一直對江派另立中央敢怒不敢言,技術官僚的「聽話」特徵也讓胡沒有那種「推倒重建」的魄力和膽識,而習近平則不同了。太子黨的紅色背景加上強勢的性格,決定了習不會成為第二個胡。這也許就是江派放風習近平坐不久的原因之一。

從習近平的開局來看,他利用王岐山的強勢來唱雙簧,習動口,王動手,一個說反腐,一個真抓人,僅英國廣播公司(BBC)在2012年12月6日就報導了16位貪官因為網民的舉報而應聲落馬,而且習王的反腐目標直指周永康、曾慶紅、李長春等黨內大老,讓內行人感受到,習近平的政治策略是「少說多幹、軟說硬幹」。

的確，中共官場「最具中國特色」的就是官員們「說的不做，做的不說」，白天台上講清廉，晚上台下搞腐敗，嘴上說為人民服務，手上卻在盤剝百姓。人們把那種與檯面說法相違背、但行之有效的規則稱為「潛規則」，中共治國實質靠的是潛規則，而不是法治。可以說中國的憲法在全世界都算「最先進、最民主、最科學」的，但由於中共官場實施的只有潛規則，如何破除潛規則也就成了習執政的第一攔路虎了。

　　不管習近平真的想實現法治，還是只想在上台伊始撈取民心？他若真能按照現在公布的中共法律去做，切實地去落實和執行，他不用提出任何新理論就能讓中國大變樣。如果說治國有什麼祕密武器的話，那就是高舉法治的旗幟，若真能做到這點，江派的另立中央、老人干政、制度性貪腐等問題都能得到解決。不過這樣的可能性能有多少，人們心裡沒底。

第六章 江習門肉搏大戰 元旦啓動

習近平對江澤民亮殺手鐧

第七章
南周大回放 江習鬥大打出手

「憲政夢」被江派人馬撕毀,習近平被迫再度出手,公布今年停止被江系做為鎮壓工具與黑色財源的勞教制度。但消息隨後被刪並換上力挺江澤民的文章。面對江派一再公開叫板,習近平以升級薄熙來案回應。江派則立即搬出「毛太祖」出擊⋯⋯江習兩派在你一招我一式的大打出手中,展開激烈的駁火。

(AFP)

第一節

中央現兩個聲音
江習鬥大打出手

習近平的憲政夢被席震「追夢」

爭端來源於 2012 年 12 月 4 日新任中共總書記習近平在憲法公布 30 周年上的定調，習高調表示要「依法依憲」執政，並強調切實落實憲法的實施，於是敏感先行的大陸媒體相繼在新年致詞中強調了習近平新政的「憲政夢」特色，強調「黨在法下」、「憲法是政改共識」。

不過習的「憲政夢」才剛剛開始，就有人來阻止他做夢了，儘管被庹震篡改的《南方周末》的專題名稱還叫「追夢」，〈我們比任何時候都更接近夢想〉，但實際此夢已非彼夢也。

習近平憲政夢的變調，主要是江澤民派系的原中宣部部長、現任中央書記處第一書記的政治局常委劉雲山的插手干涉，不過檯面上帶頭挑釁習近平的是原新華社副社長、2011 年被江派大將李長春空降到廣東

擔任宣傳部長的庹震。據說庹震曾多次辱罵習近平不夠水平、「應該下台」，習能幹五年就已經不錯了等等。

英國《太陽報》的尤可夫還引述京城傳聞稱，劉雲山對南方報系十分不滿，在劉眼中，南方系屢屢與黨委唱對台戲，且南方系近年來頻繁北上西進，其記者編輯也越來越多在各地主掌媒體，經常南北呼應、東西配合地製造話題和轟動效應，儼然有與宣傳系統分庭抗禮之勢。

自林雄 2006 年 7 月出任廣東省委宣傳部長以來，對媒體的控制有所放鬆。對此，劉雲山早有調整廣東宣傳口負責人的意思，但顧忌到林雄是溫家寶的前祕書，且時任廣東省委書記汪洋對媒體多「網開一面」，劉一直不好動手。2011 年林雄被邊緣化後，劉雲山的親信庹震便南下廣東主掌傳媒，「南周事件」可謂「蓄意已久」。

《炎黃春秋》：中國的希望在民間

人們很快從 2013 年 1 月 4 日劉雲山在宣傳部長會議上的講話中，嗅出了高層的兩個不同聲音。趙紫陽時代的新聞署署長、《炎黃春秋》創辦人杜導正 1 月 6 日在接受《大紀元》專訪時談到：「我看劉雲山演講的調子就和習近平的調子不太一樣，劉強調的政治情緒和習近平強調的正好相反。我覺得這樣搞很不好。」

儘管有人把《炎黃春秋》網站的臨時關閉歸咎於技術管理層面，但劉雲山等人把矛頭對準《炎黃春秋》還有個原因：創刊於 1991 年的《炎黃春秋》曾被習近平的父親習仲勛題詞為「辦得不錯」。曾三次被極左非難、兩次身陷囹圄，從而極其厭惡極左的習仲勛，在其創刊十年時題詞表達他的讚譽，而且杜導正跟習家的交情一直很好。《炎黃春秋》在 2011 年發表文章〈習仲勛冤案始末〉指：毛澤東當中央主席，康生憑

藉一張紙條誣衊國務院副總理習仲勛就可以得逞，這是為什麼？這樣的黨內生活正常嗎？

對於共產黨與憲法究竟誰居上位這個雙方爭論的敏感問題，杜導正說：「當然是黨在法下，因為中國13億8000萬人口，共產黨員才8000萬，中國是13億8000萬人的國家，不是你共產黨這8000萬人的國家。」他強調，憲法序言規定，共產黨只是執政黨，「共產黨不是國家，也不是人大。這個黨在毛澤東晚年時思路上出了大毛病，就是黨大於法、黨大於人大，一切都是共產黨說了算。這是不行的，現代社會不許可的。」

回顧過去，這位90歲的老社長有些感慨：「我辦《炎黃春秋》辦了21年，中間他們也整了我們十幾次了，但是這個壓力我覺得很好玩，我把它當成一場政治遊戲。……（我們）代表的是老百姓的力量，講的是事實，講的是可靠的東西，講的是民主法制，所以我內心很充實，非常自信。每次被鬥的時候，當然也有掉淚的時候，但總的來說是快樂。」

他最後表示，中國的希望在民間，因為官場裡貪污腐敗已經一塌糊塗，依靠官方不會有任何效果。所以，習近平如果真想開創一個新時代，他必須非常地、實實在在地、腳踏實地依靠人民、依靠民間力量。

「南周事件」的發展印證了中國的希望在民間，在每個老百姓身上。

江習擺擂台 劉雲山孟建柱各自唱戲

就在《南方周末》編輯記者變相罷工，抗議宣傳部的野蠻干涉、要求罷免庹震之時，江派一看庹震壓不住台了，於是派出《環球時報》的胡錫進發表了社論，而且由劉雲山親自出馬督陣。2013年1月7日，中宣部發布了緊急祕密通知：〈關於《南方周末》新年獻詞出版事件的

緊急通知〉，全文如下：

「各級主管黨委和媒體，對於此次事件，必須明確以下三點：一，黨管媒體是不可動搖的基本原則；二，《南方周末》此次出版事故與廣東省委宣傳部長庹震同志無關；三，此事的發展有境外敵對勢力介入。各主管單位必須嚴格要求其部門的編輯，記者和員工不得繼續在網路上發言支持《南方周末》。各地媒體、網站明天起，以顯著版面轉發《環球時報》的社評〈南方周末「致讀者」實在令人深思〉。」

然而劉雲山沒想到的是，儘管 2012 年僅《南方周末》就有 1034 篇「斃稿」，當時人們都順從屈服了，但現在不同了，如今是 2013 年了，按照瑪雅曆法來看，人類已經進入一個新時代，以往的陳規舊俗可能就行不通了。簡單地來說。如今檯面上的不再是擅長隱忍的胡錦濤，而是敢做敢為、有脾氣、有個性的習近平了。

面對自己提出的「憲政夢」被無情撕毀，習近平早就窩了一肚子火，政令不出中南海的局面不允許再發生了，於是，如同 2012 年 9 月初習近平突然「背痛」辭職一樣，在江派的不斷挑釁下，習近平被迫再度出手，令江派措手不及。

習近平對江澤民亮殺手鐧

第二節

局勢突變 習提前廢勞教內幕

2013年1月7日上午,中共中央政法委書記孟建柱在中共全國政法工作電視電話會議上突然宣布:「中央已研究,報請全國人大常委會批准後,今年停止使用勞教制度。」同時,習近平在此會上發表震撼性的講話,強調政法工作要順應人民對公共安全、司法公正和權益保障的新期待,全力推進「平安中國、法治中國」和過硬隊伍建設,再次強調其「憲政夢」。

《大紀元》獨家獲悉,據接近中辦的消息人士稱,習近平上任之後以反貪和法制作為政改突破口。公安部承諾,在年內拿出一整套取消勞教的「漸進方案」,原計畫從2014年1月開始,在兩年的「內部掌握的過渡期」最後清理勞動教養問題。然而由於「南周事件」的風雲突變,中辦突發指示:「不要過渡期,今年內必須停止。」

公安部的消息稱,外界認為各級公安部門是反對取消勞教制度的主要障礙,但實際上各地維穩辦才是真正的阻礙,公安部門只是執行

機構。目前政情形勢不明朗，政法委中尤其是公安機關的官員憂心忡忡，擔心最後為中央和地方的維穩政策背黑鍋，所以寧願有中央明確政策出台。消息人士說，這次習強硬推動，很可能和他的憲政夢「遭封殺」有關。

消息還稱，2012年底中國一批法律和社會學者聯名上書，要求停止勞教，實施憲政。據中國政法大學一位學者透露，習高調談法治，並強調憲法的基礎地位，而勞教恰恰是違憲的行政法規，如不採取行動，所有有關所謂的「法治建設」都將無效。

中國憲法第37條規定：「中華人民共和國公民的人身自由不受侵犯。任何公民，非經人民檢察院批准或者決定或者人民法院決定，並由公安機關執行，不受逮捕。禁止非法拘禁和以其他方法非法剝奪或者限制公民的人身自由，禁止非法搜查公民的身體。」刑事訴訟法第12條規定：「未經人民法院依法判決，對任何人都不得確定有罪。」然而現實生活中，各地公安隨意抓捕百姓，動輒勞教關押二、三年的非法事件比比皆是。

中國的「勞動教養制度」是中共從前蘇聯引進而形成的，目前世界上獨有的制度。勞動教養並非依據法律條例，從法律形式上亦非刑法規定的刑罰，而是依據國務院勞動教養相關法規的一種行政處罰，公安機關毋須經法庭審訊定非，即可對疑犯投入勞教場所實行最高期限為四年的限制人身自由、強迫勞動、思想教育等措施。

大陸勞教制度最早在1957年反右時大力推行。當時中共官方說有58萬右派，而實際上有300多萬。很多「右派」就因單位頭頭一句話就被勞教多年。經歷過那段古拉格式煉獄的人都知道，有時勞教所比監獄還黑暗，無法無天，什麼惡事都幹得出來。

2012年10月中共司法部曾透露，目前大陸一年內被勞教人員數量

有六萬多，自勞教制度實施以來，被勞教人員最多時一年達到 30 餘萬人，最少時也超過 5000 人。不過外界一直質疑官方數據隱瞞了巨大數量，據人權組織調查，中國有上百萬奴工，在勞教所無償為政法委等公檢法機關生產產品，很多還出口到了國外，受到國際人權組織的抵制。

海內外齊聲呼籲廢除勞教

幾十年來，中共勞教制度一直備受譴責，特別是江澤民自 1999 年對上億修煉法輪功的善良民眾發起鎮壓之後，無數無辜法輪功學員因堅持信仰而被關進勞教所，受盡折磨，據說人數高達上百萬。

2012 年聖誕節前夕，西方社會突然爆發起關注中共勞教所奴役良心犯的國際人權浪潮。2012 年 10 月，美國一名普通公民凱斯（Julie Keith）從購買的萬聖節裝飾品盒子中發現一份用英文寫的求救信，上面寫著：「先生，如果您偶然買到這項產品，請慈悲地將這封信送給世界人權組織。在這裡正遭受中共當局迫害的數千人，將會永遠感激您。」這封沒有署名的信說，這個裝飾品是在中國遼寧省瀋陽馬三家勞教所二所八大隊製造的，那裡的工人實質上是奴隸，每月薪資 1.61 美元，多數被關押的都是法輪功學員。

凱斯把這份信發到網上，引起美國眾多媒體和政府官員的關注。投資人網站評論說，來自中共勞教所的裝飾品提醒了美國企業和政界菁英，中共是如何「運作」的，美國是否為了自身的利益而被中共買通呢？文章批評道，西方貪求中國的廉價商品，導致中國成為一個偉大的「奴隸帝國」。

當消息傳到大西洋彼岸時，奧地利居民辛蒂（Cindy）覺得有義務將自己知道的另一封求救信事件公布出來，儘管已是將近十年前的事。

辛迪表示，她知道奧地利一位民眾大約十年前在購買的環形飾品中發現了一封英文求救信，來自廣州槎頭女子勞教所。信中稱：「警察利用各種殘酷手段來強迫我們放棄修煉法輪功，包括可怕的精神和肉體上的折磨。」「毒打我們，切斷我們和家裡親人的聯繫。」並且「當我們的關押日期到了，他們仍然不釋放我們，他們把我們送到所謂的『教育中心』裡繼續折磨我們。」信的末尾請求看到這封信的人幫助：「把這些罪惡公布於世！」

在國際社會的一片譴責聲中，中共的勞教制度在大陸內部也遭到媒體和學者們的反對。2012 年 12 月 4 日，由中國著名民生問題學家、北京理工大學經濟學教授胡星斗提議、69 名專家學者簽名的司法建議書，通過特快專遞形式寄給人大常委會和國務院，建議習近平對勞教制度進行違憲審查，並立刻廢止勞教。2013 年 1 月 3 日《檢察日報》刊發了北京大學法學院教授姜明安的文章，對勞教制度提出改革，要求將勞教決定程序司法或準司法化。

早在習近平還沒有接班中共總書記之時，他就對勞教制度提出過非議。2012 年 9 月由浙江省共青團主管的《青年時報》，以〈重慶男子轉發打黑漫畫被勞教續：將要求國家賠償〉為題，對薄熙來主政重慶時「打黑」的荒唐及勞教制度的弊端進行了報導，文章最後藉受害人代理律師雷登峰的訴說，希望把廢除勞教的想法傳遞出去。浙江被稱為是「習家軍」的大本營，《青年時報》的輿論導向很大程度上是代表了習近平的意願。

18 大之後，習近平反對勞教所的態度也從一些具體行動中流露出來。2012 年 12 月 2 日，河南籍截訪人員在北京法院被以非法拘禁罪判刑的消息傳出；12 月 4 日，關押訪民的北京久敬莊突然釋放全部訪民，動作之大引起外界關注。

於是在這樣的大環境下，在各種鋪墊準備工作已經展開的情況下，面對江派劉雲山之流的挑釁，習近平決定拿勞教制度開刀，提前廢除勞教制度，以換取民心和國際威望。

然而，由於勞教制度是政法委管轄之下黑金的搖錢樹，是其非法收入的主要來源，而且也是江派最大秘密所在，一旦習近平動手拿下勞教制度，就等於是挖了江澤民的根，動了江派最大、最黑的「奶酪」，於是很快就有人跳出來搞破壞了。

官媒洩密兩陣營 張國寶劉鐵男唱反調

2013年1月7日，孟建柱宣布停止勞教制度後，該消息很快被中共官媒新華網、中央電視台、《人民日報》等海內外媒體紛紛轉載和報導，不過很快上述三家媒體的文章遭到刪除，而換上了江澤民鐵桿親信、國家發改委原副主任、國家能源局原局長張國寶的文章，稱「江澤民曾過問電力改革並用英語要求妥協。」

張國寶在文章中竭力吹捧江澤民，他說，當年「在電網問題上爭議很大，電力體制改革搞不下去，江澤民總書記也親自過問電力體制改革。」在聽取意見後「說了一句英語 compromise，大概的意思是要把這兩種意見相互妥協，再協調一下。」文章藉此暗示江澤民的權力還在。在18大胡錦濤全退以廢除老人干政、不許江澤民再影響習近平執政、習推出「習八條」之時，張國寶這番話顯然是與習對著幹。

不僅如此，1月7日同一天，被《財經》雜誌副主編羅昌平實名舉報的中國國家發改委副主任兼國家能源局局長劉鐵男，突然現身全國能源工作會議並做報告。中共官場內的人都知曉，劉鐵男被稱為江澤民家族的「財務管家」，其背後有黃麗滿和周永康。

江澤民家族控制中國電信行業，江的大兒子江綿恆創辦的「中國網通」等公司，由劉金寶批給十多億元貸款，成為「電信大王」。中共前政法委書記周永康是「石油幫」出身，曾在石油部門任職38年。他之所以發跡，是因為他以前跟曾慶紅在石油部是同事。作為中國石油壟斷行業的代表，號稱「兩桶油」的中石油、中石化一直掌控在曾慶紅、周永康這條線上。被江家幫瓜分的這些中國重要行業都歸屬於國家能源局，而張國寶、劉鐵男正是替江家幫把持能源業的看守人。

習近平上台開始反腐後的2012年12月6日，大陸《財經》雜誌副主編羅昌平，實名舉報劉鐵男涉嫌學歷造假、巨額騙貸、包養情婦等問題，並提出諸多證據。

隨後國家能源總局新聞發言人出面闢謠，稱舉報為「污衊」，不過民眾並不相信官方的闢謠，原因很簡單：羅昌平舉出一系列詳實的證據，而官方從舉報到回應卻不過數小時，如此快速的否決絕非慎重調查之後的結論。羅昌平也表示，已經委託律師，將循法律途徑解決。

有評論指出，在當下的中國，中共高級官員涉嫌貪腐，媒體一般在官員被拿下後才推出報導，而劉鐵男當時在外訪時即被曝光，實屬罕見。劉鐵男身為副部級高官，如此級別高官被實名舉報，多年來也是少有前例，此事引起了輿論和政商圈的震動。

就在劉鐵男被舉報的同時，新華社發布消息稱，由廣東省紀委有關負責人證實，深圳市原副市長梁道行因涉嫌嚴重違紀問題正接受組織調查。據報，梁的靠山正是原深圳黨委書記、江澤民的情婦黃麗滿。有人分析說，打擊梁道行，舉報劉鐵男，目的是為日後揪出黃麗滿、周永康，最終鎖定江澤民做準備的。

從1月7日官媒不再報導孟建柱提的廢除勞教制，而是大力報導張國寶、劉鐵男的講話。其幕後大有隱情，江派與習派在你一招我一式的

大打出手中,展開了激烈的駁火。有分析人士認為,官媒發表張國寶的文章,是「圍魏救趙」,實際上是前中共總書記江澤民在背劉鐵男「上岸」。

值得一提的是,包括大公網、鳳凰網等在內的多家大陸媒體在報導劉鐵男現身能源會議時,先在文章第一段加注「核心提示」,指劉鐵男此前已被實名舉報,涉嫌偽造學歷、與商人結成官商同盟等問題,然後才進入正題。且標題醒目的指出〈劉鐵男現身能源工作會議 曾被舉報巨額騙貸〉,這樣的做法在中國媒體的運作上實屬罕見,顯示高層內部出現激烈的搏擊。

習再提薄熙來案示警 江派搬出「毛太祖」

然而江習鬥這一輪的來回動刀並沒有結束。

2013年1月9日上午10點中央紀委、監察部在北京召開新聞發佈會,採用電視直播形式通報2012年查辦案件工作情況。中共中央紀委常委、祕書長崔少鵬說,包括重慶前市委書記薄熙來、鐵道部前部長劉志軍、山東前副省長黃勝、吉林前副省長田學仁等嚴重違紀違法案件,已移送司法機關處理。同時,中紀委已對原四川省委副書記李春城案立案調查。

通報中還顯示,2012年被紀檢機關處分的縣處級以上幹部有4698人,移送司法機關的縣處級以上幹部有961人。有16萬餘人因違紀受到處分,挽回經濟損失78.3億元人民幣。分析認為,紀委工作會議,顯示習近平反腐運動將繼續深入。

同一天,新華社旗下的新華網首頁、新華資料刊突然轉發毛澤東在1957年關於反右鬥爭的文章〈事情正在起變化〉。文章提到,「大量

的反動的烏煙瘴氣的言論為什麼允許登在報上？這是為了讓人民見識這些毒草，毒氣，以便鋤掉它，滅掉它。」「現在，他們的尾巴蹺到天上去了，他們妄圖滅掉共產黨，哪肯就範？孤立就會起分化，我們必須分化右派。」文章還說，「是不是要大『整』？要看右派先生們今後行為作決定。毒草是要鋤的，這是意識形態上的鋤毒草。『整』人是又一件事。不到某人『嚴重違法亂紀』是不會受『整』的。」

面對保守派搬出「毛殭屍」的話來暗喻當今局勢，很多大陸學者紛紛站出來譴責毛左的惡毒用意。近代史學者章立凡說：「又意淫了？」《中國青年報》圖片總監賀延光說：「要搞階級鬥爭麼？」他說，有本事，你們乾脆把當年毛澤東批習仲勛的「利用小說反黨也是一大發明」也刊出來算啦！

胡春華出手 擺平《南周》喊話軍方

面對不斷擴大的風波，2013年1月6日，新任廣東省委書記胡春華親自介入，連夜在省委開會，調解《南方周末》僵局。

隨後談判結果是，《南方周末》的採編人員停止罷工，返回工作崗位，周報也在1月10日按時出版。《南方周末》主編黃燦被解職。胡春華還暗示，庹震也將下台，但「為了官方的面子，不會讓他立即離職。」

外界評論說，胡春華此舉是「通過顯示他有膽量和能力解決複雜的問題，他在個人形象上得分。此外，他也藉此傳達了相對開放的信息。」

官媒還報導說，1月7日下午，胡春華還走訪廣東省軍區、武警廣東省總隊機關，並出席省軍區黨委十屆十次全體（擴大）會議。胡春華在軍區會議上稱，習近平主席視察廣州戰區時對軍隊提出了新的要求，

希望軍方「深刻領會習主席的重要指示，聽黨指揮。」

在江澤民交出軍委主席權力之前，廣州軍區曾是江澤民的地盤。2002年江澤民曾批准廣州軍區11名將校晉升，2004年江一舉授予其軍中15名親信上將軍銜，其中部分將官就來自廣州軍區。不過自2009年起，通過一系列的動作，胡錦濤將廣州軍區海陸空關鍵的將官全部調換，安排上自己的心腹。

薄熙來事件顯示薄黨在軍方還有一定勢力，而且作為中共的改革試點基地，廣東出現不穩，可能會使得中共改革派的政治及經濟改革努力前功盡棄。所以2012年12月，習近平藉「南巡」廣東之機，專程去42軍軍部巡視，安撫軍心。

美國華府中國問題專家，時政評論員石藏山認為，習近平取消勞教制度是此前「南周事件」的一個升級。三家官媒刪除報導，又換上江系的新聞來顯示江派勢力，通過媒體公關與習近平打擂台，江習博弈再升級，隨時都可能擦槍走火。

胡耀邦子籲徹查薄案「最高涉案者」 江周隱現

「南周事件」後，中共中紀委突然再次強調薄熙來案已移送司法機關處理，引起外界高度關注。中共已故前總書記胡耀邦的三兒子胡德華接受港媒採訪時表示，中共新領導層必須對前重慶市委書記薄熙來案「一追到底」，還要揭出薄案的「最高層涉案者」，以展示反腐決心。

針對薄熙來、李春城等本來就是「帶病提拔」靠買官賣官上位的人，胡德華說：「有那麼多的舉報，又被提拔到很高的高位，那究竟是誰提拔的呢？跟提拔的人又有什麼關係呢？從今天公開的處理來看，好像和其他人都沒有什麼關係，中央就是沒有說。」

2012年3月8日下午，周永康造訪重慶代表團時薄熙來出現在會場，兩人表現親密。周永康在講話中力挺薄熙來讚揚「重慶模式」，他稱讚重慶在2011年的經濟社會發展取得了新成績，讚揚「五個重慶」建設，並肯定了薄熙來的工作。在王立軍事件引爆薄熙來政治危機之際，周永康在當天還高調宣稱，要「毫不動搖地維護社會和諧穩定」。

薄熙來則表示：「永康書記剛才講了很多鼓勵咱重慶的話，大家深受鼓舞。」王立軍事件爆發後在時任政治局常委中，周永康是唯一公開明確力挺薄熙來的人。

胡德華指出，薄案初期，就有中共中央的人說，薄案是一個孤立的案子，跟別人都沒有關係。胡德華分析，說這話的人位高權重，而且「肯定跟薄熙來有關係」，否則為何還未查就一口咬定跟別人沒關係？他懷疑有人想隱瞞一些東西，如果不把這些人揭露出來，只能說反腐敗是「雷聲大雨點小」。

胡德華還說：「我只看做事，如果能夠把薄熙來的案子一追到底，把所有牽涉到的人都公之於天下，那王岐山就是好樣的。」

2012年2月初王立軍事件爆發，在薄熙來倒台後，江派勢力企圖為薄熙來翻案一直在攪局，使18大前夕的局勢空前嚴峻。就在當時中共內部爭鬥達白熱化時，8月底中南海出現了驚人的一幕：習近平請辭。之後，外媒透露，中共儲君習近平「神隱」期間與政治改革倡導者胡德平進行私人會談，強調必須改革、嚴格辦理薄熙來案。

在處理薄熙來的問題上，習和胡兩人有一致的意見，認為只有按照中共黨紀國法處理，才能最大程度上減輕薄、谷、王事件對中國共產黨和國家造成的損害。習近平特別向胡德平解釋，他並不支持薄熙來的「唱紅打黑」，他視察重慶的講話，被當地報紙有意曲解。

第三節

全球聲援南周
薄案升級 劉雲山失算

「南周事件」大回放

　　《南方周末》事件讓劉雲山等江派人馬大跌眼鏡的是，他們沒想到修改文章會引來《南方周末》編輯部、官方媒體業、中國民眾、還有世界輿論如此強烈反彈和極大關注。

　　《國際財經日報》引述一個自稱是「南方周末新聞職業倫理委員會」的新浪微博稱，2013年1月1日凌晨三點，《南方周末》編輯部完成元旦特刊的全部編輯工作，此前特刊文章已經經過審查部門的幾次修改，連續加班了三個通宵的五名編輯回家休假，不過，總編輯黃燦和常務副總編輯伍小峰還是被廣東省委宣傳部約談，省委宣傳部副部長兼南方報業傳媒集團黨委書記和省委宣傳部新聞處處長在場。微博沒有提到庹震的名字，但從其用詞中可以看出，那兩位官員只是「在場」，還

第七章 南周大回放 江習鬥大打出手

有誰在主持會談就不用點名了。

微博描述，1月2日，黃燦和伍小峰在出版室臨時加班修改，共有六個版面未經過正常報紙出版流程改動。在報紙發售後，讀者發現其中出現了嚴重問題，諸如：錯別字，把「眾志成城」寫成「眾志成誠」；歷史常識錯誤，把4000年前的大禹治水寫成了「2000年前的大禹治水」，還有文意不通的語句，如「歷經半個多世紀共產黨人建國的苦難輝煌」等。

不過這個微博沒有透露最關鍵的信息：庹震把習近平的「憲政夢」給刪了，這才是《南周》記者們最憤怒的地方。但由於在大陸高壓情況下，人們不願糾纏在這個政治敏感詞彙上，於是抓出庹震的行政違規來抗議。1月4日早上，曾在《南方周末》工作的50多名編輯記者聯署發表公開信，指責庹震指示刪改獻詞是「越界之舉、擅權之舉、愚昧之舉、多此一舉」。他們要求庹震引咎辭職、並恢復抗議記者被封殺的微博帳號。1月6日晚上9點18分，《南方周末》新聞部門負責人吳蔚在新浪微博上發表聲明稱，由於密碼上交，「對此帳號即將發布的聲明以及今後所有內容，本人將不負任何責任。」沒多久聲明就被新浪微博後台刪除。

兩分鐘後，《南方周末》官方微博發表這樣一條「澄清」消息：「致讀者，本報1月3日新年特刊所刊發的新年獻詞，係本報編輯配合專題『追夢』撰寫，特刊封面導言係本報一負責人草擬，網上有關傳言不實。由於時間倉促，工作疏忽，文中存在差錯，我們就此向廣大讀者致歉。」

《環時》社評引發對抗

2013年1月7日，被江澤民派系人馬掌控、被稱為「新時代文革

171

兩報一刊」的《環球時報》發表社論〈南方週末「致讀者」實在令人深思〉，文章說：「這些人提出的要求很激烈，表面上是針對具體的人和事，實際上誰都看得出，他們的矛頭指向了與媒體有關的整個體制。」

「不管這些人願不願意，有一個常識是：在中國今天的社會政治現實下，不可能存在這些人心中嚮往的那種『自由媒體』。中國所有媒體的發展只能是同中國大現實相對應的，媒體改革必須是中國整體改革的一部分，媒體絕不會成為中國的『政治特區』。」社論最後說：「希望所有喜歡《南方週末》的人配合風波的平息，別逼一份中國報紙扮演它無論如何也承擔不了的對抗角色。」

如果站在屈服於中共淫威的角度看，這的確是大實話，不過前提就是人們必須跪在言論管制面前不得有半點非分之想。然而，中宣部憑什麼剝奪人講真話的權利呢？中國為什麼就不能走向民主法制呢？媒體為什麼不能成為改革的先鋒呢？獨裁僵化體制下的條條框框為什麼不能打破呢？於是，《環時》企圖高壓民意的言論，激起民眾更大的憤怒。

同一天，中共中宣部下達三點密令：黨管媒體是不可動搖的基本原則，《南方週末》此次出版事故與庹震無關；此事有境外敵對勢力介入。為了整肅大陸媒體業，劉雲山還下令全中國媒體轉載《環時》的這篇社論，然而接下來的一幕幕卻讓頭腦僵化的人們大開眼界。

各地黨報抗命中宣部

湖南媒體人龔曉躍表示：「同事們收集了能找到的所有報紙，看《環球》那篇謬種流傳的惡文的轉載量。我看了一眼，發現中國的有良報紙與無良報紙、有底線報紙與無底線報紙、大報與小報，在今天早上（1月8日）劃出了明確的界線。比如在湖南，前兩名的晨報（《瀟湘晨報》）

與晚報未轉載；在廣州，《廣州日報》未轉載；而在上海，幾乎無人轉載。天冷，但南方不孤單。」

人們還發現，《北京日報》《京華時報》、《新京報》、《東方早報》、《重慶晚報》、《鄭州日報》、《新疆都市》、《消費晨報》、《烏魯木齊晚報》等，都沒有轉載。很多人怒斥《環時》可恥，是「匆忙為事件定調，誣衊《南周》是造反，給執政者埋雷。」還有的稱《環時》是江派的特殊「打手」，在茉莉花事件、艾未未事件、陳光誠事件上，充當打人的「大棒」，毫無道義可言。

獨立作家金滿樓表示：「中X部（中宣部）令全國各大媒體一律轉載《環球時報》之爛文，這不是強姦，也不是嫖宿，而是搞千人斬，聚眾媒體於一堂，供中X部一人淫樂，肆意玩弄。這是國恥！是媒體人和民眾的奇恥大辱，是要上史書的！誰給了你們權力，誰又需要你們管理——拿開你們的髒手！」

知名律師滕彪說：「任何極權體制都是二桿子政權：槍桿子和筆桿子。但是，當筆桿子開始變成鍵盤的時候，當他們不得不用槍桿子來搶筆桿子的時候，事情正在起變化。」

「昨天我在網上 今天我在現場」

與此同時，數百民眾聚集在廣州南方周末集團大樓外，打標語、喊口號和演講等活動，爭取新聞自由。民眾的聲援持續了好幾天，大批警察出現在現場，但沒有干涉人們的抗議活動。後來，一些毛左也聚集在大樓外，雙方發生一些爭論，出現一些小的衝撞。

1月8日，香港各界也紛紛聲援《南方周末》，多個政黨遊行到中聯辦，抗議中共打壓媒體、控制輿論，民主黨促中共就事件展開調查；

社民連強調,整個事件最關鍵的是人民的反抗,呼籲各界聲援。也有團體發起一人一相活動,號召支持《南周》。

伊能靜等藝人挺《南周》被禁言 學者聲援

《南方周末》新年獻詞事件發生後,網路上多位微博發聲聲援《南周》的名人、學者被「請喝茶」,而1月9日發微博諷刺《環球時報》的台灣藝人伊能靜,此後連續在微博發表兩篇詩作,回應「五毛」對她的攻擊。據新浪微博的統計顯示,伊能靜成為「綜合熱搜榜」第一名,至10日晚搜尋次數達近九萬次。

1月9日12時29分,伊能靜發微博諷刺《環球時報》是一條看門狗,她在新浪微博寫道:「乖乖,把門守好。只要咱在這裡,這裡就歸咱管。所以若有誰說這裡也是他的,你就咬。乖乖,把門守好。咱有刀有槍,沒人敢來,所以不用真咬,你吼吼就好。狗仗人勢你聽過吧?你就似若我吧,就算你不是真的狗,但你比狗還像樣。乖乖,我宰了你的同類,骨頭給你咬,獎勵你是因為,你的忠誠是我的驕傲。」

同時附兩張圖片,一幅圖片為《環球時報》2012年2月10日刊登的一篇署名文章〈媒體應是國家利益的「看門狗」〉,另一幅圖片為一條真正的看家狗,諷刺官媒《環球時報》,聲援《南方周末》。

這個帖子不久就遭到新浪的刪除。伊能靜再發聲:「我不是不知道,南方已遠。遠得我看不清那方的真實,只剩下此刻的黑暗。我不是不知道,南方已遠。在此周圍的呼喚,都已顯得蒼白。末世的警鐘響起,我卻已看不見敲鐘人,他早已墜落,只因遙遠南方離去後的黑暗。」她表示:「這點自由,必須爭取!」下面貼一份灑著眼淚的《南方周末》。也遭到新浪的刪除,不過已經被網民迅速截圖轉載,傳遍網路。

後來有消息說，伊能靜還被警方請去「喝茶」，她的一個簽名會被取消。據百度百科介紹，伊能靜（Annie Ino）1969年出生，著名台灣藝人，集歌手、演員、作家、主持人、編劇等多種身分於一身，是公認的娛樂圈才貌雙全的藝人。大陸門戶網站21CN娛樂10日報導稱，台灣藝人伊能靜在微博上連發三首「詩創作」，這三首詩的創作主要圍繞人的「眼睛」、「耳朵」以及「嘴巴」三個方面展開，主要表達我們看到不一定是事實，聽到的不一定是真相，言論受到約束的觀點。

對此，大陸著名社會評論家李承鵬讚譽說：「我必須向演藝界表達敬意：伊能靜是個好同胞，這一刻，她比任何時候都漂亮⋯⋯中國歷史上演藝界從來都不甘人後，對得起良心。他們讓中國更漂亮。」

而學者吳祚來轉述了伊能靜的博文說：「你的暴怒，讓我懂得自己正確。你的掩飾，讓我相信自己正直。你的瘋狂，讓我看見自己清醒。你的殺戮，讓我知道自己活著。」吳祚來調侃說，這是罵台某黨的？他評論說：「是不是可以改一下？你的暴怒，讓我看到了你的怯懦；你的掩飾，讓我知道背後必有真相；你的瘋狂，讓我看見了你的末日；你的殺戮，讓我更加珍愛生命。」

中國大陸藝人李冰冰也在1月7日發文說：「早安，連上八天班，周末不是周末，周一卻還是周一。早安，南方無暖氣，大家保重，嚴冬恆期待春天到來。」她還配上一張自己為《南方周末》拍攝的照片。

藝人姚晨則不僅轉發韓寒聲援《南周》的博文〈總有一種力量〉，還引用俄羅斯作家索爾仁尼琴的名言，「一句真話能比整個世界的分量還重」支持《南周》。此外，藝人陳坤、戴軍等人也在微博發出聲援《南周》，但這些文章和呼聲在被網友轉發後，也不斷遭管理者刪除。

大陸律師：中共上千億統戰鈔票或「打水漂」

《南方都市報》深度新聞部官方微博「南都深度」1月10日發布博文說：一位台灣藝人的微博帳號被關小黑屋了，她是不是新浪微博第一位被關小黑屋的演員？編輯解釋說，「小黑屋」係網路用語，準確表達應為該演員微博帳號被禁言。目前該藝人依然名列新浪微博名人熱搜榜第一位，「但其帳號已經被禁言」。

四川籍律師廖睿對此認為，「禁言伊能靜確實是很愚蠢之舉。為收買台灣人心，送了多少大單？給了多少利益？不就是為了兩岸能相互交流嘛！禁言一個說話大膽一點的女藝人，會讓那些觀望的台灣同胞寒心的！可惜了每年那上千億的收買人心的鈔票打水漂了！」他說，統戰部該給新浪後面那隻手上課了。

不過民眾「張四少」說：「統戰根本就是老共的夜壺，而新浪背後的莒宮國寶自有中華蘇維埃始，除了槍桿子之外，就靠這倆金剛，一個忽悠，一個整肅。」「匹夫林」說：「明眼人都知道，台獨是假，陸獨是實。為一黨一己之私犧牲兩岸近14億人民利益。」

「snwb_博聞」說：「這只能讓中國離台灣越來越遠，離民主越來越遠！台灣民主堪稱亞洲典範，在如此成熟的民主土壤下培植起來的台灣人民，用這種專制方式進行打壓，確實荒唐！這又是一次意識形態的劇烈衝突。這次又是一石激起千層浪！」

「李林夕詩」說：「你關一個瞎子，奧運會就白開了；你判一個律師，1000場紅歌都白唱了；你勞教一個大學生，紐約的廣告牌白豎了；你整一家報館，所有的四菜一湯都白吃了！做這麼多戲，光彩的肥皂泡，一個針尖大小的事實就戳破了。對這個極權的厭惡源自於生活中每一個遭受屈辱的細節。」

全球關注大陸新聞自由

　　國際媒體也大量報導此事。2013年1月9日《紐約時報》稱，「《南周》反審查抗議周二演變為意識形態的對抗，言論自由抗議者跟舉著紅旗和毛澤東頭像的共產黨支持者短兵相接。」《南周》編輯透露說，報紙編委正在跟報社最高管理層和省宣傳官員進行談判，要求廢除出版前審查程序。

　　美聯社報導說，中美發言人就「南周事件」隔空交火。美國國務院1月7日說，媒體審查不符合中國建立一個現代化基於信息的經濟和社會的抱負，而中國外交部發言人則稱，北京反對任何國家或個人干預中國內政。

　　彭博社表示，媒體是反腐敗的關鍵盟友。《南方周末》以曝光腐敗官員而著名。在奧巴馬2009年訪問中國的時候，該報紙被白宮選中採訪奧巴馬。

　　英國《金融時報》指出，民眾呼喚更深層的政治改革。「超過3000萬中國人周一被中國最有人氣的微博嚇了一跳，著名演員姚晨在微博上引述了一句索爾仁尼琴的語錄『一句真話勝過整個世界』，並附上《南方周末》的標誌。

　　姚晨微博留言標誌著對中共新領導人習近平的一個警告，中國需要的不僅僅是不斷增長的收入。中國公民日益需要政治權利，特別是年輕、富裕和受到良好教育的人。

　　幾個記者的挫折如同迅速滾雪球一樣，聚集成公眾對整體缺乏言論自由的強烈抗議。這不是偶然。在過去一年，共產黨內外要求政治改革的壓力在積聚。在微博上一張照片顯示，十幾個男女戴著面罩，舉著標語說：「四菜一湯不是真正的改革。只有新聞自由才是真正的改革。」

第四節

新京報社長提出辭職內幕

隨著「南周事件」大火的不斷蔓延，後來燒到了北京的《新京報》，並引領該報人前所未有的抱頭痛哭。

內部人士透露，這次事件中，並非所有報紙都被點名要求轉發《環球時報》的社論，《北京晨報》、《東早》等報紙就沒有被要求。但在被要求的媒體中，2013年1月8日唯有《新京報》、《瀟湘晨報》未轉載。北京市宣傳部本來默許，北京市宣傳部高層曾在公開場合提到，曾給「那一庹（庹震）打過電話」，說連「屎都成了關鍵詞，還要怎麼樣？」對其頗不以為然。

但由於劉雲山的批示說，《新京報》必須發，於是8日晚上八點半，北京宣傳部副部長嚴力強親自上門督導，與《新京報》高層會談，給出二條路：要麼轉載、要麼解散報社。該報社內部連夜舉行民主投票，拒絕轉載被全票通過。

據說《新京報》社長戴自更與奉命前來壓陣印刷廠的副部長當場翻臉，撂話說：「我現在口頭跟你提出辭職！」而且總編王躍春也表示，

如果《新京報》刊登該篇社評，他也會辭職，當時《新京報》全體成員的微博已經「集體就義陣亡」。

消息傳出，很多同行、社會各界人士都對戴自更豎起大拇指，並表示大力支持。人們在他元旦發的一條微博上留言：「加油！」「英雄不問出處」「歷史會記住」「致敬！」「好人好報！」

戴自更元旦微博這樣寫道：「舊年永逝。在光明與黑暗之間，我們以各自方式，見證了2012年的日日夜夜，更一起活過『世界末日』。生活無需太多離奇，只要活著，總能輕而易舉拆穿任何一個花枝招展的騙局。做一個幸福的人，敬畏理想，相信未來——請關注《新京報》2013元旦社論。」

著名時事評論員「五岳散人」表示，自己這輩子最自豪的事情，就是曾經在中國幾乎所有最好的、最有骨氣的報紙上開過時政評論的專欄。北京的調查記者李大超公開表示，「從今天開始，我一個公民身分，抵制《環球時報》，所有他的讀者，我都遠之；所有關於他的新聞，我都不評論，不轉載；所有他的訂戶，我都會以我自己的行動去抗議。」

沒有誰能讓我們真的跪下

然而在第二天出街的《新京報》上，人們在A20版還是看到了那篇轉載的《環時》社評。《新京報》一名記者在的日誌上這樣寫道：「做了那麼多調查報導，一直對國家的未來滿懷期待。如今，頭一回，對這個國家產生一種憎恨。幾乎所有同事的微博都被禁言了。

三個小時過去了。凌晨三點，大家仍沒有去意，本應空曠的編輯部裡，站滿了同一種表情的人們。有人搬來兩箱酒，拆開，每人分走一瓶，拉開就喝，就像在與一段時光告別，又像是在醉意中釋放心中的壓抑。

這坨屎終於還是砸到了我們頭上。重重的。我們不願意跪下。但膝蓋被砸碎，我們咬牙切齒，下跪一次。⋯⋯只要報社還存在，就不會是窮途末路。沒有誰能讓我們真的跪下。」

9日《瀟湘晨報》也被迫轉載了《環時》社評。在第三版上有四個評論，不過在四篇評論的旁邊，是一副巨大的除蟲滅害廣告。人們評論說，《瀟湘晨報》的黑色幽默，諷刺之意溢於版面，但中宣部奈何不得。

據《明報》報導，《環球時報》網在發表引發軒然大波的社論之後，主管互聯網的中共國務院新聞辦公室（國新辦）曾經令《環球時報》社將該文刪除，國新辦副主任錢小芊還曾親自前往交涉。但中宣部的態度卻剛好與國新辦相反，經過「溝通」，國新辦承認「搞錯」；而中宣部又強令全中國各主流新聞網站及各地有影響力的都市報轉載該社評。

據1月10日德國之聲報導，引發眾怒的《環時》總編胡錫進1月9日晚在新浪微博上發出信息，慨嘆中國複雜，《環時》文章被人修改了，並含混表示將刪除微博。大陸歷史學者章立凡分析，雖不清楚到底發生何事，但是透過毛左們在微博的動態，以及胡錫進不似以往公共事件發言後的志得意滿而是表現失落，可以看出官方「滅火」出現了狀況。他認為，這次官方與《環球時報》由彼此同聲同氣變成互相「幫倒忙」：「把這個事情弄成眾矢之的，使憲政問題變成家喻戶曉的事情，現在連賣報的大爺都在說憲政了，這是以前沒有的事情。」

人們也注意到，在全中國各地超過一周的言論自由公開抗爭中，中南海罕見集體沉默，沒有一名中共高官就此公開表態，這可能跟3月才召開兩會有關，但官媒卻明顯出現兩個調子，中南海高層的權鬥十分激烈，不過過程中，民間力量卻越來越強大，這也是《環時》社論企圖以高壓來嚇唬民眾之前所沒有預想到的。

第五節

習近平改革路線圖：
先法治後民主

18大後，中共第五代「新君」習近平上台伊始，在大陸成功颳起一股「習旋風」，三把火主要從「反腐、改革、開放」下手，新規新姿頻出。但直到習終於亮出核心底牌，其政改路線圖，被人歸納為「先法治、後民主」、「以法治推民主」。但也有人質疑，「憲政夢」成為習時代開篇的標誌產物，到底能否推銷出去？官場銷售市場有多大？外界保持高度關注。

相比於歷代中共黨魁，毛有毛思想，鄧有鄧理論，江有「三個代表」，胡有「科學發展觀」，按照遊戲規則，習也必須有一個能列帶動其執政鏈條的發動機組。

習比任何人都明白，實際上接手的是一個人心渙散的爛攤子，已無實質意義的行政資源可用，而任何政改舉措都要有人心支撐，整合人心乃當務之急，否則空想難成。今習有備而來，祭出落實憲法的大旗，以此為殺威棒，似乎大有衝鋒陷陣的勢頭。

習的智囊班子認為，與其費力地搞什麼新鮮事物，吸引眼球，博取

民意，不如老老實實的搞落實，把中共已有的各項法律條規真正執行，這足以是一項驚心動魄的政改工程了。這種原地起舞，定點跳遠的有章可循的操作，既保有高時效，又能避開刺眼的民主大燈，避免耗時的口水仗和叛逆罪名，重刷憲政的內部裝潢，多少符合了習喜歡的「少說多幹」的行動指南。

內部人士的分析認為，哪怕在一個點上取得突破，也是全盤皆通的政改大手筆。如此，習時代權威自立，砍殺自如，將立於不敗之地。

習「憲政夢」為法治先行鋪路

習在18大前夕突然「神隱」兩星期，各方大老討價還價。有消息指，習以撂挑子相威脅，在此期間最終取得了對「憲政夢」的話語權。在習負責的中共18大報告中，在政治體制改革部分提出要「加快建設社會主義法治國家」，在全面推進依法治國部分也表示：「黨必須在憲法和法律範圍內活動，任何組織或者個人都不得有超越憲法和法律的特權，絕不允許以言代法、以權壓法、徇私枉法。」

之後，習進一步布局。2012年12月4日在紀念中國現行憲法施行30周年大會上習重申，「憲法的生命在於實施，憲法的權威也在於實施，要堅持不懈抓好法律實施，把全面貫徹實施憲法提到新水平。」這一表述被稱為習的「憲政夢」的首次表白。

在大會上，習並表示：「要健全權力運行制約和監督體系，有權必有責，用權受監督，失職要問責，違法要追究，保證人民賦予的權力始終用來為人民謀利益。」

官方也把12月4日定為全國法制宣傳日，北京當局就在這一天釋放全部關押在久敬莊的上訪民眾，有消息說多達到七萬人，亦有訪民估

計大約是四萬到五萬人。

至北京上訪的訪民一般會被集中送往馬家樓或久敬莊，且中共當局一般情況下是不會放人，而是通知有關地區的駐京辦事處接走訪民。對於在普法日，自行解散「黑監獄」的做法，外界及異議人士認為實屬罕見。習顯然已越過了憲政及政改的一些概念化的口頭表達，但究竟能走多遠，要看習的造化了。

勞教制度改革或成突破口

事實上，針對習的「憲政戰役」，習的智囊團早為其選擇好了一個突破口，即與憲法直接對衝的臭名昭著的中共勞教制度。因勞教制度又是江系周永康政法委勢力運用最為得心應手的鎮壓工具與黑色財源，此一戰勢必引發習江大戰。在18大上，隨著周永康退位，政法委書記不再入政治局常委，顯示習已刻意削弱政法委權勢。

勞教全稱是勞動教養，即「勞動、教育、培養」，設立初期是一種就業安置辦法，也是對公民違法行為實施的一種強制性教育措施，目的在於將被勞動者「改造成為自食其力的新人」。然而，許多中國法律專家認定這一從1950年代起實施的懲罰制度違憲。

中共官媒也曾提出，勞教制度違反了《行政處罰法》和《立法法》。而且，勞教制度為政府及官員以非法方式打擊處理普通民眾提供了「合法」的外衣，因而成為了眾多錯案冤案的溫床。

據正義網報導，2003年全中國共有勞教場所310多所，幹警、職工10萬多人，收容勞教人員31萬多人。同時又有司法部數據顯示，被勞教人員重犯率超過40%，勞教人員平均每天勞動超過10小時。民間據此得出「違法不如犯罪，勞教不如判刑」的結論。

海外《大紀元》早前獲得的消息，習近平上任後即有以法制作為政改突破口的意向。公安部曾承諾，將會很快拿出一整套取消勞教的「漸近方案」，並計畫從 2013 年 1 月開始，經歷兩年的「內部掌握的過渡期」後，最終取消勞教制度。

對習來講，兩年內擺平各方加碼，這本是一個相對穩妥的漸進方案。2013 年 1 月 7 日，接替周永康的新任中央政法委書記孟建柱在中共全國政法工作電視電話會議上宣布：「中央已研究，報請全國人大常委會批准後，今年停止使用勞教制度。」

據消息人士透露，會前中辦突發指示：「不要過渡期，今年內必須停止。」顯然，習決心把該次全國政法會議開成一個為其憲政開道的誓師大會。消息指，勞教制度改革的計畫大大提前，與胡錦濤不久前實地考察法輪功案的衝擊波和《南周》元旦獻詞「追憲政夢」被刪改事件有關。同時，習近平在會上發表震撼性的講話，強調政法工作要順應人民對公共安全、司法公正和權益保障的新期待，全力推進平安中國、法治中國和過硬隊伍建設。再一次提到「憲政夢」。

習近平在會議上要求，要在 2013 年重點關注四項改革：勞教制度改革、涉法涉訴信訪工作改革、司法權力運行機制改革、戶籍制度改革。這四項改革均為當下中國社會極為關注的改革重點和難點。

胡錦濤表態支持

中共官媒曾報導胡錦濤的行程透露，2012 年 12 月 26 日至 29 日，胡錦濤在江蘇省委書記羅志軍和省長李學勇陪同下，前往南京、無錫、泰州、鹽城等地考察。中辦主任栗戰書陪同。官方對外解釋稱，胡錦濤去鹽城市恆北村是為「推動城鄉一體化」。消息稱，胡錦濤去江蘇主要

就是為了去鹽城實地了解一宗轟動中南海的法輪功官司:兩名高幹子弟兄弟因為修煉法輪功遭到迫害。出獄後,兄弟兩人對當地的中共官員提出巨額的賠償和道歉要求。

有分析指出,胡此趟私訪之後,對習的勞教制度改革表態支持。

有胡的支持,有江的挑戰,習心中有底。於是選擇時機,通過中辦發出最後通牒,「年內停止勞教制度,取消兩年過渡」,該「短、平、快」的閃電拳腳,被外界視為最具習近平個性的有力反擊。

習近平對江澤民亮殺手鐧

第八章
江澤民最怕見光的罪惡

「停止勞教制度事件」發生在習近平「南巡」、江澤民抵制「習八條」、江系人馬製造「南周事件」阻擊習近平憲政說之後，此舉被外界認為是習近平對江的強勢回應。廢除勞教制度，直接觸動到江澤民的軟肋，牽動高層搏擊，中國局勢處在突變前沿。

(新紀元資料室)

第一節

鬼節飾品藏求救信
美調查中國奴工

一封來自中國勞教所的信藏在美國俄勒岡居民朱麗・凱斯（Julie Keith）購買的萬聖節用品當中。但是整整一年，凱斯並沒有發現它，它已經在儲藏室蒙上了一層灰。這是一封令人難忘的求救信，隱藏在人造骨骼、墓碑和蜘蛛網之間。

美國俄勒岡州主要報紙《俄勒岡人報》（The Oregonian）在得知這個消息後通知了聯邦移民海關執法局（ICE），該局下屬的國土安全調查部門已經啟動對這個案件的調查。出售這個產品的 Kmart 公司的母公司西爾斯股份有限公司發表聲明說，他們將調查這個案件，一旦發現中國合作公司使用強迫勞動，將終止合約。

來自馬三家勞教所的求救信

《俄勒岡人報》2012 年 12 月 23 日報導說，凱斯任職於美國波特蘭 Goodwill 商店，她曾經考慮捐獻這個價值 29.99 美元的墳墓玩具包。但是在 2012 年 10 月份的一個周日下午，凱斯從儲藏室抽出這個黃黑相間的盒子。她打算用它來裝飾她五歲女兒的生日派對，當時距離萬聖節還有幾天。

《俄勒岡人報》報導說，凱斯撕開盒子，把玻璃紙丟在一邊。這時候凱斯發現了這封信。這封信被折了八次，被塞在兩個保麗龍墓碑之間。信上寫道：

「先生：如果你偶然間購買了這個產品，請幫忙將這封信轉送給世界人權組織。這裡處在中共政府迫害之下的數千人將永遠感謝並記住您。」

這封沒有署名的信說，這個墳墓玩具包是在瀋陽馬三家勞教所二所八大隊製造的。在英文語句之間夾雜著中文詞語，以更準確達遞訊息。

「在這裡工作的人們被迫一天工作 15 個小時，沒有周六、周日休息和任何假日。否則，他們就將遭到酷刑、毆打和被粗暴責罵。幾乎沒有工資（一個月 10 元人民幣）。」

「這裡的人平均被判一至三年勞教，但是卻沒有經過正常法庭判決。他們許多人是法輪功學員，他們完全是無辜的人，僅僅因為他們有不同於中國共產黨政府的信仰。他們常常遭受比其他人更多的懲罰。」

凱斯震驚不已，頹然坐下，腦中一片眩暈。

她想，這真是勇敢的行為。她想像著信的作者感受到的絕望，他／她必然鼓足了勇氣把這封信塞到這個盒子裡面。如果被抓住，（他／她）將會被怎麼處置呢？

《俄勒岡人報》報導說，不知道該如何開始處理這封信的凱斯轉向臉書。

「我在萬聖節裝飾的盒子裡發現了這個。」她把信的照片放上臉書，並在下面附註說，她想把訊息傳播出去。

這個臉書的留言激起一系列回應。「那些人在他們發出這封信之後在盼望著，祈禱著這封信將帶來一些什麼。我為這樣的事情感到傷心。」臉書上的朋友說。

國際人權組織聽到求救

《俄勒岡人報》報導說，國際人權組織的中國部主任蘇菲·理查遜（Sophie Richardson）說：「我們無法確認信件的真實性和來源，但這封信描述的情形跟我們知道的勞教所的情形相同。」

中國勞教所是一個懲罰制度，允許未經審判的關押。許多報導指出，被禁止的精神團體法輪功學員被送到勞教所，現在這些指控得到這封信的證明。

馬三家勞教所位於遼寧省瀋陽市，以谷歌搜索馬三家勞教所即可獲得很多令人慘不忍睹的結果。

「如果這個事情是真的，這就是某個人在呼救：請關注我、請回應。」理查遜說：「這是我們的職責。」

如果這些產品真的是在勞教所製造的，來自 Kmart 的萬聖節玩具墳墓包可能會對美國連鎖折扣商店帶來打擊。美國法典第 1307 節 19 條明令禁止進口「來自外國罪犯勞動，強迫勞動和／或契約勞工」的產品。

《俄勒岡人報》報導說，聯邦移民海關執法局（ICE）公共事務官員安德魯·蒙諾茲（Andrew Munoz）證實說，該局下屬的國土安全調

查部門已經開始調查這個案件。

　　Kmart 的母公司西爾斯股份有限公司也發布了關於這個事件的聲明，若發現中國合作公司任何不遵守程序要求的情形，他們將與其中止合約。國家知識產權事務協調中心商業欺詐行為科科長魯伊斯（Daniel Ruiz）說，難以預料調查時間會多長，這涉及到美國和中國當局。他說，如果該機構採取行動，調查結果也會被發布。

遼寧省馬三家勞教所等監獄奴工黑幕

　　據明慧網 2012 年 12 月 23 日報導，馬三家男勞教所奴工勞動之一是用縫紉機縫製童裝羽絨衣、褲子。羽絨衣有好多品牌，有一種叫「韋氏」，還有一個品牌叫「波司登」羽絨衣。羽絨衣裡面都是帶毛的，污染嚴重，勞教所專門設了一個屋子，稱呼為「毛房」，房間很高，外面大牆更高，只有早晚陽光偶爾透入，會看到空氣中永遠都有懸浮微粒。

　　明慧網 2012 年 11 月 28 日報導說，遼寧省瀋陽第一監獄，常年強迫法輪功學員和犯人超負荷地從事奴工勞動、為獄方賺錢。服裝是該監獄的主要奴工產品。這些產品大部分用於出口。

　　目前大約 33 名男性法輪功學員被分散關押在瀋陽第一監獄的近 20 個監區，為逼迫他們「轉化」，獄警不但對他們施以酷刑折磨，同時強迫他們從事大量的服裝生產，法輪功學員即使被迫害得上不了機台，也要從事裁剪等奴役工作。瀋陽第一監獄的奴工產品包括出口歐洲德國的兒童滑雪衣以及聖誕飾品雪人。

　　瀋陽第一監獄的奴工生產，對外稱「瀋陽中際服裝有限公司」，企業法人代表為劉國山（男，56 歲），其在 2012 年改任「監獄政委」一職，負責迫害法輪功學員。新任企業法人代表姓丁。

遼寧省女子監獄也是一個龐大的地下黑心工廠，其十個監區，除了生產各種服裝，還生產化妝品。化妝品生產是流水作業：罐裝、扣蓋、打號、裝盒、打簽、封盒、包裝、進庫，這一系列的化妝品生產程序由十監區四小隊完成。四小隊約有 60 人，其中包括法輪功學員。這裡的警察以酷刑折磨法輪功學員，逼迫法輪功學員放棄自己的信仰。有十多名法輪功學員在這裡被迫害致死。

明慧網 2012 年 11 月 29 日報導列舉了遼寧省女子監獄近幾年的部分奴工產品及合作廠家：

● 「好利來」蛋糕包裝盒、「瀋陽桃李食品廠」麵包袋、漢堡盒等包裝盒。以及其他品牌的食品盒、藥盒、鞋盒、化妝品盒等。

● 為「吉林省榮發服裝廠」生產「榮發軍裝系列」服裝。監獄內主要製作各類警服、軍用雨衣、棉大衣。

● 為「日本飛龍公司」生產服裝，出口日本、韓國。生產飛龍牌男褲等。

● 為「上海百家好製衣」生產各類服裝，用於出口。品牌為 BASIC HOUSE。

● 為「瀋陽天潔公司」製作棉標籤。「瀋陽天潔衛生保健製品有限公司」的產品出口美國、歐洲、以色列、澳洲、韓國等。

● 為「遼陽廣林服裝企業集團」製作出口服裝。「廣林公司」的服裝出口日本、韓國、香港、巴拿馬、美國、英國、加拿大等。

● 為「撫順銀河服裝廠」（位於遼寧省撫順市望花區雷鋒路西段 11 號）加工日本、韓國服裝。

● 生產各種女式內衣。還為「大連外貿」、「丹東外貿」加工出口服裝。

● 十監區，為「瀋陽中和服裝有限公司」加工服裝，該公司負責監

獄的監工人員姓王;為「丹東裕鑫服裝廠」加工服裝,丹東廠家的負責人姓蔣。

●為「瀋陽安娜服裝集團公司」製作「邦邦牌」褲子等。出口韓國、日本、歐美等國。

明慧網報導說,中國所有的奴工產品都被中共掩蓋了「奴工製造」的事實。2006年,在非法關押男性法輪功學員的瀋陽瀋新教養院,一名男性勞教人員的胸卡(上有被勞教者照片、姓名、勞教所名稱等信息)掉在出口的奴工產品包裝箱裡,在箱子運出勞教所前被發現,警察驚恐萬分,不但將該名勞教人員隔離訊問,從此更加嚴密檢查出口的產品,以封鎖其迫害奴工的真相,特別是對法輪功學員殘酷迫害的真相。

薄熙來批准馬三家 建中國第一座監獄城

1999年7月,江澤民出於個人的妒嫉,開始打壓法輪功,下達不惜代價、不計後果的打壓政策「名譽上搞臭、經濟上截斷、肉體上消滅」、「打死算自殺」、「三個月內剷除」、「對法輪功可以不講法律」。

為了迫害法輪功,江澤民給予了各級政法委(及其下屬的專門迫害法輪功的「610」辦公室)凌駕於憲法和其他法律的「超級」權力。全部國家機器都在為迫害法輪功而運轉:公安、國安、武警、勞教、司法、檢查、宣傳、外交、教育、文化……政法委滲透的各級、各層、各部門都參與到迫害中來。

謊言和仇恨宣傳伴隨著綁架、冤獄、酷刑、虐殺,以及活體摘取法輪功學員的器官,非法販賣屍體等罪行發生。前政法委書記羅幹親自策劃的「天安門自焚偽案」等謊言欺騙著數以億計的不明真相的大陸老百姓,讓他們仇視法輪功和「真、善、忍」修煉者。在中共鎮壓法輪功的

這場運動中，由重慶事件落馬的前重慶市委書記薄熙來為撈取政績往上爬，邀功請賞，特意要討好江澤民，積極參與迫害法輪功，在其任職遼寧省省長期間，以金錢和利益為誘惑，鼓勵各監所參與作惡，使該省曾一度成為迫害法輪功最嚴重的省分之一。薄熙來曾下密令：「對法輪功給我往死裡狠狠地整！」

2000年10月，馬三家勞動教養院女二所發生了將18名女法輪功學員投入男牢強暴之駭人慘案。導致至少五人死亡、七人精神失常、餘者致殘。馬三家的惡警還叫囂：「什麼是忍？忍就是把你強姦了都不允許上告！」

在馬三家勞教所，這樣的暴行幾乎天天發生。女法輪功學員齊玉玲被電棍電乳頭，張秀傑被電棍電、打，還被電陰道部位，被電得昏死過去。而邪惡的管教人員卻得到薄熙來等人的獎勵，被樹為英雄模範給予二等功、長工資等獎勵，其中馬三家的女所長蘇境從北京領得獎勵五萬元，副所長邵力獲獎三萬元。2001年2月聯合國人權委員會對婦女酷刑特別調查報告指出：「羅幹對馬三家將18名女學員扒光衣服投入男室的行徑是知情的。」據稱，前中共政法委書記羅幹曾多次指示馬三家並親自蹲點（指到基層單位參與工作），指示「要加大迫害法輪功的力度」。據法輪大法資訊中心調查，從1999年7月20日以來，關押在馬三家的法輪功學員最多時達2000多人，其管教對於法輪功學員一直採取暴力、高壓手段，從精神到肉體都進行殘酷折磨。

「對付法輪功的財政投入已超過了一場戰爭的經費」

由於馬三家教養院女二所的這些「突出表現」，江澤民專門為迫害法輪功學員所成立的「中共中央610辦公室」的負責人王茂林、董聚法

等於2000年7月初到馬三家教養院,對其「成績」給予肯定,並向江澤民詳細彙報。「610」辦公室的另一負責人劉京還多次往返馬三家教養院,促使江澤民撥專款600萬人民幣給馬三家教養院,命其速建所謂的「馬三家思想教育轉化基地」。工程造價1000萬元,不足款項由遼寧省自籌。2003年據中共官方媒體報導,經薄熙來批准,遼寧省投資10億元在全省進行監獄改造,僅在瀋陽於洪區馬三家一地就耗資5億多元,建成中國第一座監獄城,占地2000畝。1999年以前,馬三家教養院連年虧損,連電費都繳不上。打壓法輪功開始後,當地政府對於從省內各地綁架到馬三家的法輪功學員,按每人一萬元撥款。

遼寧省司法廳高級官員曾在馬三家教養院解教大會上說:「對付法輪功的財政投入已超過了一場戰爭的經費。」

遼寧蘇家屯血栓醫院活摘法輪功學員器官曝光

2006年3月《大紀元》首次曝光了遼寧省蘇家屯血栓醫院關押法輪功學員、活體摘取其器官供出售、當場焚屍等駭人聽聞的事件。在蘇家屯區的祕密集中營,關押著來自中國東北等地大約6000名法輪功學員。據證人披露,這個集中營裡面有大量軍醫和醫務人員,集中營內還設焚屍爐,法輪功學員在這裡被活體摘取器官。之後,又有一位瀋陽軍醫作證,在全中國約有36處關押法輪功學員的軍方集中營,為器官活摘提供供體。

這些罪行的曝光,促使國際正義之士對這一「星球上前所未有的罪惡」的調查。「追查國際」和來自聯合國人權組織、律師界、醫學界等各界專家學者,對中共活體摘取法輪功學員器官的實質運作進行了持續且深入的追蹤調查,證實了中共活體摘取法輪功學員器官的真實存在。

第二節

二戰「骷髏人」再現中國

2013年1月20日,是波蘭奧斯維辛納粹集中營被發現並關閉68周年。當二戰盟軍解救出納粹集中營中的倖存者時,盟軍簡直不相信眼前的「骷髏」是人類,然而60多年過去了,人們呼籲「永不再犯」的罪惡,卻在中華大地上,在中共「人權最好時期」,在人們的眼皮底下,再次大規模出現。他們就是被江澤民的迫害政策下部分法輪功學員的真實生活狀態。

奧斯維辛集中營是納粹德國在第二次世界大戰期間修建的1000多座集中營中最大的一座,德國法西斯在集中營中殺害數以百萬計的猶太人。在八年前奧斯威辛集中營被發現並關閉60周年紀念論壇上,來自全球各地的國家首腦曾發表講話,呼喚人類銘記歷史,摒棄仇恨,不再讓往日悲劇重演。美國副總統切尼說:「我們必須向下一代傳遞這樣的信息:我們在這裡感謝那些將我們從暴政下解救出來的解救者,同時我們必須有勇氣阻止那些邪惡捲土重來。」

愛爾蘭總統瑪麗·麥卡利斯表示,愛爾蘭應該為二戰中所做的許多

事感到羞愧,她說:「我們躲在虛辭之後,我們沒有做那些能夠做也應該做的事情。」以色列總統摩西・卡察夫卡察夫說:「60年後的今天,我們依舊不能理解,在20世紀,世界為什麼又怎麼能夠對大屠殺保持沉默。盟國沒有做任何事情來阻止毒氣室和萬人坑的出現。他們的飛機本來可以阻止在奧斯威辛的種族滅絕行徑,但他們沒有做。」

然而,當今的中國大陸,法輪功學員卻被中共殘酷地迫害長達13年而未被制止,僅突破重重封鎖傳出來的「骷髏」照與二戰納粹集中營的倖存者沒什麼兩樣,讓人慘不忍睹。

目前中共宣布將在2013年取消勞教制度,並不只取消這麼簡單,背後還要清算所有違法違憲參與迫害者,尤其迫害法輪功的四大元凶江(澤民)、羅(幹)、劉(京)、周(永康)必定會被清算,繩之以法。

下面是明慧網報導的一些被中共勞教所折磨成骷髏人的案例。

2011年2月25日,在唐山從事設計的法輪功學員趙燁給人送了一張弘揚中華神傳文化的神韻藝術團演出的光盤,被唐山市火炬路派出所綁架。3月11日被劫持到開平勞教所,非法勞教一年九個月;5月份被劫持到河北女子勞教所三大隊繼續迫害。

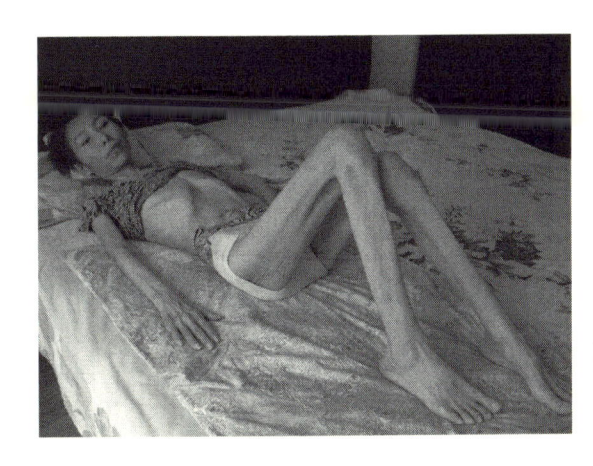

原本美貌如花的趙燁從勞教所保外就醫,人已骨瘦如柴,體重五十斤左右,右臂殘廢,神志不清,最終離世。(明慧網)

一年後，原本美貌如花的趙燁從勞教所保外就醫，人已骨瘦如柴，體重 50 斤左右，右臂殘廢，神志不清，持續高燒達 40 多度……12 月 15 日深夜在家中離世，年僅 40 歲左右。

2009 年 9 月 22 日，長春法輪功學員孫淑香再次被長春市國保支隊「610」惡警強行綁架，在長春市公安局、長春市第三看守所和吉林省黑嘴子女子勞教所經歷了酷刑逼供和 9 個月的非法關押與殘酷迫害，出現了嚴重的低血糖症狀，骨瘦如柴且飲水、進食、呼吸均困難，並伴有大量腹部積水，2010 年 6 月勞教所才同意將孫淑香釋放回家。同年 10 月 10 日含冤離世，終年 53 歲。

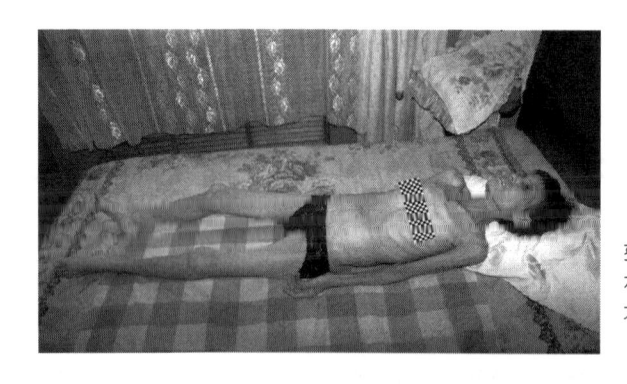

孫淑香被迫害得骨瘦如柴且飲水、進食、呼吸均困難，並伴有大量腹部積水，四個月後離世。（明慧網）

2008 年 9 月 28 日下午，河南省鄭州市法輪功學員盧運來被鄭州市沙口路派出所所長王霆和惡警吳曉潔（女）等攔路綁架，後被鄭州市公安局的惡警刑訊逼供，被酷刑「烤全羊」折磨得昏死過去。11 月，盧運來被非法勞教一年，非法關押在鄭州市白廟勞教所一大隊。

2009 年 7 月，盧運來「保外就醫」出勞教所時，身體只剩皮包骨，被醫院定性為癌症晚期，無法救治，於當年 11 月 30 日含冤離世，年僅 47 歲。

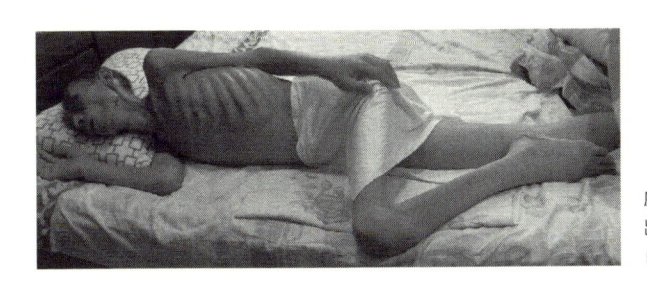

盧運來 2009 年 7 月「保外就醫」出勞教所時，身體只剩皮包骨，11 月 30 日含冤離世。（明慧網）

2005 年 10 月 25 日，株洲茶陵縣人陳建中在長沙市銀華大酒店的電梯中向保安講法輪功被迫害真相遭綁架，11 月 1 日被勞教兩年，被劫持到新開舖勞教所。

陳建中在勞教所遭體罰打罵、長時間不許睡覺、電擊、關禁閉等種種虐待。還被單獨隔離關押迫害達三個多月，家人聘請的律師為取證去會見他時也遭到阻撓。2006 年底，醫生檢查身體時發現陳建中已病危，勞教所才匆匆辦理保外就醫。

2007 年 2 月 13 日，陳建中被接回家時，體重只有 71 斤，骨瘦如柴。同年 9 月 14 日，陳建中含冤離世，英年 36 歲。

2006 年陳建中被接回家時，只有 71 斤，骨瘦如柴，七個月後離世。（明慧網）

大慶採油二廠試驗大隊職工安森彪因修煉法輪功五次被抓被關。2005年1月24日被勞教，在大慶勞教所和綏化勞教所，安森彪經歷了被燒、燙、針扎、往嘴裡塞洗衣粉、電棍電擊、性虐待等多種酷刑折磨，昔日健康體重165斤的他，最後被折磨得只剩85斤骨頭架。由於長期被捆、被銬，雙臂不能彎曲。安曾多次昏迷，腎臟衰竭，點滴都打不進去，隨時都有生命危險，可是綏化勞教所還是不放人，直到6月底安的家屬提出申訴，勞教所怕人死在他們那裡，才將奄奄一息的安放回。

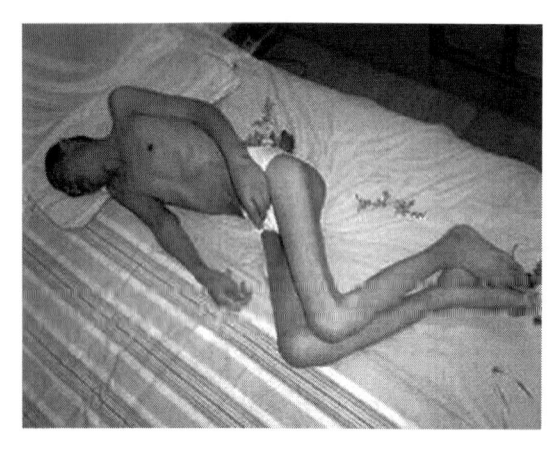

2005年安森彪昔日健康體重165斤，最後被折磨得只剩85斤骨頭架。（明慧網）

四川省南充市南部縣棗兒辦事處天生橋村三社張曉洪2001年7月在廣州開往重慶的火車上，在向旅客遞發天安門自焚真相資料時被抓，後被送進南部縣看守所，不久被判勞教二年，再次被送到綿陽新華勞教。此前曾被勞教一年。

在殘酷折磨下，張曉洪的體重急劇下降，吃不下飯、喝不進水。後來，勞教所眼看人不行了，才叫家人立即將人接回。2003年5月13日，張曉洪出勞教所時皮包骨頭，沒一絲血色，不能行走，說話也非常地吃

力，一個原本身強力壯、60多公斤的小夥子被折磨得只剩下32、33公斤。當年8月4日，張曉洪終因傷重去世。

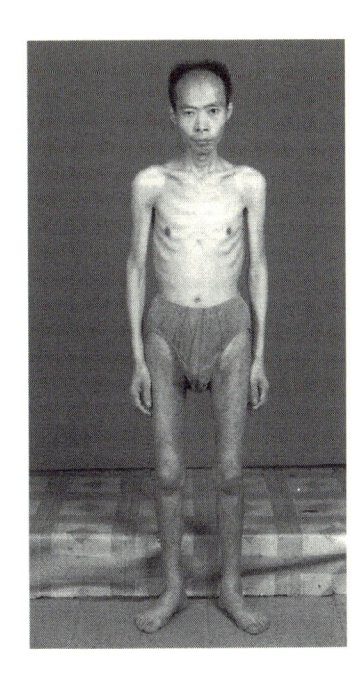

2003年原本身強力壯、60多公斤的張曉洪被折磨得只剩下32、33公斤。（明慧網）

第三節

奧斯維辛證人去世的啟示

2006年3月27日，在中共沉默三周後首次否認蘇家屯集中營的前一天，被稱為奧斯維辛集中營「第一證人」的魯道夫·弗爾巴（Rudolph Vrba）在加拿大去世，享年82歲。有評論稱，他此時的去世是上蒼在警示人類關注中國的蘇家屯，不要讓延誤的悲劇再次發生。2006年4月5日，當紐約法輪功學員在市府門前集會，抗議中共設集中營虐殺中國同胞時，天突降大雪，有人說，清明飛雪，這是「千古奇冤，人神共憤」的標誌。

18歲進了集中營

據報導，魯道夫·弗爾巴於1924年出生在斯洛伐克西部的一個小鎮。1941年10月，德國法西斯在波蘭南部奧斯維辛市修建了奧斯維辛——比克瑙集中營（Auschwitz-Birkenau）。1942年3月年僅18歲的

弗爾巴也不幸被抓進了這裡，隨時都可能被送入毒氣室。

1944 年 4 月，弗爾巴與難友維茲勒躲在一堆用來搭建棚屋的厚木板下面，他們悄悄在身上灑了些煙草葉子和汽油，以迷惑可能追蹤而至的納粹大狼犬。當木板被運出集中營大門時，納粹看守曾經用手拖動木板進行檢查，當時弗爾巴以為自己死定了，可是看守最終未進一步搜查便予以放行。在躲過三天三夜的大搜捕後，他們成功地逃了出來。

作為當年逃離奧斯維辛僅有的五名猶太人之一，弗爾巴和維茲勒於 1944 年 6 月首次向盟軍領導人披露了奧斯維辛集中營的真相，讓毒氣室和焚屍爐等駭人聽聞的納粹殺人機器第一次為外界所知曉。

太殘酷血腥 證詞遭懷疑

在集中營，弗爾巴由於年輕而被選出從事苦役，他當時的主要工作就是從剛到的火車上搬下屍體，蒐集行李，並分類整理給貪婪的納粹劊子手。於是他有機會在集中營四處走動，見證了那裡發生的悲劇。

據悉，弗爾巴有著照相機般的驚人記憶，到 1944 年 4 月，他計算出有 170 萬猶太人死在這些集中營。從黨衛軍士兵口中，他得知將有數百萬的匈牙利猶太人被運送到這裡處死，於是冒著被抓後慘遭各種酷刑折磨的危險，他們逃出來通風報信。

〈弗爾巴—維茲勒報告〉（Vrba-Wetzler Report）是全世界揭露納粹集中營罪行的第一份資料。外界評論他的功績不僅在於他做了什麼，而且還在於他為什麼這麼做。史學家稱，弗爾巴逃出集中營的動機不只是為了自己活命，他冒著自殺似的賭注逃出來，是為了告訴匈牙利的猶太人，等待他們的是納粹黨衛軍的毒氣室。

雖然他們的報警通告被後世稱為「奧斯維辛草案」，但在當時卻因

人們懷疑其真實性，而在大規模匈牙利猶太人被流放之後才引起人們的重視。不久後，也就是 1944 年 5 月 15 日和 7 月 7 日之間，又有 43 萬 7000 匈牙利猶太人被送入了集中營，這些猶太人並不知道等待他們的是什麼，他們順從地接受納粹的安排而毫不反抗、躲藏或逃走，於是弗爾巴推測他們的警報被扣押了，被禁止傳播了。

當時他們揭露的奧斯維辛集中營的警報被送到了斯洛伐克、匈牙利和瑞士的領導階層，然後由於某些人的不相信而扣押了該消息的廣泛傳播，致使廣大的匈牙利猶太人並不知曉此事。比如就連當時身為美國聯邦最高法院大法官的猶太人菲歷克斯·富蘭佛特都不相信此事。

後世歷史學家評論說，假如當初人們相信了他們的報告，猶太人的命運就會大不相同，就不會再有幾百萬人慘遭屠殺了。但悲劇發生了，再悔恨又有何用呢？儘管如此，歷史還是感激他倆，因為至少有十萬人相信了他們的報告，及時逃走而保全了性命。

人想像不到魔鬼的邪惡

1945 年 1 月 27 日，蘇聯軍隊進入奧斯維辛集中營，數千名囚犯獲得釋放。二戰結束後，弗爾巴多次作為關鍵證人前往德國，出席國際法庭對納粹黨衛軍頭目的審判。50 年代，弗爾巴獲得了化學博士學位，他先後曾在捷克、以色列、英國和加拿大從事藥物研究工作。

在其個人回憶錄《我無法原諒》中，弗爾巴詳細描述了自己逃離集中營的經歷。1985 年，猶太裔法國導演克勞德·朗茲曼憑藉猶太人集中營倖存者的口述，製作了長達 9 小時 30 分的紀錄片《浩劫》，而弗爾巴的口述在其中占了相當大的比例。2001 年弗爾巴獲世界人權獎。

有學者評論說，當時人們不願正視這件事，主要原因有幾方面。一

是希特勒用謊言欺騙了全世界。儘管有所耳聞，當 1945 年盟軍士兵進入納粹集中營，看見堆積如山的屍體，看見形如骷髏的倖存者時，他們還是震驚得目瞪口呆，後來許多人不得不接受心理治療。

二是人們的自私心理，「我不是猶太人」，事不關己高高掛起，所以對他人遭受的苦難漠不關心。三是人們以用人類的正常思維去推測魔鬼的行動準則。歷史證明，法西斯惡魔想征服的是整個世界，只不過它是一步一步走向目的。

重複的歷史在昭示著什麼

2006 年 3 月 8 日，「R 先生」接受《大紀元》採訪，指稱蘇家屯有一祕密集中營，關押有 6000 多名法輪功成員，他們遭到殺害，器官被摘取出售，屍體在醫院焚屍爐當場火化。3 月 17 日，另一名器官摘取主刀醫生的妻子出面指證，此祕密集中營就設在遼寧省血栓中西結合醫院的「地下醫療設施」裡。3 月 31 日，一名瀋陽軍區老軍醫指證蘇家屯集中營內幕，他表示蘇家屯醫院僅是中國 36 個類似集中營的一部分。轉移 5000 人只需一天，用專列和封閉的鐵路貨車。

關於蘇家屯集中營的真實性，美國天主教大學聶森教授曾把質疑的人分為幾類：一是因為善良不希望悲劇真的發生了；二是他麻木的楞在那，滿腦子的問號，但他並沒有真的想弄明白；三是接受共產黨灌輸的變異觀念，以駝鳥似的主觀否定。

中國問題專家賀賓評論說，人們把蘇家屯事件稱之為「驚天黑幕」，主要是因為人們不了解中共的本質，不了解多年來中共迫害法輪功的群體滅絕的全過程。

已故教皇保羅二世曾多次警示世人：人類在 20 世紀面臨著兩個魔

鬼的挑戰：一是法西斯納粹，二是共產主義。據《共產主義罪行白皮書》披露，人類在共產體制下的非正常死亡人數比兩次世界大戰的總死亡人數還多一倍。

其實，對集中營的否認歷來也沒停止過。據國際媒體報導，從1970年開始，新納粹主義者 Ernst Zundel 就一直出書讚美希特勒並否認納粹大屠殺，直到2006年2月9日，他才在曼海姆法庭接受審訊，罪名為「煽動種族仇恨和誹謗死者」。因為二戰後，在德國、義大利、法國和奧地利等歐洲國家，宣揚納粹主義和否認納粹大屠殺都被認定為犯罪行為。在1985年對 Ernst Zundel 的審理中，弗爾巴曾親自出庭作證。

有學者指出，歷史是驚人的相似。從1936年的柏林奧運會到2008年的北京奧運會；從當年納粹100%的經濟增長率到今日中共經濟的高速發展；從西方國家的妥協政策導致的二戰煙火殃及全球，到今日西方為金錢利益把道義放在一邊；從當年集中營第一個證人遭懷疑而延誤，到今日對蘇家屯的質疑觀望。歷史在重複地提醒著人們：60多年前發出的「Never Again」（永不重蹈覆轍）的誓言猶在耳邊，而新的罪惡又在我們身邊悄然進行著。

第四節

一直在上演的盜賣器官黑幕

2006 年 3 月，蘇家屯活體摘取法輪功學員器官的罪惡曝光後，蘇家屯地下集中營人證很快就被中共全部祕密轉移，隨後蘇家屯地區有大量從海外趕來調查器官摘取事件的記者和一些沒有暴露調查身分的相關人員，中共安全部已安排大量便衣冒充小販、行人和三輪車車伕等在瀋陽蘇家屯血栓醫院附近和蘇家屯火車站等地活動，欺騙調查者。

同時，法輪功呼籲國際社會立即啟動緊急程序，制止滅絕屠殺。法輪功希望國際社會立即調查盜取法輪功學員器官的罪惡事件，這些罪惡就隱藏在中國各大省市勞教所內，要求中共對外開放關押法輪功學員的勞教所，讓國際社會調查。

勞教所勾結公安醫院共同犯罪

中共盜取器官的最高峰在 2001 年至 2003 年這三年期間，非常猖獗。

習近平對江澤民亮殺手鐧

自江澤民下台之後，中共鎮壓法輪功的政策受到來自國際和中共內部的壓力，盜摘法輪功學員器官的數量和規模大幅度下降，或者更加隱蔽。據來自中國勞教所的消息，當年各大勞教所關押法輪功學員的人數大幅度超員，關押的人數大約維持在5000到2萬人左右。2001年蘇家屯勞教所中關押的法輪功學員主要來自中國各大勞教所，當時因勞教所人數太多，才轉移過來。他們被作抽血檢查，符合等待移植器官病人的組織配型者，在醫院要求具體作手術的日期被殺害以奪取器官。

他們一去就再沒回來過

中國各個省份的勞教所都有盜取法輪功學員器官的罪惡發生，2001年至2003年這三年期間究竟殺了多少法輪功學員，仍是謎。凡經抽血檢查，從各個勞教所轉移到類似蘇家屯這類專供醫院摘取器官用途的集中營內的法輪功學員幾乎沒有生還的希望。

據曝光蘇家屯活體摘取法輪功學員器官事件的證人透露，當年關押的大約有6000名法輪功學員，到2004年證人離開血栓醫院的時候，已經只剩2000名左右，大約有4000多人被盜用器官後被滅絕。

據調查，中共1999年7月鎮壓法輪功之後，中國各地法輪功學員紛紛上訪呈遞冤情。當時中國近1億人修煉法輪功。2001年開始，僅北京市郊區每月都維持大約70萬來自中國各地上訪的法輪功學員。

自中共迫害法輪功以來，各地法輪功學員進京上訪、到天安門和平請願，告訴政府和民眾法輪功的美好，希望能夠制止迫害，歸還自由修煉的權利。但所有上訪渠道都被堵死，信訪局和天安門廣場成了抓捕法輪功學員的場所，上訪學員被非法綁架、關押、毒打甚至被折磨致死，很多人一去不返，杳無音訊。

由於中共搞株連的連坐政策，善良的法輪功學員不願牽連本地區及單位領導、片警及親友而拒絕說出姓名、家庭住址，無法精確統計究竟有多少法輪功學員曾到北京請願上訪，又有多少人因此被捕而失蹤。

大量的法輪功學員失蹤以及被祕密逮捕，加上中共對法輪功學員實施「名譽搞臭、經濟截斷、肉體消滅」的政策，提供器官販子犯罪的條件。

罪惡仍在勞教所中延續

2006年4月4日，數名長期被關押在撫順市南溝地區第二看守所的法輪功學員被抽血體檢之後，被祕密轉移。

明慧網消息，根據來自大陸的舉報和調查核實，自從蘇家屯集中營曝光後，中共當局匆匆拋出了〈人體器官移植技術臨床應用管理暫行規定〉，又把施行時間定在三個月後的2006年7月1日，涉嫌留下足夠的時間讓罪犯銷毀證據。

當時就已經調查過的部分地區結果證實，包括黑龍江、遼寧、吉林、北京、天津、河南、河北、湖北省暨武漢市、湖南、上海、浙江、雲南、安徽、陝西、新疆等省市自治區的醫院和移植中心正在加班加點成批的施行器官移植手術。醫院方面向調查員表示要做器官移植就快點來，最快的一、兩天內就能完成配型找到合適的器官，並表示這一批器官供應過後，以後就難以提供了。

第二次世界大戰以後，國際社會因痛悔未能制止納粹大屠殺的發生而發出過「永不重蹈覆轍」（Never Again）的莊嚴承諾。60多年後的今天，歷史再次重演，而且慘烈程度超出人類的想像，這是人類的恥辱，也同時挑戰每個人的道德底線和良心。

第五節

江澤民最怕見光的罪惡

2013 年 1 月 7 日，中共政法委書記孟建柱宣布 2013 年停止使用勞教制度。消息一經公開，立即引發國際關注。但停止勞教制度消息被變化莫測的新聞報導方式蒙上疑雲，中共官方媒體網站先是報導將在一年內「停止使用勞教制度」，隨即這些報導被刪除，但在新華社的英文推特網頁上還被保留。

這一現象顯示提案停止勞教制度的中共現任總書記習近平與江澤民等派勢力博弈升級，中國局勢隨時都可能擦槍走火。

「停止勞教制度事件」發生在習近平「南巡」、江澤民抵制「習八條」、江系人馬製造「南周事件」阻擊習近平憲政說之後，此舉被外界認為是習近平對江的強勢回應。廢除勞教制度，直接觸動到江澤民的軟肋，牽動高層搏擊，中國局勢處在突變前沿。

江澤民恐懼被清算 公開阻擊習近平

　　自習近平上任後，江澤民不顧18大高層達成「已退休的領導人不得再干政」的「默契」，多次公開抵觸習近平的「習八條」。其原因就在於，江澤民因為殘酷迫害法輪功，罪惡累累，一直害怕被清算。因為這種恐懼，江一直對其他政治局常委以及後任接班人不放心，處心積慮要把自己的親信、迫害元凶塞入政治局常委，以捆綁最高層共同背負血債，逃避被清算。與此同時，為維持對一億法輪功修煉者的打壓，須耗費巨大的財政國力，同時把中國整個司法系統拖入崩潰狀態，整個社會的運行與管理陷入混亂。因此，江與後任最高層接班人之間矛盾的不可調和也就成了必然。

　　16大時，江澤民選中了羅幹作為迫害政策的繼承人，17大是周永康。在18大時，江又意圖把薄熙來推入政法委，並用政法委「第二權力中央」，圖謀政變篡權。不過，人算不如天算，王立軍出走美領館，薄熙來隨之倒台。

　　18大之後，政法委被降級，江澤民在中共最高層政治局常委中第一次失去迫害元凶，江的恐懼可想而知，這也是他近期一再公開挑戰、阻擊習近平的原因，因為他不甘於失去權力，也不能沒有權力而存活。他需要籠絡同黨，繼續為迫害政策虛張聲勢。江這種由於迫害法輪功而產生對權力的偏執，必定引發相應的反彈，牽動高層局勢的走向。

　　從薄熙來垮台事件到政法委被降級，再到勞教所事件，再次印證《大紀元》此前的報導，中國局勢的核心問題是法輪功受迫害問題。

江澤民最大的黑幕在勞教所

勞教所是中國的「法外之地」。當局不需要經過任何司法程序就可以剝奪普通公民人身自由。這個黑洞甚至比中共的牢房還要黑,因為裡面沒有任何法律的監控監管。很多無法想像的殺戮、酷刑都發生在勞教所。

勞教制度是中共政法委的核心,也是政法委的生財工具。勞教是個巨大的貪腐黑洞,過去十幾年裡,政法委的「頭頭」從勞教制度中獲取了很多經濟利益。如果反腐,勞教所關係鏈無疑會成為最大反腐對象。

勞教制度不僅違憲、違法,也聲名狼藉,中國法律界和民間一直呼籲廢除勞教制度。

1999年迫害法輪功開始後,勞教系統就被廣泛用於關押、酷刑折磨和強迫轉化洗腦法輪功學員。在中國數百個勞教所,被關押和被強迫生產出口奴工產品的主體變成無辜被迫害的法輪功學員。

江澤民發動的這場長達13年的迫害,直接迫害了一億人的正信,波及幾億中國人,幾乎影響到中國的每一個家庭。這場迫害完全沒有法律根據,是江澤民通過蓋世太保「610」、政法委與勞教所等迫害機構非法實施。在江澤民滅絕人性的「打死算白打」、「不查身源、直接火化」政策下,勞教所發生了許許多多慘絕人寰的罪惡,例如活摘法輪功學員器官事件。就是因為數量巨大的法輪功學員被非法勞教,形成巨大的人體器官庫,在社會道德低下,醫療與勞教系統串通牟利的情況下,人類無法相信的這個星球前所未有的罪惡,就這樣大規模地發生了。這樣的真相,一旦被全面揭開,世人將被震驚得目瞪口呆。

事實上,中共高層對法輪功受迫害的慘烈非常清楚。從著名人權律師高智晟上書,到近期兩名高幹子弟因煉法輪功被迫害的事件,材料直

接呈遞到中央政治局，人手一份，以至於胡錦濤親自到鹽城了解情況。

在國際社會，迫害的真相已經不可能再掩蓋。2012年，美國國會106名議員要求美國國務院公開可能獲取的關於活摘器官的資訊。《大紀元》總編輯郭君亦在聯合國發言抨擊中共活摘法輪功學員器官。2012年底媒體披露從臭名昭著的馬三家勞教所傳出的求救信，更讓國際社會關注中國勞教所的黑幕。

中共及迫害元凶必須被清算及審判

江澤民十幾年來一直在捆綁中共高層，試圖讓他們一同背負迫害法輪功的黑鍋。在迫害過程中，江澤民捆綁了中國共產黨，犯下了活摘器官等反人類的驚天罪惡，已經徹底將中共拖入了解體的不歸路，上天也不會再給中共任何挽回的機會，解體中共是歷史的必然，善惡有報是天理。

但在這歷史的關鍵時刻，如果中共內部高層或廣大的官員，誰能面對真相，順應民心，善用權力為民眾做好事，作出正確的選擇，那麼，人們會記住他，中國社會會記住他，歷史會記住他，神也會看到。

勞教制度的問題不僅是改革或停止，而是應該被立即徹底廢除，並且一定要逮捕、審判江澤民。不僅如此，還要對多年來被非法勞教的廣大民眾、政治犯、良心犯、法輪功學員和所有因為宗教信仰被迫害者公開道歉，並進行國家賠償，對實施迫害的違法人員進行司法調查和審判。

中共和江澤民等迫害元凶的罪惡，一定會被審判和清算。非如此，世間沒有天理，人類沒有善惡的價值，文明也無以存附。因為我們面對的，就是這樣一場關係人類文明存亡的正與邪、善與惡的大較量，所有人都在面對這場選擇的考驗中。

習近平對江澤民亮殺手鐧

第九章
廢除勞教所
習近平點中江七寸

勞教所裡所隱藏的滔天罪惡，是江澤民的死穴。迫害13年來，中國最大的黑幕就在勞教所內——法輪功學員不僅被強迫生產出口奴工產品，被施加酷刑逼迫放棄信仰而受虐致死，其中極為邪惡的就是活摘法輪功學員器官，非法販賣屍體等。同時，法輪功學員在中國勞教所遭遇的性虐待，舉世震驚！

（新紀元資料室）

習近平對江澤民亮殺手鐧

第一節

駭人聽聞的勞教所性侵男人

2012年12月16日夜晚，印度新德里一名23歲的女醫學實習生喬蒂·辛格·潘迪（Jyoti Singh Pandey）和男性友人在看過電影之後回家，坐上了一輛看似公交車的大巴，遭到車裡六名男子輪姦，腹部受到鈍物襲擊，導致腸道嚴重受傷。肇事者還毒打了這名女孩的朋友，並將他們扔出車外。喬蒂在接受緊急搶救後，被印度政府送往新加坡接受進一步治療，但於12月29日因搶救無效死亡。

此事件激起了印度人的憤怒，印度街頭乃至世界各地因而舉行抗議活動，同時也引起國際關注，聯合國婦女權能署（UN Women）強烈譴責了這一事。印度總理辛格表示感同身受，他說：「作為三個女兒的父親，我像你們每個人一樣對事件反應強烈。」印度議員倡議用受害人的名字來命名反強姦法律以顯示對受害者的尊重。2013年1月3日，警方對嫌犯提出指控，他們被指控犯有強姦、謀殺、綁架、搶劫、攻擊罪。

中共官媒對此大肆炒作，稱印度的民主並不能給人帶來安寧，不

過，中共官媒沒有報導的是，這樣的性摧殘在中國大陸各地的勞教所裡隨處可見，而且持續了十多年了，無論人權組織如何譴責，中共都視而不見，並變相鼓勵之。

中國古人常說：「士可殺，不可辱」、「打人不打臉」，然而在當今中共的勞教所裡，為了強迫法輪功學員放棄信仰，中共警察所使出的招數都是慘絕人寰、喪盡天良，其中對人體的性摧殘這種令正常人都難以啟齒的事，卻成了大陸勞教所普遍推行的官方「政策」，成了勞教所反人類、反道德、反良知、反人倫的最骯髒、最惡毒、最令人難以承受的酷刑之一。

幾乎在每個勞教所，很多堅定的法輪功學員都經歷過這種難以陳述的性摧殘，明慧網刊登的人權報告：〈中共對男性法輪功學員的性迫害〉一文中，列舉了180多個法輪功學員的親身經歷，其遭遇之慘烈，折磨場景之卑鄙惡毒，讓正常人噁心難受、極度地厭惡。

中共對外宣稱大陸有勞教所350家，關押了16萬人，但中國民間普遍認為實際數字遠遠不止這些。

性摧殘男人是勞教所的家常便飯

電擊生殖器是中共警察最常用的酷刑，一般是用電警棍電擊，還有一種是接在電工用的搖表上，受刑者一般被銬在床上或「老虎凳」上，無法動彈，同時警察還常常往法輪功學員身上潑冷水，以增加導電效果。經歷過電擊酷刑的法輪功學員回憶說，電擊生殖器時，讓人瞬間感受到「凌遲」是什麼滋味，身上的肉似乎正被無數把刀一片片割下來，呼吸極度困難，掙扎在死亡的邊緣，從頭頂到心臟到小腹到下體，都感到極端痛苦難熬，每一分每一秒都像一個世紀那麼漫長，真是生不如

死，恨不得一死了之……

除了電擊，還有：捏彈睪丸、拔光陰毛、繩扎生殖器，針刺針扎、車輻條、牙籤插進陰莖；往生殖器抹上糖水，放上抓來的螞蟻，讓螞蟻去咬的「螞蟻上樹」；唆使犯人雞姦；被他人生殖器塞入嘴侮辱；被犯人強行手淫，電擊法輪功男學員生殖器，逼迫女學員觀看等等。中共勞教所性虐待的原始動機是為了達到「610」要求的所謂「轉化率」指標，時間一長，性虐待就成為了獄警們整治人的惡習，甚至把折磨人當成了樂趣。

比如在遼寧撫順市教養院，法輪功學員袁鵬被長時間「開飛機、掰腿、手摳肋骨、捏睪丸」等酷刑迫害，疼得咬斷了自己的舌頭；在大連教養院，60多歲的老年法輪功學員潘世吉，被剝光衣服，電擊肛門及小便處。惡人侮辱人格的酷刑使老人心理嚴重受創。

在廣東省三水勞教所，警察經常電擊法輪功學員，常常多根電棍一起上。一分所四大隊分隊長郭保思時常赤膊上陣，每天二次電擊法輪功學員。當被法輪功學員斥責他的禽獸行徑時，郭保思公開叫囂：「我就是流氓！」他不但以電棍電擊，還拳打腳踢，口出骯髒下流的污言穢語。

在山東省王村第二勞教所，2003年警察王力凶狠地拿兩根電棍電擊法輪功學員楊少帆的生殖器，楊痛苦地嘶叫，汗水與淚水交織在一起，整個人像被水泡著一樣；在長春市朝陽溝勞教所，當時54歲的法輪功學員胡世明被扒光衣服後，澆完冷水澆熱水，燙得背部全是大水泡，還被惡警用三萬伏電棍電生殖器；60多歲的張文亮，河北省唐山市法輪功學員，原遼寧部隊導彈發射營營長，在邯鄲市勞教所被惡警電擊全身和生殖器，全身肉皮被燒焦，沒有一處完好。

在河北濰坊昌樂勞教所，法輪功學員王平曾被惡徒辛成林以對折

起來的皮帶，發瘋似地抽打下身，用手指憋足了勁狠彈王平的生殖器，每彈擊一下，就痛得王平在地上翻滾幾次，直到王平的生殖器被彈腫充血才罷手。圍觀的普教人員毫無人性地說笑著，還用下流的語言侮辱王平。

在鄭州市白廟勞教所，法輪功學員宋旭於2001年被惡警卑鄙地一根一根地往下拽陰毛，四川警察還給這個酷刑取名為「拔菠菜」；吉林省岔路鄉法輪功學員張真，在九台市飲馬河勞教所被警察捏睾丸後，被迫害得神志發呆，精神恍惚。

吉林九台市勞教所經常扒光法輪功學員全身衣服，放在冰冷的水泥地上，將塑料管置於腋下、大腿根等處，四個人一起用塑料管撐，有的法輪功學員陰莖、陰囊都被撐毀，他們痛得昏過去，甦醒後如不肯放棄修煉，就將手腳銬在「死人床」上繼續折磨。法輪功學員喬建國就受過這種迫害。

還有的警察把法輪功學員生殖器的根部以橡皮筋扎緊，不讓排尿，從而讓人全身發脹、膀胱脹痛，最後導致腎臟疼痛，外人卻看不出異樣。還有的惡警用繩子纏在生殖器上來回用力拖拽，往起吊，肉皮都被拽掉，腫得嚇人，之後留有很大的疤痕。有的還用縫衣針、牙籤往陰莖上猛扎，有的還往上面抹辣椒水、碘酒、雙氧水等。在四川省樂山市五通橋看守所，惡警還發明一個酷刑叫「火爆龜頭」，用紙纏住陰莖上點燃，燒燙受傷的陰莖起泡化膿糜爛，異臭難聞。

最惡毒的是在重慶永川監獄，惡警把不「轉化」的法輪功學員衣褲脫光，將上身綁在床上，下身雙腳分開定在床下，叫犯人「雞姦」，重慶江北區法輪功學員羅向旭在2000年就遭受過這樣的羞辱折磨。

「只有魔鬼才會把折磨人當成樂趣」

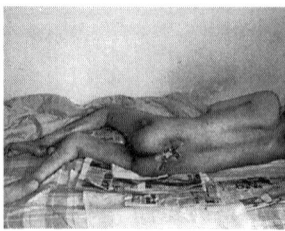

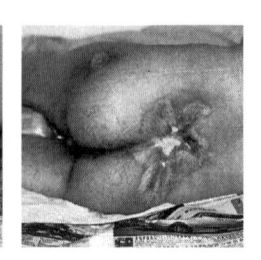

曲輝在勞教所裡遭受苦役、洗腦、酷刑,生殖器被電擊折磨潰爛,頸椎骨折,高位截癱,最後被折磨得奄奄一息用擔架抬出了教養院。(明慧網)

曲輝被迫害前的全家福。(明慧網)

　　中共勞教所的所有惡行並非個別警察偷偷摸摸私下使用,而是「光明正大」的官方行為:都是上級領導「支持」的。在大連教養院,原大連港理貨員、大連市中山區法輪功學員曲輝,因堅持修煉法輪功,被大連教養院酷刑折磨,生殖器被電擊潰爛,頸椎骨折,高位截癱,最後被折磨得奄奄一息用擔架抬出了教養院。

　　當時曲輝的妻子劉新穎(大連市婦產醫院護士),因修煉法輪功也被關押在大連教養院非法勞教三年。在家屬強烈要求下,妻子被保釋出來照顧曲輝。此時,曲輝全身功能衰竭,腎、肺功能衰竭,靠輸液維持生命,全身多處褥瘡,骨頭、脊椎露在外面呈黑色,散發著惡臭。多年來只能躺在床上,自己不能翻身,大便一直都是妻子用手掏。

　　在教養院期間,曲輝被折磨得多次昏迷。一次醒來聽見名叫韓瓊的醫生檢查後說:「沒事,還可以打。」此人後來被提拔為大連教養院醫院院長;一名叫喬威的惡警,一邊打曲輝一邊獰笑著對旁邊的人說:「多少年沒這麼過癮了。」人們評論說:「只有地獄的魔鬼才會把折磨人當

成樂趣。」

　　法輪功學員呂開利是大連起重機技術信息部工程技術人員，2001年7月，因絕食抗議遭受迫害而遭大連勞教所惡警景殿科等大打出手、用兩根高壓電棍電擊。暴徒電擊呂的小便陰莖、大腿內側，並在其大腿內側和陰莖上寫下人類最低級下流的語言，呂的耳朵則被電成了麵包狀。對呂人格污辱和身心摧殘的整個迫害過程中，八大隊大隊長劉忠科親自在現場督陣。

　　黃紅啟，大連理工學院機械系博士，在大連教養院因拒絕「轉化」，多次遭惡人毒打、頭頂扎針、皮鞭抽、坐老虎凳等酷刑折磨，耳膜被打穿，鼻子因野蠻灌食致殘，還被電棍電擊生殖器等敏感部位，後被迫害得精神失常。

　　大連勞動教養院警察以人們無法想像的惡行行惡時，還經常恬不知恥地說：「我這就是代表政府，對你們進行『轉化』！」由於作惡太多，「代表政府」的大連教養院中隊長雍鳴久遭惡報摔死在石頭上；中隊長江濤50歲不到便猝死；分隊長李亮瘸腿，殃及父親和妹妹病死。

　　哈爾濱市長林子勞教所還把法輪功學員的睪丸用水沾濕，用多根電棍電擊，痛苦令人無法承受，被迫寫所謂「轉化三書」，還有的法輪功學員遭到以打火機燒陰毛、擊打睪丸等。對人性的踐踏，對人尊嚴的侮辱，那種痛苦用盡人類的語言也難以描述。用惡警自己的話說，法輪功學員是供他們玩的，想怎麼摧殘就怎麼摧殘！他們自己也承認，對法輪功學員使用的迫害手段、招數，甚至電影上第二次世界大戰中的德國法西斯都趕不上，有過之而無不及。

　　比如2003年6月，哈爾濱長林子勞教所五大隊會議室裡，趙爽對法輪功學員的「講話」：「共產黨信任我，將我調到五大隊任隊長，就是收拾你們法輪功。……我就讓你們活受罪，……讓你生不如死。在我

這裡不老實，我就掐你XXX（指生殖器）。……你們上網說我是流氓隊長，這說對了，我就是流氓。……我最大的特點是好色，玩女人我是……（話太髒不能複述）」

　　在河南省許昌市第三勞教所，惡警的口號是：「寧可打死也要將其『轉化』；如有絕食者，即使餓死也不放人。」除了殘酷的毒打外，就是齷齪的性摧殘，幾乎每個堅定的男法輪功學員都經歷了這些酷刑，不少在撕心裂肺的慘叫中昏死過去，陰莖腫得拳頭大，排尿非常困難。如法輪功學員彭紅顏，被用繩子綁住陰莖，不讓他解手，不讓睡覺，猛拉綁著陰莖的繩子折磨他，用木刺打他的大腿內側，彭紅顏被折磨得行走不便，每走一步，腿上的鮮血常常染紅厚厚的衛生紙。

被迫害致死的部分案例

　　劉新年，曾任中國財產保險股份有限公司保定分公司紀檢委辦公室主任，因修煉法輪功，被河北省保定勞教所惡警張謙殘忍地用冒出藍光電火花的20萬伏高壓電棍長時間電擊生殖器，最終含冤離世。在天津勞教所的唐堅、遼寧錦州市南山監獄的阜新市法輪功學員崔志林等，也遭受同樣的酷刑而含冤離世。

劉新年曾任中國財產保險股份有限公司保定分公司紀檢委辦公室主任，因修煉法輪功，含冤離世。（明慧網）

遼寧省燈塔市柳條鎮東廣善村法輪功學員白鶴國，2002年被關押進大連南關嶺監獄，被警察折磨致死。遺體瘦得皮包骨頭，全身是傷，頭頂腫脹，舌上有傷口，腿被打斷，睾丸被踹爛。2009年南關嶺監獄體檢，一百多名警察中有十幾人查出患各種癌症，人們都說這是他們迫害法輪功學員的惡報。

白鶴國2002年被關押進大連南關嶺監獄，被警察折磨致死。（明慧網）

王斌，黑龍江省大慶油田勘探開發研究院計算機軟件工程師，曾獲國家科技進步二等獎，連續三屆院職工代表。2000年5月因進京上訪被非法關押到大慶東風新村男子勞教所受盡折磨，當時二大隊的教導員馮喜叫囂：「不轉化死路一條！」在其指使下，44歲的王斌被打死。經值班醫生檢查，其睾丸被打爛一個，頸部大動脈被打斷，鎖骨、胸骨、十幾根肋骨被打折，鼻孔被煙頭插入燒傷，身體黑紫。更令人髮指的是，王斌的心臟、大腦等器官被野蠻摘走，遺體慘不忍睹。

44歲的王斌被打死，王斌的心臟、大腦等器官被野蠻摘走，遺體慘不忍睹。（明慧網）

原中鐵山橋集團機一車間數控銑工，河北山海關法輪功學員鄧文陽，2007年9月被從家中綁架，送保定勞教所約十天後，被迫害致死。遺體上有被電擊的痕跡，睾丸凹陷、上有血跡。

長春電視真相插播的勇士之一雷明（已因酷刑迫害致死），生前曾遭長春市公安一處惡警殘酷的非人折磨，當被劫進長春市鐵北看守所時脫衣服檢查時，滿號房的人都驚呆了，滿身的傷啊，……慘不忍睹。牢頭總結了一句：「以前我不相信法輪功被迫害這麼嚴重，今天我徹底相信了。這共產黨要完了。」

大陸對男性法輪功學員性迫害嚴重的勞教所名單

黑龍江省哈爾濱市長林子勞教所；黑龍江省綏化勞教所；黑龍江省大慶市東風新村男子勞教所；黑龍江省鶴崗市勞教所；吉林省長春市朝陽溝勞教所；吉林省長春市奮進勞教所；吉林省九台市飲馬河勞教所；遼寧省瀋陽市馬三家教養院；遼寧省葫蘆島教養院；遼寧省錦州勞教所；遼寧省鐵嶺市勞動教養院；遼寧省盤錦市教養院；遼寧省丹東教養院；遼寧省撫順市教養院；遼寧省大連市教養院；天津雙口勞教所；河北省保定勞教所；河北省唐山市荷花坑勞教所；河北省邯鄲市勞教所；河南省鄭州市白廟勞教所；河南省許昌市第三勞教所；山東省男子勞教所；山東省濰坊市昌樂勞教所；山東省王村第二勞教所；四川省綿陽市新華勞教所；重慶市西山坪勞教所；湖北省武漢市何灣勞教所；湖北省獅子山戒毒勞教所；湖北省沙洋勞教所；湖南新開鋪勞教所；上海市勞教所；浙江省十裡坪勞教所；貴州省中八勞教所；廣東省廣州市第一勞教所；廣東省三水勞教所；……

第九章 廢除勞教所 習近平點中江七寸

第二節
對女性的性摧殘更是慘絕人寰

　　中共對法輪功女學員的性摧殘就更是讓人難於訴說。一位死裡逃生的法輪功女學員說：「那裡面的邪惡，外界是無法想像的。」

　　為了讓法輪功學員放棄信仰，幾乎每個女學員都被勞教所剝光衣服所謂「檢查」，其實就是人格侮辱，當來例假時，勞教所不許女學員用衛生棉，而是讓血順著大腿流下來，那種精神折磨令人難以忍受。

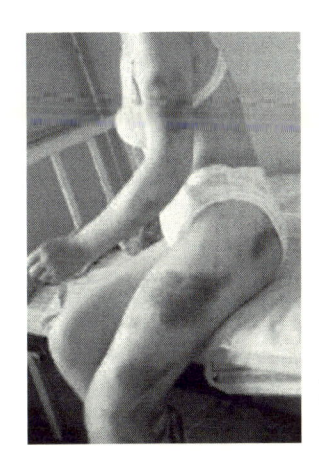

幾乎每個女學員都被勞教所剝光衣服所謂「檢查」，人格侮辱並施以拳打腳踢。（明慧網）

225

一名北京法輪功女學員在張貼法輪功傳單時被一名公安攔下當眾毒打，該公安並對路人吼叫：「她是法輪功學員，是反動分子，就算我打死她也不算啥。」毒打過後，該公安把這名女法輪功學員拖到橋下，撕破她的褲子，強暴了她，之後坐在她身上，用盡全力將警棍插入她的陰道中。

在河南十八里河女子勞教所裡，吸毒犯在警察隊長的指使下，用盡各種下流手段殘害法輪功學員。如扒光女學員衣服，上繩，往陰道裡塞髒抹布，塞滿後用腳踩，用牙刷往陰道裡捅。讓還吸毒犯兩隻手抓住學員的乳房用力往下拉，鮮血順著乳頭往下滴。在被上繩前不讓大小便，以使用過的衛生棉抹上糞便再用透明膠布黏在學員嘴上。

幾乎廣東所有的看守所、勞教所的警察毒打女法輪功學員的前胸、乳房、下身，用電棍電乳房和陰部，用打火機燒乳頭，將電棍插入陰道電擊，將幾把牙刷捆綁一起，插入陰道用手搓轉，用火鉤鉤女學員的陰部；男警察當眾亂摸女學員的敏感部位，侮辱學員，手段極其下流殘忍。

潘陽馬三家勞教所裡，法輪功學員因不放棄信仰，經常被扒光衣物，赤身露體站在錄像機前受凌辱；長時間赤身露體站在雪地裡挨凍；陰部遭受電棍電擊。2000 年 6 月，18 名女法輪功學員被扒光衣服，扔進男牢房，遭受警察鼓動的男囚們的強暴。

震驚世界的三個強姦案

魏星豔，重慶大學高壓輸變電專業三年級碩士研究生。2003 年 5 月 11 日魏星豔因講述法輪功真相被非法抓捕。5 月 13 日晚上，警察把她抓到沙坪壩區白鶴林看守所的一個房間，叫來了兩名女犯人強行扒光了她的衣服。魏星豔抗議：「你們無權這樣對我！」這時竄進來一個身

著警服的警察把魏星豔按在地上,當著兩個女犯人的面強姦了她。魏星豔正告惡警:「我記住了你的警號,你逃不了罪責。」

從那以後,魏星豔絕食抗議迫害,被強制灌食並插傷了她的氣管和食管,造成她不能講話。5月22日奄奄一息的魏星豔被送進重慶市西南醫院,由許多610警察日夜看守,盤查、跟蹤、抓捕去探視的人。

強暴案曝光後,重慶官方不但不查處犯罪警察,反而追查抓捕報案人,重慶大學也配合竭力掩蓋事實真相。重慶大學不但「對外一律不承認有魏星豔這個學生,不承認有高壓直流輸電及仿真技術專業(或高壓輸變電專業)」,還修改大學網站,轉移了與魏星豔同住一層學生宿舍樓的女生,並綁架了數十名法輪功學員,至少有八位法輪功學員被非法判刑多年,他們是潼南農業銀行職工魏曉君、重慶大足縣防疫站科長黎堅、重慶聚賢科技開發公司總經理陳庶民、副總經理盧正奇、慶醫藥工業研究院何明禮、重慶光學儀器廠職工劉範欽,還有袁漱雁及殷豔。

河北涿州警察公開強姦案

2005年11月24日晚,河北省涿州市東城坊鎮派出所警察將法輪功學員劉季芝(女,51歲)和韓玉芝(女,42歲)從家中抓走後。25日下午,警察何雪健把劉季芝帶到一間屋裡,劈頭蓋臉地暴打,隨後又把劉季芝按倒在床上,撩開她的衣服用電棍電擊乳房。看著電出的火花,何連說:「真好玩!真好玩!……」這時屋裡另一個警察王增軍惡狠狠地說:「揍她,使勁揍她!」

當何雪健企圖強姦劉季芝時,劉季芝在拚命掙扎中說:「不要幹這種事!你是警察,不要犯罪,傷天害理呀!你是年輕小夥子,求求你放過我老太婆。」何雪健置若罔聞,只顧瘋狂地對劉進行強暴。過程中何

還不斷狠命地抽打劉的臉與狠掐脖子。警察何雪健在強暴了與其母親一般年齡的劉季芝後，獸性未盡，又強暴了韓玉芝。整個過程警察王增軍一直在場，卻沒有任何制止施暴的舉動。之後，兩位受害人被強迫拖地、幹雜務，直到她們的家屬分別被勒索 3000 元後才得以回家。3000 元相當於當地一個農民整整一年的收入。

然而，災難遠遠沒有結束。為了掩蓋事實，河北涿州市東城坊鎮惡黨政法委書記宋小彬、綜制辦柴玉喬、西疃村惡黨支書楊順，跟蹤、恐嚇受害人家屬，並對西疃村所有的法輪功學員進行監控。東城坊鎮還開了一次全鎮書記、村長擴大會議。會上傳達了河北省公安廳懸賞 10 萬元尋捕兩名受害人，企圖推翻此案，還要對受害人再罰款 4000 元，然後送勞教。

何雪健行惡時，正值聯合國酷刑專員在中國考察，但中共官方一直隱瞞此事，包庇作惡警察。不過這世界有個理「人不治，天治」，後來何雪健患上了陰莖癌，醫生將其幹壞事用的陰莖和睪丸全都切除乾淨，何整個身體就像太監一樣，不男不女，喉結退化，聲音尖細，蹲著撒尿，他不但要吃男性激素，還要忍受癌症和治療的痛苦。村民說，這僅僅是惡報的第一步。

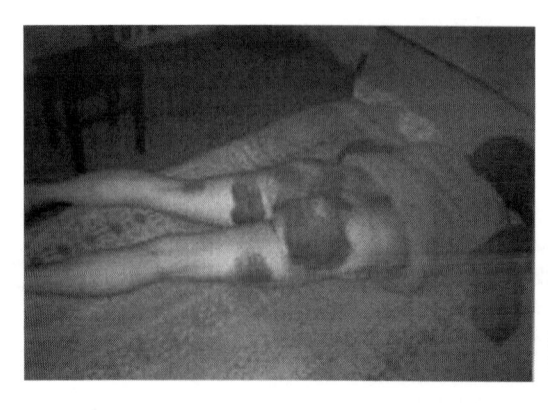

法輪功學員劉季芝慘遭毒打並姦污，臀部、腿部多處外傷。（明慧網）

18名女性被脫光投入男牢房遭強姦

據海外人權組織報導，2000年10月，中共前政法委書記羅幹在馬三家勞教所蹲點之際，馬三家勞教所的惡警將18位女法輪功學員扒光衣服投入男牢房，任其強姦，導致至少五人死亡、七人精神失常、餘者致殘。此事件在國際媒體曝光後引起震驚。

許多女學員告訴親人：「你們想像不到這裡的凶殘，邪惡……」其中一個年輕的未婚姑娘被強姦懷孕，目前孩子已經十多歲了，還有被摧殘的女學員至今仍處在精神失常的狀態中。

遼寧本溪的法輪功學員信素華曾被綁架到這所邪惡的馬三家勞教所二所迫害，她在揭露馬三家勞教所的罪惡時，這樣寫道：「惡警強姦女法輪功學員，狠狠地踹陰部，用三把牙刷綁在一起，刷毛沖外，在裡來回刷，電棍放入裡面電等。」

2001年2月聯合國人權委員會在婦女酷刑特別調查報告中指出：中共前政法委書記羅幹了解2000年10月在馬三家勞教所將18名女學員扒光投入男室的行徑。此期間，正是薄熙來進入遼寧省委時期。

王雲潔被電擊致乳房潰爛後去世

王雲潔，40歲，遼寧省大連市法輪功學員，2002年6月4日被綁架到馬三家勞教所，遭大隊長王曉峰、石宇、任洪讚等警察酷刑虐待。她被關到水房、三角倉庫、地下室共將近四個月。王雲潔被捆綁在固定物上、被罰蹲著、蹶著、罰站軍姿、被電擊導致乳房潰爛、被毒打、暴曬、吊背銬、被強制做高度超負荷的勞動。

2003年11月，馬三家所方以為被折磨到不行的王雲潔只能活兩個

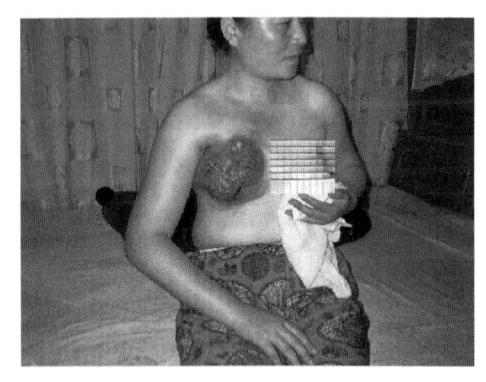

月了，便匆匆令王家人接回。回家後，因身體在勞教所嚴重受損，電棍電擊導致乳房潰爛，越來越嚴重。王雲潔於 2006 年 7 月含冤去世。

王雲潔在馬三家勞教所被電擊導致乳房潰爛，於 2006 年 7 月含冤去世。（大紀元資料室）

印度強姦案與大陸警察惡行的區別

2012 年底的印度強姦案讓印度蒙羞，不過，如果能把中共警察性摧殘法輪功學員的事實公布於世，人們的震驚會更加劇。印度強姦案與中共對男性法輪功學員的性迫害，都是人性的罪惡，但是在這些悲劇的背後，人們還是看到諸多不同。

最大的不同在於，印度的強姦犯是社會流氓人群，街頭混混，而中國施加性迫害的卻是「堂而皇之」的國家執法人員，迫害完了還可以領取薪水，手段越殘酷，越能多得獎金，多得到升遷。中共實施的性摧殘是「610」指揮之下在各個勞教所、監獄普遍存在的全國性行動。這種級別和規模的邪惡淫蕩的魔鬼行為是任何國家的街頭混混們根本無法想像得到的。

有評論說，如果說強姦犯是出於獸性的本能，那麼十多年來，那些在勞教所、監獄、洗腦班裡，用 30 萬伏電棍去電擊一個男人的生殖器，是出於什麼樣的本能呢？作為一個人，根本不存在這樣的本能。這是中共激發出人性中最惡的一面，並無窮放大之後的魔鬼行為。把人變成

鬼，這是中共這個地地道道的最大邪教最害人之處。這般魔鬼的存在，被危害的就不僅僅是法輪功學員了。

酷刑從法輪功蔓延到全體中國人

由於江澤民對專門鎮壓法輪功的政法委和「610」辦公室給予了「法外授權」、「作惡授權」的權力，導致大陸「公、檢、法、司」徹底墮落。不過，中共政法委的惡行並不會只侷限在對待法輪功身上，而是很快蔓延擴散到對待所有中國人身上。

2008年2月，人權律師高智晟寫的文章〈黑夜 黑套頭 黑綁架〉在網路上發表，文章首次披露了高律師被中共警察非法綁架後遭受的酷刑折磨，其中包括用電棍電擊生殖器、將牙籤捅進生殖器的性摧殘。中共的特警在不間斷地酷刑折磨高智晟三天兩夜後猖狂叫囂：「對法輪功酷刑折磨，不錯，一點都不假，我們對付你的這12套就從法輪功那兒練過來的。」並要求高智晟說說「搞女人的事」，「說沒有不行，說少了不行，說的不詳細也不行，說得越詳細越好」，並無恥地宣稱「幾位大爺就好這個」。同時，對維權人士的打壓，比如郭飛雄，中共也照樣採用了電擊生殖器的酷刑。

在中共歷史上，從「肅AB團」到張志新，從法輪功到高智晟、郭飛雄，中共的流氓本性從來沒有改變過，不管是對婦女、對男子，不管是對平民、對律師，不管是對異議人士還是對黨內人員，中共從來沒有猶豫過、手軟過。連中共自己都沒有個殺人的標準，它要殺誰，只要它想殺的，它就會凶相畢露，毫無人性地摧殘人的肉體和靈魂。

第三節

江澤民下令用藥物「轉化」

2013年1月7日，中共政法委書記孟建柱公布將在2013年內停止勞教，不過當天這個消息就被官方刪除。阻止廢除勞教制度的就是江澤民派系，因為過去13年中，江派違背中國基本憲法，在大陸勞教所直接製造了無數慘絕人寰的冤假錯案，人類歷史上罕見的各種酷刑被中共變本加厲地大規模公開使用，其中之一就是藥物摧殘。

聯合國人權組織證實，中共利用藥物和精神病院，折磨摧殘大批法輪功學員，幾乎每家精神病院都參與了這場罪惡，而這個命令來自江澤民一手操縱的專門成立來迫害法輪功的「610」辦公室。

據明慧網報導，中共使用藥物控制人的大腦，讓人做出在清醒時不可能做出的事，或者是利用藥物破壞人的中樞神經，從而使人體器官出現大面積的紊亂和傷殘，使用這種方式造成很多法輪功學員傷殘、甚至致死。

這種殘暴行徑暴露出中共殘害人類的罪惡本質。當年希特勒只擁

有幾個人體試驗室，日本 731 部隊的細菌試驗室也只有那麼幾個，而在中共治下，幾乎所有精神病院都參與到對正常人的藥物精神摧殘的罪行中，因為這是「上級」的命令。當年希特勒法西斯和日本侵略者搞的人體實驗受到全世界的強烈譴責，如今中共拿法輪功學員作為實驗標本，或利用藥物充當酷刑手段的罪惡，必將再次在全球範圍內激起正義與邪惡的較量。

中共使用藥物系統摧殘法輪功學員的做法，直接源自於中共江澤民集團對法輪功迫害的滅絕性手段：「名譽上搞臭、經濟上搞垮、肉體上消滅。」中共在使用藥物對法輪功學員進行摧殘上有具體的犯罪指令和要求。

如明慧網文章〈兩件血衣與一份機密文件〉中披露了一份中共司法部的文件，保密級別是「機密」，發文時間是「2001 年 11 月 24 日」，文件標題是〈范方平同志在全國勞教系統教育轉化攻堅戰工作座談會上的講話〉，范方平當時是中共司法部的副部長，大陸監獄、勞教所等迫害法輪功學員的場所都歸司法部管轄。此份文件中在提到對法輪功學員實施迫害時明確寫有「還必須採取藥物治療的方法」等字樣。

中共喉舌中新社曾在 2002 年發表文章，藉所謂「專家」之名肆意詆毀法輪功，為中共對法輪功學員進行惡意的藥物「治療」提供所謂「科學」的依據，就像北京教授孫東東所謂「訪民 90％ 以上都有精神病」的瞎說一樣。

被中共藥物摧殘的法輪功學員至少成千上萬。據原江蘇省無錫市某國營企業政保科長梁愛英女士回憶，1999 年 12 月 17 日她至北京上訪，24 日在天安門廣場被無錫北塘公安張曉鳴等人非法抓捕回無錫，關押在無錫惠龍派出所三天，後又被非法關押到無錫市精神病院（無錫市第七人民醫院）三病區共三個半月。因不配合吃藥，她被綁在病床上強行

灌食。灌藥後心裡異常煩躁，全身顫抖不停，痛苦難忍。因堅持煉功她還被強制打毒針，劑量比真正的精神病人大一倍，針一打完她就立即昏倒了。醒來後曾聽醫院小護士問醫生：「她們沒有病，為啥要吃藥？」醫生回答：「是公安局關照的，不要多嘴。」

據公安部內情消息透露，大陸公安局與精神病院之間有內部協議，公安部會把「酷刑無力征服」的人送到精神病院接受所謂的「治療」，經費由公安部直接劃撥，由於有這層金錢關係，精神病院都會主動積極聽命於公安。

中共採用的藥物迫害種類繁多，如在湖北省沙洋范家台監獄就有酊劑、膠劑、粉劑，還有噴霧的殺蟲劑類和有硫化物之類的化學藥劑；還有針尖樣的黑色顆粒、白色顆粒；帶有病源的生物製劑等，也有專門破壞人體的五臟六腑各種器官的藥物。法輪功學員服用後會出現各種病狀，最典型的是使人出現心臟衰竭、腎衰竭、腦血栓症狀，破壞人的神經系統、排泄系統、消化系統，使人出現皮膚病等等。

人們按照藥物的作用效果分類為：迷藥、春藥、「降壓藥」或「升壓藥」、「管心臟的藥」、「健忘藥」、海洛因、冬眠靈、「廢功藥」、「轉化針」等。在貴州都勻監獄，法輪功學員被關禁閉，飯菜全由犯人操作，於是警察命令把肺結核病犯吐的痰，拌在飯菜裡讓法輪功學員吃，結果至少導致五位法輪功學員宋彬彬、王壽貴、周順志、胡大禮、楊秀敏被傳染上了肺結核，這就是所謂的「細菌療法」。

因為被藥物摧殘的法輪功學員成千上萬，下面只舉兩個明慧網上的案例。

清華女學子被注射毒針致瘋

柳志梅，清華大學化學工程系 97 級學生。2001 年 3 月，由於堅持修煉法輪功而遭學校開除，隨後在北京被惡警綁架、非法判刑 12 年，轉至山東省女子監獄繼續迫害，曾一度被迫害致精神失常。2008 年 11 月臨出獄前，遭到獄方注射毒針。回家後第三天，藥力開始發作，柳志梅突然精神失常，並且一天重似一天，開始胡言亂語，手舞足蹈，語無倫次，失去了記憶。目前柳志梅已出獄一年多，仍未好轉。

受迫害前的清大女學生柳志梅。（明慧網）

據明慧資料，1999 年中共開始迫害法輪功以後，柳志梅和許多清華學生中的大法學員一樣被休學，被送回家鄉山東、施加種種壓力，要求寫「悔過書」，要求寫所謂的「揭批」材料。柳志梅頂住了學校和家裡的壓力，堅持自己的思想自由和信仰。2000 年年初，她回到北京，和幾位清華大學的法輪工學員一起開始向世人講真相。當時北京大興縣非法關押了許多法輪功弟子，柳志梅便和許多功友一起冒著自己被關押的危險去要求釋放這些無辜的人們。

據知情者透露，柳志梅初到監獄時，眉清目秀，高挑的身材，苗條美麗。七年的監獄折磨和非人的虐待，使她面容憔悴，走路蹣跚，兩腿

分不開。以前的苗條不再有，反而像生過孩子的女人一般體態臃腫。她的月經也極不正常，三、五天一次，發黑發臭，染在衣褲上不易洗掉。她的臀部以下到腳腕的皮膚全是一片紫黑色。親友們擔心柳志梅在監獄曾遭受性傷害。

柳志梅的母親在得知女兒被判刑 12 年時，備受刺激，於 2007 年癱瘓（曾有消息稱柳母也瘋了，屬誤傳）。這位可憐的母親終於盼到了女兒出獄，卻眼睜睜地看著孩子數日間變成了瘋傻。柳母再也無法承受這巨大的打擊，於三個多月後淒慘離世，年僅 62 歲。

柳志梅出生在山東省萊陽市團旺鎮三青村一戶普通的農家。她自幼聰明過人，學習成績十分優異。親友回憶道，柳志梅從小學到高中，只是平時看看書，成績卻很好。1997 年，在一次選拔測試後，17 歲的柳志梅以「山東省第一」的成績被保送北京清華大學化學工程系就讀。

來到美麗的清華園，柳志梅不僅躋身中國一流的高等學府，更接觸到了能使生命返本歸真的修煉方法——法輪大法「真・善・忍」（詳見第 363 頁附錄二：法輪大法簡介）。

法輪大法由李洪志先生於 1992 年傳出，不僅顯著改善了學煉者的健康，更因其博大精深的法理帶動人們道德的昇華而迅速傳遍神州大地，短短七年間吸引了上億人修煉。至 1999 年 7 月，僅清華大學已有近千人習煉法輪大法。對於不願隨著物慾橫流的濁世共同道德下滑的人來說，能得到法輪大法的洗滌無疑是驚喜和幸運。

柳志梅分外珍惜這雙重的幸運，她一面努力讀書，一面勤奮修煉，在清華大學的小樹林煉功點上，她總是一早就來煉功。當時煉功點上學功的人很多，她總是認真細緻地幫助新學的人糾正煉功動作。她平時嚴格按照大法的要求做人，一位清華校友回憶當時的柳志梅是「一個非常純真善良的小姑娘」。一位功友說，柳志梅為人謙虛，從不顯耀自己，

純真卻又很有主見。

到 1999 年 7 月，江氏集團開始迫害法輪功，這時的柳志梅還未讀完大二，學校強逼柳家父母來北京將她帶回家。9 月，校方不予她註冊，之後強令休學並且不出示任何書面證明。在歷經數次被抓、被打及短暫關押後，柳志梅堅持信仰不妥協，2001 年 3 月被學校開除。在此前後，為了生計，柳志梅一度回到家鄉，在一個遊戲廳打工維持生活。

2000 年初，柳志梅回到北京，和幾個清華大學的法輪功學員一起，向世人講述法輪功被迫害的真相。2001 年 5 月，柳志梅在北京海澱區的租住屋內被綁架，輾轉被劫持到幾個看守所，後來被非法拘禁在北京市公安局七處看守所，柳志梅頭被打變形，胸部被打傷，多個指甲被摧殘掉。

被非法關押在北京豐台看守所期間，柳志梅經受了殘忍的酷刑。惡警把椅子的一個腿放在柳志梅腳面上，然後坐上去用力拈，用物品打她的腿，致使柳志梅兩個月後仍一瘸一拐的。

更令人髮指的是，幾個彪形大漢把柳志梅吊起來折磨，一個惡警說：「妳再不說（指出賣同修），我就把妳衣服扒光。」柳志梅當時年僅 20，她哭著對惡警說：「論年紀你們和我父親差不多，我應該叫你們叔叔，求你們千萬別這樣……」

柳志梅被轉到北京七處看守所後，在一次提審時，被惡警蒙住雙眼押到一個祕密地點，關進一個長兩米、寬一米的狹小、封閉的牢房，開始了長達兩個月的折磨。

在一年多的輾轉關押期間，柳志梅樂觀而堅強。她教牢房裡的其他人背《洪吟》，講做人的道理。在自己的日用品非常少的情況下，看到其他人缺少日用品，毫不猶豫地拿出自己的東西送給別人。她的堅強、善良像冬日裡的陽光，給同在黑牢中的人們傳送著絲絲溫暖。

2002 年 11 月，22 歲的柳志梅被扣上十幾項罪名，經北京海澱區中共偽法院非法判刑 12 年，轉至山東女子監獄（位於濟南）繼續迫害。柳志梅長期不配合洗腦「轉化」。清華大學的惡徒，包括她的大學教師，來到監獄，以「復學」為誘餌，欺騙她說，只要她「轉化」（放棄信仰）就可以保留她的學籍，並在監獄飯店請柳志梅吃了一頓飯。在巨大壓力下，柳志梅違心「轉化」，並充當了為虎作倀的「幫教」。之後，柳志梅就一門心思複習功課，然而三年過去了，再也沒有她復學的消息，柳志梅知道上當受騙了，精神受到很大刺激，沉默寡言。

大約 2003 年時，柳志梅的精神出現異常，從監獄教育科裡經常傳出柳志梅的哭喊聲：「我沒有病！我不打針！我不吃藥！」

山東省女子監獄的獄警鄧濟霞，女，40 多歲，副科級。從 2002 年底直到 2008 年柳志梅出獄前，鄧濟霞常帶著柳志梅去監獄裡小醫院由犯人給打針，幾乎天天打，理由是精神病，每天打三針，約 50ml。

柳志梅曾自述，所注射的部分藥物有：氯氮平、舒必利、丙戊酸鈉、沙丁丙醇、氟丁乙醇、氟沙丙醇、沙丁乙醇等。柳志梅曾告訴人打針後嗓子發乾、大腦難受、視覺模糊、出現幻覺、大小便解不下來。

有目擊者稱，2005 年 3 月 8 日，柳志梅在監獄接見室裡兩手搭在她哥嫂的肩上，腦袋耷拉著，頭歪向一邊，有氣無力，站立不穩。

2005 年的 10 月到 11 月間，獄方打電話告知柳家，說柳志梅病了，就像腦神經受損，但不要家人去探望。第二天，柳志梅的父親前去監獄要求保外就醫，被獄方以「政治犯」為由拒絕。

2008 年 10 月，山東省女子監獄打電話通知柳父說，11 月 13 日去接柳志梅回家。11 月 13 日下午兩點多，柳父把柳志梅接出監獄。在火車上，柳志梅告訴父親，臨出來前三天檢查身體，檢查結果說她後牙上有個洞，要去打針，說一個洞眼打一針，花了近 600 元，後來沒要錢，

免費給打了針。

剛到家的前兩天，柳志梅看起來還算正常。到第三天，柳志梅突然出現精神異常，並且一天重似一天。柳志梅顯得躁動不安，開始胡言亂語，手舞足蹈，胳膊做出跑步的姿勢不停的來回抽動，整夜不睡覺，有時一天只睡兩個小時。

柳志梅很快就失去了記憶，甚至說不清自己的年齡，說話語無倫次，一句話往往重複三遍。而且大量飲水，每天要喝六、七暖瓶的水，小便尿在被褥上也不知道，睡在尿濕的被褥上也無知無覺。親友們一致認為是臨出獄前所打的毒針藥力發作的緣故。據親友稱，經觀察柳志梅牙齒上並沒有洞，親友們認為監獄所稱的「洞」只是為了注射毒針找的藉口而已。

柳志梅左手中指已殘疾，骨節粗大，嚴重彎曲變形，無法伸直。據業內人士分析，可能是柳志梅遭受長期注射毒針所致。一天，已不記得自己年齡的柳志梅在牆上寫下了四個字——清華大學。

慢慢爛掉脫落的女人右腳讓人顫抖

黑龍江省鶴崗市境內新華農場 60 多歲的宋慧蘭，2010 年 12 月遭佳木斯市樺川縣橫頭山派出所警察綁架後，被劫持到湯原縣看守所，期間被打毒針，致使大腦反應遲鈍，身體不聽使喚，更為恐怖的是她的右腿變焦黑、潰爛、壞死，三個月不到整個右腳爛得已完全脫落，成終身殘疾。宋慧蘭的姐姐一直在為她申冤告狀，但各政府部門互相推諉。

宋慧蘭曾身患多種頑疾，患有乙型肝炎、腎盂腎炎、腎結石、子宮肌瘤經常流血、風濕性關節炎等疾病，身體弱不禁風。1997 年修煉法輪功後，身體上所罹患的疾病不翼而飛。而且她還是個急脾氣，與丈夫

的性格不合，經常吵架，嚴重時還動手。她的姐姐表示，自宋慧蘭修煉法輪功後，性格也變得隨和了，能處處為他人著想，家裡少了往日的爭吵，變得祥和寧靜了。

然而，自1999年中共迫害法輪功後，宋慧蘭因堅持信仰曾被多次綁架。

2002年3月，宋慧蘭遭新華農場公安局國保大隊李勇綁架，在拘留所非法關押15天。4月19日，警察李勇將她騙到單位綁架，並非法勞教三年。

2010年7月1日，宋慧蘭被湯原縣吉祥派出所警察綁架。宋慧蘭以絕食抗議抵制迫害長達18天，直至她生命垂危，中共當局才通知家人來接宋慧蘭，當她被抬出來時已奄奄一息。

同年12月13日，宋慧蘭和其他法輪功學員共四人再次被綁架並劫持到樺川縣看守所。

2010年12月30日，在車化零下?、30度的嚴寒中，宋慧蘭被劫持到湯原縣看守所。

湯原縣看守所所長閆勇對宋慧蘭說：「宋慧蘭，妳又回來了，妳還想像上次那樣絕食出去，妳死了這份心吧，沒門。」

晚上，宋慧蘭被迫睡在冰冷的地鋪上，只有薄薄的被褥，每晚都被凍得瑟瑟發抖，後半夜，她常常抽搐，心臟異常的難受，呼吸困難，身體劇烈疼痛。在這樣惡劣的環境中，宋慧蘭子宮脫垂，鮮紅的肉垂下來，夾在兩腿之間，非常痛苦。

2011年2月23日，湯原縣看守所所長閆勇、李管教、穆占國、姜繼武、楊麗等人，凶狠地將宋慧蘭按在鋪上，使其動彈不得，並給宋慧蘭戴上手銬，強行、快速點滴一瓶不明藥物。隨即宋慧蘭難受得滿地打滾，連話都不能說，生不如死。所長喬雲亭看宋慧蘭被折磨得不行了，

還威脅說：「給妳銬地環！」

宋慧蘭被注射不明藥物後，膝蓋以下全部失去知覺，身體發硬、僵直，不能行走，吃一口飯，馬上就排泄出去，大小便失禁，身體越來越衰弱。她的大腦反應變得遲鈍，記憶斷斷續續，舌頭發硬，身體不聽使喚。

2月28日後半夜，宋慧蘭心臟異常難受，她承受不住就喊管教警察穆占國。穆占國說：「宋慧蘭，不用妳裝，就是妳死，也給妳拖監獄去。」

第二天早上（3月1日），獄醫張儉紅上班後看到宋慧蘭的右腿說：「這條腿廢了。」當時宋慧蘭的右腿起了大紫泡。

當天上午，湯原縣看守所警察把宋慧蘭帶到兩個醫院檢查，醫生一看腿上都是大紫泡，就說：「人都這樣了，趕緊去佳木斯治，我們治不了。」湯原縣看守所怕宋慧蘭死在看守所，當天下午就打電話要求家屬接人。當看守所裡的刑事犯把已奄奄一息宋慧蘭抱出來時，她整個人是僵直的狀態，神智不清。

宋慧蘭右腿變焦黑、潰爛、壞死，三個月不到整個右腳爛得已完全脫落，成終身殘疾。（明慧網）

宋慧蘭回家後，身體僵直、眼神發呆、不會說話，手、腿直挺挺地，不能回彎，像木頭人一樣，沒有任何反應和知覺，右腿以下，腳面、腳趾全部壞死，呈黑色，淌血水，摸上去硬邦邦的，像鐵板一樣，一敲砰砰響。她的腿一天比一天惡化，越來越黑，越來越硬。一動彈，順著腿淌血水。

家人於第二天、第三天連續帶宋慧蘭到佳木斯市的兩大醫院診治，大夫看過之後都不收留，告之：「已無治療價值，只能截肢，還有生命危險。」家人悲傷痛苦、氣憤至極，回頭找湯原縣看守所質問：「你們用什麼藥把她害成這樣？」所長喬雲亭說：「沒用啥藥，就管心臟的。」負責紀檢、姓藍的書記說：「人那樣了，你為什麼還接走，第二天咋不送回來呢？」並且百般威脅、敷衍家屬，開脫罪責。

宋慧蘭的女兒和她姐姐只好日夜守護著宋慧蘭，宋慧蘭不僅僅是腿疼痛，心臟還異常難受，五分鐘都躺不下。她女兒和她姐姐輪流將她抱在懷中，生怕她就這樣離去。她的姐姐說：「看到她分分秒秒在巨大的痛苦中煎熬，我的心都碎了，淚水不知流了多少。」

5月25日，宋慧蘭的右腳掉下來了。看著被迫害致殘的妹妹，宋慧蘭的姐姐欲哭無淚，心如刀絞。

宋慧蘭的姐姐為妹妹控告了湯原縣看守所、檢察院，同時也控告了樺川縣看守所。控告到了樺川檢察院後，她去取調查結果。樺川縣檢察院賈少先說：「必須拿身分證，否則不給辦理。」

但同是法輪功學員的宋慧蘭的姐姐第一代身分證早在1999年7月20日之後就被當地派出所搜去了。在辦第二代身分證時，就因為她是法輪功學員，橫頭川鎮派出所就是不給她辦身分證，聲稱是上頭規定，但是又拿不出文件來。

之後宋慧蘭姐姐去找到湯原縣看守所，所長喬雲亭心虛，威脅她

們，想開脫罪責。她又找到湯原縣檢察院監所科閆顯德，要求立案，閆說：政法委插手這事，他沒權去調查。緊接著，她去「610」政法委，「610」的人稱他們是行政單位，不是偵查部門，讓宋慧蘭姐姐還是去監所科。中共官員就這樣互相推諉，不給解決問題。

一次家屬到湯原公安局找相關主管，被門衛攔住。之後家屬拿出宋慧蘭爛腳的照片讓門衛看，此期間還有來辦事的人一同觀看了照片，他們都非常震驚，有個女警察看過後，驚恐地邊上樓邊擺手，門衛此時也緩和了態度。宋慧蘭的女兒對在門衛坐的人說：「如果是你的親人弄成這樣，你能這個態度嗎？」這時誰也不吱聲。最後家屬還是沒有見到相關官員。

這期間，宋慧蘭的姐姐也找到了湯原縣人大信訪辦和婦聯、紀檢等，但對方都沒有明確答覆，他們都說他們不是辦事單位，只能給她往上反映，不能解決問題。

宋慧蘭姐姐又去佳市檢察院，控申科的一位華姓女士接待他們，回覆說這事歸湯原管，他們不管，要找湯原。

宋慧蘭的姐姐又將控告信遞交給樺川縣的政法委、婦聯、人大，消息如石沉大海，得不到任何的回覆。雖然申冤的路如此艱難，阻力重重，但是宋慧蘭姐姐表示，一定不會讓行凶者逍遙法外。

第四節

劉雲山的蠢招

誰也沒想到僅僅在 2013 年元旦後的一周之內，剛剛擠進政治局常委的劉雲山就在《南方周末》事件上連失大算，蠢招迭出，搞得自己更加臭名昭著。

《南方周末》為了支持習近平「憲法治國」講話，把新年致詞定位為「中國夢 憲政夢」，而劉雲山安排的廣東省委宣傳部長庹震卻給刪除了，把習近平做夢的權利都剝奪了。如果說這是「一坨屎」不識時務的愚蠢之舉，接下來中宣部想藉《環球時報》來強姦大陸官方媒體的精神暴力，就是劉雲山的蠢招。

劉以為，2012 年一年內中宣部就槍斃了《南方周末》1034 篇文章，這次再強暴一回，《南周》也只能忍氣吞聲的承受。哪知現在是世界末日之後的瑪雅新紀元了，人們好像一下膽氣足了，不光是《南周》人罷工，大陸很多媒體都抗命，還有民眾聚集在一起喊口號，最後逼得中宣部撕破老臉，親自上門督陣。劉雲山的第一大失算就是沒想到網路中國

已經具有「茉莉花開」的土壤和膽氣了。

　　回頭再說習近平。雖然剛從胡錦濤手上接過中共總書記的權杖不足兩月，但他那種「該出手時就出手呀，風風火火闖九州」的性格，加上新官上任想爭取民意的想法，面對「做夢」攔路虎，在國際媒體聚焦下，習近平被逼急了，也亮出了殺手鐧：要拿江派的勞教所開刀祭旗。

　　不得不承認，這次習近平打中了江派的「七寸」，因為勞教所正是江澤民、周永康之流最怕人觸及的地方，是違背憲法最公開、最惡毒的地方，是癌細胞最密集的地方。不少民運朋友表示，這回《新紀元》怎麼又預測準了？習近平不提什麼財產公開或民主自由，開盤就拿訪民黑監獄、勞教所開刀，看來法輪功問題真的是中國最核心的問題，真的是江胡鬥以及江習鬥的核心所在。

　　的確如此。封殺政法委書記孟建柱廢除勞教制的講話，可以說是劉雲山的第二大蠢招。有人說，既然習近平已就廢除勞教所做了一系列布署和鋪墊，為何劉雲山膽敢控制新華社、央視讓孟建柱「消聲」呢？為何劉雲山要如此頂撞習近平呢？這就叫「人在江胡，身不由己」，上了江澤民的賊船，拿了維穩辦的黑錢，劉雲山就得為江澤民衝鋒陷陣當炮灰。「南周事件」有個最可憐的人物就是《南周》總編黃燦。他一開始就在迎合上級與平衡《南周》編輯原則之間周旋，幾天幾夜沒睡覺地改稿。等庹震臭名遠揚之後，黃燦為了保位，竟然公開替「一坨屎」背黑鍋，說稿子不是庹震改的。這種兩頭不是人的說假話方式，結果真把自己的官位弄丟了，還落得眾人恥笑。看來「守住良知」才是最好的「明哲保身」。

習近平對江澤民亮殺手鐧

第十章

國際通牒：逮捕江澤民

2002 年是江最為恐懼的一年，因為其在美國芝加哥出訪時被法輪功學員以「群體滅絕罪」起訴上了法庭。一場二戰以來全球最大規模的起訴人權迫害的法律抗爭運動從此拉開了序幕。

（AFP）

習近平對江澤民亮殺手鐧

第一節

高層流傳一則「江辦」笑話

　　1999 年 7 月，嫉妒心極強的江澤民不顧政治局其他常委的反對，一意孤行地在全國開始了對追求「真、善、忍」的法輪功的全面鎮壓。然而，三個月過去了，一年過去了，兩年過去了，三年過去了，動用了所有暴政機器和巨大的國家財政且逐步升級的鎮壓，不僅沒有將法輪功打垮，而且引發了世界各地法輪功學員的公開抗議，特別是江每次出國訪問都遭到法輪功如影相隨的抗議，這讓江恐懼萬分。

　　2002 年是江最為恐懼的一年，因為其竟然在美國芝加哥出訪時被法輪功學員以「群體滅絕罪」起訴上了法庭。一場二戰以來全球最大規模的起訴人權迫害的法律抗爭運動拉開了序幕。

　　由於起訴江澤民是民事案件，因此必須要把傳票送達至被告。但江在出訪芝加哥期間，不僅保安措施嚴密，而且行程非常保密，甚至即便知道車隊行走路線，沿途周圍也被安全人員圍得裡三層外三層，送傳票成為一件相當棘手的事情。

第十章 國際通牒：逮捕江澤民

　　2002年10月21日，伊州法庭簽發法庭命令，如果傳票直接送給江本人很危險或不可能，在江逗留芝加哥期間，傳票送達負責江保安工作的中美保安人員即可。但即使這樣，遞送傳票仍然面臨很大困難。因為保安人員根本就不讓任何人接近他們，更不願意在現場收下任何東西，對於法庭傳票這樣敏感的事情，阻礙就更不用提了。

　　10月22日，七名傳票遞送者和訴江案主控律師泰瑞・瑪什在私家偵探公司討論了近一個小時，想出了各種可能的送遞方法。當日下午四點左右，送狀人鮑勃衝破重重難關，歷經中共保安的阻撓威脅和美方警察的壓力，最後成功地在酒店外把傳票交給了正在執勤的18區警察局局長格瑞芬。根據法令，格瑞芬局長是可以替代江和610辦公室接受傳票的保安之一。也就是說，依法傳票視為送達，起訴程序取得了成功。

　　當江澤民得知法輪功起訴自己的法院傳票已經送達時，一屁股癱坐在沙發上開始哆嗦，之後將芝加哥總領事魏瑞興罵了一頓。在江回國後不久，魏瑞興就被免去總領事職位，調回了中國。

　　在芝加哥吃上了官司的江本想馬上打道回府，但又覺得這樣回國實在丟人，最終硬著頭皮去了拚命求來的布什克勞福德農場之行，沿途自然又看到了數千名法輪功學員的抗議。

　　據美國媒體報導，江和王冶坪到達布什的農場後，布什夫婦與之握手寒暄，布什還禮貌地擁抱了王。然而，在四人合影後，江卻迫不及待自己往前走，全然不顧行動遲緩的王冶坪和布什夫婦，獨自走進了大門。因王冶坪步履艱難，布什夫婦便迎過去，一左一右扶著她慢慢走。此事在當地被當作笑料。

　　江在布什農場的「作秀」因為被法輪功起訴而成為中共高層的笑柄。江於10月底心情鬱悶地回了國。

　　而為了確保起訴狀送達，起訴江的律師團在其回到北京之後又多次

把法律訴狀掛號寄往中南海。12月13日，一份由法庭書記員簽發的中英文安排開庭時間的通知書，連同一封解釋該通知書的中英文信函，以及訴狀、傳票和准許原告用替代送達方式向被告送達法律文件的法庭令的副本，通過聯邦特快專遞，送交被告江在中國北京中南海的官方辦公室。訴狀最初是由中共外交部接獲。可是這封特快專遞太特殊，外交部既不能說「查無此人、退回原處」，又不能隨便簽收。於是把信直接交給了中南海的「江辦」。「江辦」倒是痛快，黃（T. Huang）姓工作人員大筆一揮就簽了字。

「江辦」的「痛快」簽收成為了中共高層間流傳的笑話，因為這不僅讓中共高層看到了「江辦」的愚蠢，也證實了江鎮壓法輪功的愚蠢。江正在為自己的所為付出代價。而且，從目前的發展態勢看，迫害已難以為繼，江和受其脅迫的中共正在走向無生之門。

第二節

阿根廷判決：逮捕江澤民

2009年12月17日，在遠離中國萬里之遙的南美足球之鄉阿根廷，又一件永載21世紀人類正義史冊的事件誕生了：聯邦法院刑事及懲治庭第九法庭法官拉馬德里德下令，在阿根廷境內和世界範圍，全面逮捕中共前黨魁江澤民和前政法委書記羅幹，押到法庭接受被控犯下「群體滅絕罪」和「酷刑罪」的審判。

2010年1月9日，拉馬德里德在其家族開辦的律師事務所接受了《新紀元》周刊的專訪，細數宣布逮捕江澤民之前，一路專業嚴謹蒐證與論證的過程。

拉馬德里德：「每個法官都會這麼做」

作為第一個作出逮捕江澤民裁決的法官，拉馬德里德說：「能支持正義，我感到欣慰。但我認為法官不應該將這看作有什麼特別的，這就

是正常的法官行為，因為這是他的職責、他的工作。」

這位祭起德謨克利特之劍的拉馬德里德法官，一夜揚名世界。然而，誰又會想到，在當日一早走出家門時，他手提的公事包裡放著一份辭職信。

在阿根廷法律界，當年 40 歲的奧克塔維・阿勞斯・德・拉馬德里德法官是位頗具實力的後起之秀。他出生在阿根廷有名的法官世家，祖父在三位總統（弗朗迪西、圭多和依利亞）執政時，都一直擔任政府法院的院長，做律師的父親也曾擔任 15 年刑事法庭的法官，拉馬德里德的兄弟們都是律師，當他 36 歲時，拉馬德里德就成了阿根廷國家級法院一名年輕的代理法官。

辭職只為堅持做人原則

拉馬德里德法官表示，以前他從不接受媒體採訪，他負責辦理過很多在阿根廷頗具影響力的大案，當事人大多想請他對媒體說幾句，都被他婉言謝絕了。他認為法官最重要的就是秉公執法，至於外界如何評論、法官在社會上的知名度等都是次要的。

對於辭職，拉馬德里德表示既難過又高興。難過的是，他不得不離開喜愛的法官工作，離開和他相處得非常融洽的同事；高興的是，「我不用改變我做人的原則，我不需要妥協，或為了保護職位做我會後悔的事。」據熟悉拉馬德里德的人介紹，他是人中的佼佼者，才智超群且溫和謙虛，正直坦蕩，頗具君子風貌。他說話非常富有感染力，出口成章。審判案子秉公執法、一絲不苟，他起草的很多判決書不但有理有據，而且文筆優美、措辭嚴謹，被許多大學當成教科書來讓學生學習參考。

拉馬德里德出生在阿根廷首都布宜諾斯艾利斯，但是在城外的馬丁

內斯郊區長大。從小學到高中一直就讀於公立學校，大學畢業於阿根廷最好的私立大學——阿根廷天主教大學法律系。「從小我就一直想成為一名法官，也許是家庭環境的薰陶吧，我們家的人都有這個傾向。為此我準備了多年，並一直以此為目標。」大學畢業後拉馬德里德到西班牙學習了一年碩士課程，原本計畫讀完博士，由於阿根廷遭受經濟危機，加上結婚後孩子出生，他就一邊工作一邊讀書，在做了五年的法院祕書後，2005 年被任命為聯邦法院刑事及懲治庭第九法庭的法官。

偶然接受了法輪功案子

2005 年 12 月 12 日，前中共政法委書記及 610 辦公室主任羅幹在阿根廷訪問期間，阿根廷法輪大法學會會長傅麗維委任阿根廷律師亞歷山卓·葛雷摩·考斯（Alejandro Guillermo Cowes）於聯邦刑事及懲治庭第九法庭控告羅幹犯下「群體滅絕罪」和「酷刑罪」。此案被阿根廷聯邦法院受理，並由該庭法官拉馬德里德負責審理。

傅麗維回憶指出，那次羅幹主要是因私出訪，直到出訪前一天新華社才稱羅幹受到阿根廷執政黨的邀請。訪問當天，在中共大使館的強烈要求下，阿根廷副總統才在國會議員宣誓典禮的空檔中，抽了十多分鐘與羅幹見面，隨後羅幹去了阿根廷南部，其行蹤沒有對外公布。人們普遍認為，羅幹此行與其低價購買阿根廷南部富含鈷礦和鐵礦的大山礦區有關，鈷是製作骯髒炸彈、污染力特別強的原子核武器的主要原料。

那天九名法輪功學員到阿根廷國會大廈前發傳單，中共大使館指使 40 多名華人前來干擾，其中有一部分在超市工作的華人，人群並混了流氓、打手及特務。這些華人當著員警的面，暴力毆打和平示威的法輪功學員，在當地民眾中激起很大反響。目前阿根廷全國有一半左右的超

市是由華人開辦的，儘管大使館極力拉攏、控制，經過此事件，目前在許多超市工作的華人已經在疏遠中共大使館。

根據阿根廷法律，聯邦法院的法官按照日期輪流接收案子，周日羅幹抵達阿根廷，周一法輪功學員就把案子上報聯邦法庭，當天輪值的正是拉馬德里德法官。四年後法官回憶起此事時表示：「這一切都很偶然，很多事很巧合地就發生了。」在羅幹到阿根廷的前兩個多月他才到職，不久就接到了法輪功學員的上訴，於是才有了後面的故事。

每個人都應該受司法保護

「可能是受我父親的影響，從小我就喜歡刑事法，總有支持正義的傾向。當然作為孩子，那時我還沒想到人權，我只是喜歡法律，特別是在西班牙讀書時，我開始專注於犯罪學，它包括許多東西，從如何識別個人行為的全部過程到如何才能實現有效的刑事司法系統，以此來保障人們的所有權利，慢慢地我就開始對人權感興趣。」

拉馬德里德在談到為什麼要受理法輪功起訴時說：「根據普世原則，所有文明國家包括中國，因為中國也簽訂了這些條約，都是要在全球範圍內給予人們公正和正義，保障他們有到法庭去申訴自己遭受傷害的權利。由於一些國家沒有讓人民得到公正司法的權利，因此才產生了國際管轄權，所以我們就採用了國際管轄權。那時（2005 年，羅幹訪問阿根廷時）我們在阿根廷有條件逮捕他，我們接受了這個案子。後來因為司法程序的進度問題，沒能趕上在他離開阿根廷之前逮捕他。」

他還強調說：「目前我給出的 146 頁的決議並不是判決書，從技術上講，這是一個法官當面口頭詢問和被告人做辯護解釋的傳喚提告文件。在阿根廷審理一個刑事案件，首先進行案情調查，當積累了足夠的

證據懷疑某人犯了罪,找出這一切罪行的負責人,然後對犯罪嫌疑人提出法庭口頭詢問和解釋的傳喚。假如嫌疑人不在本國,傳喚之後即可發出國際抓捕令,要求世界各國協助將其逮捕拘留,並押送到法庭受審。對嫌疑犯發出逮捕令,這也是為了避免嫌疑犯繼續作惡並逃脫法律制裁的一種普遍採用的必須的司法手段。」

嚴謹專業 公正執法不需特別勇氣

「當我受理(法輪功)投訴案件時,我採用了非常嚴謹的專業技術化態度。很明顯,接受對外國國家官員的投訴,有重大的國際關聯關係,並可能會導致和本國政府的衝突問題。因此我就非常嚴格地遵從阿根廷簽署的條約。我以阿根廷的法律教義為根本,以門尼斯‧阿蘇阿(Jiménez Azúa)和其他阿根廷法律祖先的原則為本,根據這些法理,我認定阿根廷可以對違反國際法的國外罪行提出起訴。

審理過程中,我盡力保持論證的嚴謹性,避免出現差錯傷害任何人。作為法官,我知道自己依法行使權力後所帶來結果的影響力,特別是對國外公職人員的起訴,一定要證據非常充分,一定要清楚知道自己在幹什麼。

阿根廷是個司法獨立的國家,行政、司法、執法三權分立。作為法官,我就是按照法律制定的原則去行事,我也只能這樣做,這並不需要任何特殊的勇氣。一旦你確信你是審慎行事,並確信在專業技術上你的操作正確,就不需要任何特殊的勇氣。當然如果你知難而退,不承擔法官的責任,你就不是法官。」

「為了保證我的審判不失去客觀性,不受個人的道德標準、個人好惡、個人情緒等因素的影響,我總是盡力將司法職能獨立,我多次對考

斯博士（Dr. Alejandro Cowes，原告的律師）說，我們只要中立客觀的資訊，這就是為什麼聯合國的調查報告對我來說最合適，因為它使我保持中立，以便評估我所收集的報告中的資訊與受害人提供的資訊是否一致，或者中立的第三方資訊是否加強了受害者的申報，聯合國的報告恰恰做到了這一點。

當然，當你開始與受害者進行接觸時，當你開始接觸國際大赦等人權組織的報告時，人的同情心被激發出來，這似乎不可避免，尤其是聯合國的報告十分有說服力，沒有人能夠否認這個迫害的殘酷性。我對原告法輪功學員講，請盡量不要與我交談法輪功的信仰，我也不看法輪功的書籍，因為我要在辦案時完全做到中立客觀。現在我不在那個法官位置上了，我就能更多地去了解法輪功了。」

迫害的系統性讓人震驚

為了得到第一手證據，拉馬德里德法官先後親自向19位證人進行了面對面的正規取證，其中有17位證人的案例用在了他起草的146頁決議中，另外兩位是來自加拿大的人權律師大衛‧喬高（David Kilgour）和大衛‧麥塔斯（David Matas），因為他們是獨立調查中共摘取法輪功學員器官的人權律師，不是直接受害者，法官只是聽取他們的意見及經驗，但沒有將其用在決議中，「我們的決議一定是要經得起任何驗證的，我收集的都是當事人確鑿的證據，誰也不可能懷疑或否定的證據，這就確保了我的判決是無懈可擊的。」

由於很多證人是剛從大陸逃到美國的法輪功學員，他們在避難申請過程中無法離開美國，於是拉馬德里德在2008年5月，專程到阿根廷駐紐約的領事館內，正式會見了十位證人，請他們向法庭作出了莊重嚴

肅的證詞。

　　這次取證給拉馬德里德法官留下了深刻印象。「是的，我一直記得證詞中關於他們是如何被剝奪睡眠，如何做奴工、徒手挖土的。他們被迫手工包裝用於出口的一次性免洗衛生筷，但那裡面衛生條件非常差。」「在收集證詞時我強烈感受到這不是個別人的個別行為，這是場系統的迫害，我一直在尋找中共系統迫害法輪功的手法，一個非常清楚明確的程序。在我查閱到 40 至 50 份證詞後，我明白了中國政府對待信仰人士的手段過程了。當員警發現他們（法輪功學員），首先是短暫拘留數天，期間有毆打和關禁閉，這取決於最初接手的員警的態度，但基本上第一階段就是拘留幾天，告訴他們必須停止修煉法輪功。如果他們繼續修煉並且再次被捕，囚禁時間則長得多，並且從來沒經司法程序就進行更長的監禁。然後就是洗腦，並伴以毆打和酷刑來逼迫他們放棄修煉，然後有的被釋放。如果他們第三次被捕，要經歷一種形式，可以說是偽審判，有時這種形式也沒有了，他們就被轉移到拘留中心（勞教所或監獄），有時會有審判文件，被判處三至四年監禁，有的判刑後就失蹤了。

　　我印象深刻的還有大規模示威時法輪功學員如何在北京被抓捕（指 2001 年左右上百萬的法輪功學員到北京上訪），員警如何從中國的所有省份前去北京辨認他們當地的人。在他們（上訪的法輪功學員）被北京系統註冊前就被逮捕了，遣返上火車、汽車或各種運輸工具回到當地。由於中央政府懲罰有多人前往北京抗議的地方官，為了避免這種情況，地方官員提前綁架上訪者，把他們綁架回各省並施加酷刑，以此和中央政府保持良好關係。

　　所有這一切結構，所有這些組織方式最讓我吃驚。雖然我們所談論的事情發生在遙遠的地方，我們沒有看到、沒有接觸到，但有大量的人

在遭受酷刑，如此多的事情發生在他們身上。當你看到這背後有一個體制，一個群體性滅絕機制時，這實在令人震驚。」

一個證人的故事

2008年在紐約阿根廷領事館，拉馬德里德法官對十位親身遭受酷刑折磨的法輪功學員進行了取證，其中一位叫李彬的女學員，於東北財經大學碩士畢業後，在北京某大學教書。1999年9月，因參加在北京召開的法輪大法新聞發布會，向國際媒體揭露法輪功被迫害的真相，被江澤民親自下達「一個都不能放過」的通緝令。不久李彬在廣州被捕。在看守所調遣處，員警和普通犯人曾用兩根高壓電棒專門電擊她的敏感部位，並使她整個後背燒焦，大腦被電得抽搐。

2000年元月，因堅持信仰，她被強制送入吉林省四平精神病院，遭受了非人的迫害，並使她似乎喪失了所有記憶。隨後她又被判處　年勞教，先後被關押在北京東城看守所、北京勞教人員調遣處、北京新安女子勞教所，九死一生才輾轉來到美國。

在向法官陳述當時的迫害場景時，李彬忍不住失聲痛哭，令在場的所有人都動容。只見拉馬德里德法官溫和平靜地問她，是否需要喝口水、休息一下再做證詞。

每個法官都該這樣做

從1999年7月江澤民發動鎮壓法輪功起，迫害持續升級，從2002年10月至2005年4月，陸續有15個國家對江澤民提出刑事告訴，但迫於中共施壓，各國的訴江案進度普遍遲緩。當記者詢問他作為第一個

作出逮捕江澤民這樣裁決的法官其感覺時，拉馬德里德說：「是的，能支持正義，我感到欣慰。但我重複我以前說過的，我認為法官不應該將這看作有什麼特別的，這就是正常的法官行為，因為這是他的職責、他的工作。法官作出裁決不應該是出於自我，或者為了新聞效應。事實上我多年拒絕採訪，因為法官是不應該接受採訪的。這次我收到很多的卡片和感激信，是的，它們使我感到高興，當我看到很多人視此事為新鮮空氣、認為是好事，這使我高興，是這樣的。

我也感到很奇怪，為什麼在十年中如此多的國家針對法輪功受迫害有如此多的訴訟，卻從來沒有向前發展，唯一的答案是，這是人們對『亞洲巨人』的反應，中國與世界各國有很強的經濟利益關係。這是我能想到的唯一的答案，因為客觀地觀察它，這些訴訟被推遲這麼久，真是毫無道理。」

2003年10月在西班牙已提告江澤民群體滅絕罪、酷刑罪，但直到2009年11月西班牙國家法庭才裁定可以缺席判決起訴江澤民、羅幹、薄熙來、賈慶林、吳官正罪名成立，五名被告面臨國際逮捕令及引渡西班牙，並面臨20年以上刑期。拉馬德里德說：「西班牙需要如此長的時間才啟動訴訟，這讓我非常驚訝。」「當我在西班牙學習時，我知道西班牙司法系統的一些成員，他們比阿根廷司法界更加有聲譽並有更多的獨立性。西班牙採用普世管轄原則，處理過對瓜地馬拉和伊拉克的人類罪案件，但在法輪功案件上卻進展緩慢，這真讓我吃驚。

我對西班牙感到吃驚的是，起初對法輪功案他們沒有採用普世管轄原則，雖然他們本國法律已經有這一條文，直到後來西班牙憲法法院才採用了這一原則。西班牙最高法院還拒絕過這一起訴要求，那裡有大人物，我和他們相比微不足道。他們為什麼拒絕該案呢？顯然不是因為他們不熟悉普世司法原則，我不知道為什麼？」

全球訴江案一覽表

案件種類	被告江澤民罪名	國家	提告時間
刑事訴訟	群體滅絕罪、酷刑罪、反人類罪	比利時	2003年8月
	群體滅絕罪、酷刑罪	西班牙	2003年10月
	群體滅絕罪	台灣	2003年11月
	群體滅絕罪、反人類罪、酷刑罪	德國	2003年11月
	群體滅絕罪	南韓	2003年12月
	群體滅絕罪、酷刑罪、反人類罪	加拿大	2004年3、11月
	酷刑罪	希臘	2004年8月
	群體滅絕罪、酷刑罪、反人類罪	澳洲	2004年9月
	群體滅絕罪、酷刑罪	坡利維亞	2004年11月
	群體滅絕罪、酷刑罪	智利	2004年11月
	群體滅絕罪、酷刑罪	荷蘭	2004年12月
	群體滅絕罪、反人類罪	祕魯	2005年1月
	殺人罪、酷刑罪	瑞典	2005年6月
	群體滅絕罪、酷刑罪	阿根廷	2005年12月

第十章 國際通牒：逮捕江澤民

案件種類	被告江澤民罪名	國家	提告時間
民事訴訟	群體滅絕、酷刑、反人類罪	美國	2002 年 10 月
	群體滅絕、酷刑	紐西蘭	2004 年 10 月
	群體滅絕、酷刑、反人類罪	加拿大	2004 年 11 月
	群體滅絕、酷刑	日本	2005 年 4 月
	酷刑、濫權	香港	2007 年 6 月

聯合國人權組織、歐洲人權法庭及國際刑事法庭之控訴

機構名稱	被申訴者	時間
聯合國酷刑委員會	江澤民、曾慶紅、610 辦公室	2002 年 10 月
國際刑事法庭	江澤民、曾慶紅、610 辦公室	2002 年 10 月
歐洲人權法庭	江澤民、李嵐清、羅幹	2003 年 11 月
聯合國人權委員會	所有參予迫害之中國政府官員	2004 年 2 月

習近平對江澤民亮殺手鐧

政府不干涉司法

2009 年 12 月 24 日，中共外交部發言人姜瑜對此項裁決首度作出回應，聲稱這一裁決有「政治動機」，「破壞了」阿根廷與中國雙邊關係，要求阿根廷政府「妥善處理」這一裁決，並稱會按「中國的法律」對待法輪功問題。

拉馬德里德回應說：「發言人的聲明表示他們將繼續用中國法律對待法輪功，這等於是公開承認迫害。中國從來沒有否認他們禁止宗教，這是一個很大的錯誤。如果他們要迫害宗教人員並且加以法律禁止，就是對全世界表示他們在進行宗教迫害，這是被世界各國包括中國簽署的公約所禁止的。中國沒有簽署羅馬規約，因此不屬於國際刑事法院（ICC 國際海牙法庭）的成員，但該發言人的聲明明確了中共的犯罪動機：禁止宗教，這樣的事情在世界任何地方都是不可想像的。」

在談到阿根廷政府對此案的態度時，拉馬德里德說：「政府應該維護司法的獨立，阿根廷政府應該保持沉默，不評論此事。他們必須尊重司法系統，並維持其對人權的支持立場，阿根廷政府應該通過外交管道要求中國提供證據，要求被告作出回應，當然，實際操作中這很難。告訴你實話，在我受理法輪功起訴案時，阿根廷政府沒有人給我壓力，只是外交部給我打了兩次電話，第一次電話裡他們告訴我，羅幹具有外交官身分。我不認為這是壓力或是什麼，他們告訴我這個資訊，但做決定的是我，我按照我的信念和我的精神做出決定。」

因應羅幹有外交豁免權的說法，拉馬德里德 2006 年準備了一份 20 頁的決議，引用關於重人刑事犯罪應適用的「普遍管轄原則」及「引渡受審」等國際人權法則。他把這個決議上交阿根廷最高法院後，案子被發回聯邦法院審理，指出當事人不在阿根廷，不受外交豁免權的保護，

聯邦法院能夠具有刑法中的拘留職責,所以讓他繼續審理此案。

「兩年前外交部再次打電話給我,因為阿根廷外交部部長塔亞納準備訪問中國,他們想知道我們是否對中國作出了任何決定。那時候我還沒有前往美國取得證詞,我還沒有做出決定。這是我和阿根廷政府有過的兩次接觸。

我在聯邦司法部門當法官,我理所應當地通知阿根廷政府,我清楚地告訴他們,小心,這有個案子,我會啟動訴訟程序,我會著手去做,這可能會給阿根廷政府帶來一點麻煩。我告訴他們:看看,這是個重要問題,而且從人權角度看也非常重要,因為阿根廷是個尊重人權的國家。」

我做好了就不會有壓力

拉馬德里德法官把案子報上去了,上級並沒有給他任何關注,也沒有人對他施加壓力。「我認為外界沒有任何因素可以影響這個案子,因為我們總是仔細地客觀地把事辦好,一切備案。在美國取證行程之中和之後,要把所有的資料和文件備案,工作量非常繁重,需要有專人處理。我所說的話也要記錄在案。我曾與美國機構對話,因為接受法官去那裡調查取證也是美國的責任。他們還要提供給我一名檢察官處理這些事⋯⋯這些談話都記錄在案,這些事我們做得很好,沒有什麼處理錯了,我們總是非常肯定、非常有把握地推進案件,走著這條路。雖然2008年進展慢一點,但總是行事正確,沒有任何疏忽的。」

「我認為,如果有人對你產生壓力,那是因為你想被施壓,因為你還沒有承擔起你的責任,這就是你的壓力。如果你不能下決心,那麼你就會感到有壓力,即使沒有人給你打電話,也會感到壓力,當你把一切

都安排得挺好，你就不會有壓力了。」

「確實現在幾乎所有阿根廷大學法律系都使用我 2006 年那個 20 頁的判決，來給研究生講普世司法原則，因為它是這一議題上唯一可用的案例。我覺得不好意思告訴學生們，這是我的裁決，我不好意思談論我自己。」

遭受到不公待遇與辭職

在採訪中，心地善良、從來不用惡意猜測別人的拉馬德里德一直認為，他沒有因為起訴江澤民而遭到任何壓力，然而他也談到最近他遭受的不公待遇，以至於他不得不離開第九法庭。

2009 年 12 月底眼看就要放假過聖誕節了，阿根廷聯邦法院突然通知拉馬德里德法官在 12 月 30 日參加一個審理他是否瀆職的傳喚會。一般對法官進行考核審查，需要給法官 20 個工作日的準備時間，而且需要律師幫忙整理答辯材料，但這次卻不給他準備的時間，也不許律師幫忙。

新當選的阿根廷新總統基斯奈爾夫人，是前總統基斯奈爾的夫人，據維基百科介紹，新總統「積極鞏固政權，目前有意干預司法體制，激起國內司法業界人士強烈抵抗。」不久，拉馬德里德法官接手了幾個非常棘手的案件，裡面糾纏了很多高層政治人員的黑幕恩怨。

為此，拉馬德里德感到很大的壓力，他曾對媒體說：「壓力使我在一定程度上無法繼續行使獨立的法院仲裁。」但由於他認定這些來自外界的干擾和壓力並不構成犯罪行為，他就沒有採取任何法律行動，然而一位叫卡洛斯克爾的國會議員就此指責拉馬德里德說，當他感到壓力時，拉馬德里德法官應該公開對這些施加壓力的人提出刑事指控，他沒

這樣做，那就是瀆職。於是卡洛斯克爾因此對拉馬德里德法官提出瀆職審查。

據阿根廷媒體報導，卡洛斯克爾是前任總統的親信，據內部消息，這位前任總統與華人非法移民到阿根廷有關。目前中共利用經濟利益在全球範圍內拉攏腐敗官員，並利用他們干擾司法公正，這樣做更不易被人察覺。

另一件干擾拉馬德里德法官繼續工作的是，2009年他在審理一個刑事案件時，法庭讓員警去逮捕一個犯罪嫌疑人，而嫌疑人卻拿出槍來反抗，於是員警動手逮捕了此人，此人就以面癱來控告員警故意傷人。但拉馬德里德經過法醫鑒定，認為此人在說謊，他的面癱是早就有的疾病，而不是外力創傷的結果。儘管拉馬德里德把這些調查報告都上報了聯邦法院，但法院依然以沒有處理員警行凶案的瀆職而處罰他。

據拉馬德里德介紹，元旦前他辭職時，負責交接的人專門向他索要了訴江案的全部資料。目前新的法官已經上任。在談到這對訴江案有何影響時，拉馬德里德平靜地說：「我們的判決非常嚴謹，無論誰當法官，也是任何人也推翻不了的。」

西方人難以理解的精神力量

「在我受理此案前，我對中國可以說是一無所知，知道得很少。就像大家都知道的那樣，這是一個共產主義政權，它壓迫和限制各種自由。在宗教問題上，我只知道有個黨宗教，共產黨的宗教，一黨統治一切，對中國其他宗教的情況我沒有什麼認識。

接觸此案後，一些事情令我很驚訝，我們西方人很難理解的：修煉人能為自己的信仰放棄一切，一切的一切，我們無法理解這一點，因為

西方心態中沒有這樣的事。他們（法輪功學員）僅僅為了能夠和平地進行信仰活動，表現出的奉獻精神、犧牲程度，真是令人感動，這是我們沒有體驗過的。在我們的文化裡不存在這種精神。最接近的，可是可以說是一個很荒謬的比喻，那就是我們對足球的愛，或者我們對某種政治意識形態鬥爭的熱情，但是，這些遠遠無法和他們的精神相比，他們是完整的堅定的信念，世間沒有什麼可以相比的。」

「有一天我在考慮這個案件時，想到法輪功學員的堅定，猜猜我想到了誰？我們知道的第一批基督徒，那些迫害他們的人把他們關押在地下洞穴迫害，但他們不只堅持他們的信仰，並且還感化了一位羅馬皇帝，使他也成為了一名基督徒。法輪功學員的態度就讓我想到了當年的基督徒，他們非常相似，這點非常非常重要！」

未來展望

記者談到中國幾個持不同政見者哪怕有可能因此遭受迫害，依然勇敢地公開讚揚阿根廷和西班牙案件，這對中國人來說是一個重要的標誌，在談到判決會對未來中國有所影響時，拉馬德里德平靜地說：「讓我們看看，我們不做預言，我們只分析事實。首先從中國外交部發言人的聲明中可以看出，逮捕令對中國是有很多影響的，真的，比我想到的更大。因為我們想逮捕的是前主席和前重要官員，他們已經不在位，按理說中國政府可以忽略此事，不加評論，但發言人的話說明中國政府被觸動了，有人被點到痛處了，否則不會有發言人的。

目前國際刑警組織對此案非常關注，他們已經兩、三次打電話來了解逮捕的期限。獨立於國家之外的國際刑警組織說：關鍵是他們是中國政府的代表，我們和他們在溝通所有的資料。我想，中國政府很可能從

國際刑警組織得到資訊,這是速度更快的,不久西班牙也會發出逮捕令的。隨著時間的推移,如果有更多的逮捕令,我相信事情就會有變化。就像一個小小的鑰匙,一點點累積起來,就會改變局面。當越來越多的逮捕令出現時,會敦促國際社會認識到這一事實,促使更多的人認識到中國的人權迫害。也就是說,對於發出第三份逮捕令的人,他面臨的問題會減少,第五個面對的問題會更少,第十個就更少,這樣發展下去,當 50 個逮捕令出現時,在更高的權力機構或國際機構的聯合下,局勢就會徹底改變。」

在談到這項裁決給中國人民帶來希望時,拉馬德里德愉快地說:「我很高興我的努力能給他人帶來希望,雖然不大,我所做的是非常小、非常小的一步,我希望它有效果,我希望這會令中共承認自己的錯誤,並且變得更加多元化,更加開放。我不認為我做的事有如此大的價值,會令中共改變多少,不過,如果真是這樣,我會非常高興。

對於修煉者,我對他們遭受的迫害感同身受,當我讀證詞文件時,想像到他們在中國正在遭受的痛苦,真是讓人難以言表,與我交談的修煉者所經歷過的事情,真是令人難以置信,我無法相信,我難以想像這些事情發生在 21 世紀。我不能向他們傳達什麼特定的訊息,因為他們在信仰中得到的比我可以傳達給他們的資訊重大得多,如果我的努力確實能給他們帶來希望的感覺,我會非常高興的。」

第三節

阿根廷聯邦法院決議書（摘要）

文 ◎ 拉馬德里德法官

在我們國家來說，我們承諾採取必要措施保證《防止和懲處群體滅絕罪公約》各個條款的強制執行，這是保證這些殘暴罪行的受害者有權訴諸法律的一個基本義務。

正如在 2006 年 1 月 12 日的決議中所提出的，「這個案子的要求是，阿根廷司法應該保證一個在自己國家遭受政府迫害、虐待、酷刑、謀殺及其他罪行的宗教團體擁有尋求正義的普世權利，這些罪行作為一個整體定性就是反人類罪。」

根據取證，主要包括反人類罪行的直接受害者的證詞，以及研究過這個問題的各個國際機構的不同報告，我能夠確認：從 1999 年以來，在當時的中國國家主席江澤民的命令下，一個全面組織和系統制訂的計畫付諸實施，旨在迫害和消滅法輪功及其追隨者。

為了實施這項任務，前面提到的（前國家主席江澤民）設立專門控制法輪功的「610」辦公室，由羅幹直接控制、指導、監督協調。

通過它（610），精心設計出由一系列完全蔑視生命和人類尊嚴的廣泛行動所組成的種族滅絕戰略。為了610設立時的目標——消滅法輪功，讓他們使用的一切手段合理化。因此，折磨、酷刑、失蹤、死亡、洗腦和心理折磨等手段，就成了迫害法輪功學員的通行做法。

在阿根廷發生的事件

雖然鑒於顯而易見的原因，在中國發生的迫害和消滅法輪功的行為沒有以同樣的方式延伸到世界其他各地，但這並不妨礙它在其他國家留下痕跡。

以下是事件發生在我們國家的情形，這些事件也在由我主持的本法庭的調查之中，並屬於本案的調查範圍。

以下是這些事件的摘要：

一、2004年11月16日，中國國家主席訪問阿根廷期間，法輪功學員在希爾頓酒店門前和平示威時，他們受到一群東方特點的人的突然襲擊。這個事件的調查中提到，這次攻擊的背後操縱者據稱是中國大使館的一名武官。

二、2005年12月14日，法輪功學員在本市國會廣場和平示威，要求阿根廷政府拒絕被告羅幹訪問國家參議院，他們當時受到一群中國公民的拳打腳踢，顯然這群打人的中國人是中共駐阿根廷使館官員派來的。

三、2008年4月，奧運火炬途經本市，法輪功學員和平來到市議會前，原告傅麗維受到來自自我服務商店和超市商會會長陳大明（音譯，Daming Chen）的死亡威脅。需要指出的是，在給傅麗維發出死亡威脅之後，同一個陳大明接待了到達議會大樓的中國大使。

本庭的決定

鑒於對上述情況，我認為這個案件涉嫌違反阿根廷全國刑法程序第294條，足以令被告江澤民和羅幹就本案所陳述的關於他們在中國犯下的反人類罪行作出口頭聲明或簽署聲明。

因此，考慮到這些罪行應該處以監禁，必須對當事方簽發國家和國際逮捕令，這一逮捕令將由阿根廷聯邦警察局國際刑警處處理，這樣一旦罪犯被抓，他們將被單獨囚禁。

考慮到這一點，依照上述情況，法庭的逮捕令如下：

我決定：

一、接受前中國國家主席江澤民、中央政法委書記、610辦公室主任羅幹的口頭聲明。

二、對江澤民和羅幹發出國際逮捕令，由阿根廷聯邦警察局國際刑警處處理。讓他們知道，一旦被捕，就必須按照法庭的要求單獨囚禁。

2009年12月17日

第十章 國際通緝：逮捕江澤民

習近平對江澤民亮殺手鐧

第十一章
憲政夢的驗金石：
　廢除勞教制

「江習鬥」日漸升溫，習近平直搗中國最黑暗的勞教制度，點中江派死穴，權力日漸崩落的周永康政法系統體系內人人自危，惶惶不安，自殺事件頻傳。1月8日廣州公安副局長祁曉林自縊，9日甘肅武威涼州區法院副院長張萬雄跳樓……

（Getty Images）

第一節

截訪人員被判刑
久敬莊釋放訪民

2012年12月2日一早,《北京青年報》報導了北京朝陽法院審理判決一起河南截訪人員非法拘禁罪。報導說,2012年5月,北京警方查處了一處河南地方政府設在北京的截訪點,抓獲十名截訪人員。

經過9月24日、11月27日、28日第三次開庭後,法庭宣判,十名涉案人員全部以非法拘禁罪判刑,主犯被判一年半,其餘九人則分別被判處幾個月不等的有期徒刑。共有十名受害訪民旁聽。

北京判決河南截訪人員 官媒都傻了

消息傳出引起極大關注,因為各地截訪人員都是由當地政法系統直接指揮,由當地街道辦事處和公安部門互相配合,有些地方駐京辦事處還聘用黑保安,把訪民關進黑監獄,事件大的還有國保參與。也就是說,這些截訪人員都是維穩辦公室職工或花錢雇來替政府幹活的人,他們是

在執行政府公務，如今卻被宣判有罪，這等於從根本上否定了江澤民時代延續下來、由政法委羅幹、周永康指揮的維穩機制。

就在人們驚嘆和譴責黑監獄之時，英文版的《中國日報》率先推出闢謠消息，稱《北京青年報》的報導是假新聞，隨後《人民日報》的官方微博也幫忙「推廣」闢謠，稱其記者和北京高院核實，案件尚未宣判，並稱朝陽法院也正聯繫該報要求道歉。

不過，自由亞洲電台、《大紀元》等海外媒體與也報導了北京法院判決截訪人員的消息，就在中國媒體跟進報導稱假新聞時，《中國日報》卻悄悄撤下其闢謠文章，因為北京法院的確作出了這樣的判決。

兩天後，上海的《東方早報》獲得北京市朝陽區人民檢察院起訴書，稱其中一名截訪人員王高偉因涉嫌非法拘禁罪，於 2012 年 5 月 17 日被北京市公安局朝陽分局刑事拘留，後經朝陽區人民檢察院批准逮捕。

朝陽區人民檢察院認為，王高偉等七名被告人「無視國法，非法拘禁他人」，觸犯了中共《刑法》第 238 條第一款，應以非法拘禁罪追究其刑事責任。

早在 2012 年 6 月，北京市昌平區法院即判決了一起參與截訪的「黑監獄」經營者團體，涉案的九人被以非法經營罪和非法拘禁罪追究刑事責任。

受害者江蘇籍訪民周文香傳，昌平區法院於 2012 年 6 月對該案進行判決，但她索要判決書至今沒有成功。曾有被告上訴，但北京市第一中級人民法院已做出維持原判的終審裁定。《東方早報》記者從該法院網站查閱一份中刑終字第 3438 號的裁定書，證實周文香的說法，其中最高刑期為兩年。

北京久敬莊釋放所有訪民

就在人們還在困惑之際,2012年12月4日晚上,北京關押收容各地進京訪民的大本營——久敬莊,突然一次性釋放所有訪民。據「六四天網」負責人黃琦表示,可能釋放了4000至一萬人,他表示具體人數並不重要,重要的是久敬莊在「法制日這天,在押訪民全部獲釋」這一事實。

被釋放的浙江省訪民屠大兵、沈志華告訴《大紀元》記者,他們是當晚19時30分開始被陸續釋放,院子裡停放20多輛大巴也坐滿了訪民,被釋放後他們自己找旅館住下。一般關在久敬莊的訪民不能自行離開,需要通知各地駐京辦事處將人帶走。

外界普遍把這些跡象看成習近平新班子即將公開清算、處理政法委的標誌性事件。有消息說,2012年2月周永康夥同薄熙來企圖利用維穩勢力發動政變推翻習近平陰謀曝光,加上5月陳光誠逃進美使館,政法委惡行突顯出來,當時也是中南海高層有意要拿政法委開刀。

北京警察是近水樓台先得月,先得知高層要整肅政法委的新動向,提前採取了行動。

有趣的是,這次習近平治理政法委,不但基層政法委、警察被蒙在鼓裡,連消息靈通的《中國日報》、《人民日報》記者編輯們也沒跟上形勢,結果出現媒體「打架」現象。

其實敏感的人早就從央視報導的新聞中發現了異常。18大政法委降級,周永康下台後,央視開始對政法委系統醜聞進行連續報導,包括任建宇案、雲南農婦跪訪溫家寶後被拘留七天等敏感事件。

任建宇,2009年7月畢業於重慶文理學院,當年獲重慶市選派到彭水縣鬱山鎮擔任大學生「村官」,後被錄用為公務員。重慶勞教所指

他從 2011 年 4 月至 8 月多次發表 100 多條「負面言論和資訊」,在他的公務員身分處於公示期,處以兩年勞動教養。2012 年 11 月 19 日,勞教委撤銷了勞教決定,任建宇重獲自由,出獄第二天任建宇起訴重慶市勞教所,但起訴被駁回。

12 月 4 日,習近平在中國憲法公布施行 30 周年大會上警告各級官員說:「任何組織和個人都無超越憲法和法律的特權,一切違憲行為都必須追究。」外界解讀在官話套話的背後,也釋放出整頓政法委的信號,整頓清理和糾正政法委,是習近平緩解社會壓力和紓解民怨的必要措施。

同一天,政治局會議「一致」通過了「改進工作作風、密切聯繫群眾」的八項新規,並強調「抓作風建設,首先從中央政治局做起。」

早在 2012 年 7 月,《新紀元》就報導了習近平對暴力維穩的反對態度,預測政法委將降級,從而政治局常委只會是七人。

6 月 18 日,習近平管轄的《學習時報》發表了〈社會管理誰來管〉的文章,提出政法委已經逾越了它的權限,讓國內治理工作產生困難。

江澤民下台後把周永康安插進政治局常委,周永康一人獨霸政法委,胡錦濤這個名義上的黨主席並不能左右周永康的決策,政法委成了江澤民長期一手掌控的黑領域,成了獨立於中南海的第二權力中央。

習近平上台後,為了不再受制於他人,不再充當「兒皇帝」,第一步就是要讓中共總書記收回對維穩系統的控制。

《新紀元》在 2012 年 10 月曾報導中共文膽、化名「皇甫平」的前《人民日報》副總編周瑞金撰文稱,薄熙來倒台為中共政治路向帶來改變,新領導人不可避免要在政治改革方面有所動作。面對諸侯割據,他認為,未來總書記至少應有否決權。這話其實是在鼓勵習近平要強勢起來,不能受老人干政和派系平衡的影響。

277

第二節

國際通告：清算定罪江澤民

2012 年 12 月 31 日，「清算江澤民迫害法輪大法國際組織」發表公告，要求中國現政府逮捕江澤民，並對其定罪。通告全文如下：

1999 年 7 月 20 日，中共前黨魁江澤民因一己之私，動用傾國之力，悍然發動對一億法輪功修煉者的殘酷迫害，把整個國家拖入災難的深淵。13 年過去了，江澤民的罪惡罄竹難書，人神共憤。在 2013 年新的紀元開始之時，本組織特此發布公告，要求中國現政權立即逮捕江澤民，對其進行審判與定罪。

即使中國現政府現不逮捕江澤民，正義的力量都已在聚集並會採取行動，還會有其他人採取行動逮捕江澤民，江澤民最終的結局一定會被抓和定罪。法輪功在 1992 年由創始人李洪志先生公開傳出，在隨後七年，到迫害前，有一億法輪功學員修心向善，遍布中國社會各階層，包括中共最高層的家屬和官員本人。法輪功給億萬民眾帶來健康，給社會帶來穩定，因修煉法輪功而湧現的好人好事層出不窮，對整個社會道德

的提升起了非常積極的作用。

　　但江澤民出於妒嫉和對權力的過分保護，罔顧民意，動用整部國家機器，整個國家資源，對一億人的正信進行了瘋狂慘烈的迫害。江澤民對法輪功所採用的「名譽上搞臭，經濟上搞垮，肉體上消滅」、「打死白打，打死算自殺」、「不查身源，直接火化」等政策，犯下了令人髮指、無可饒恕的罪行。

　　為迫害這樣一群信仰「真、善、忍」的善良民眾，江不惜動用整部宣傳機器，使用最卑鄙的手段抹黑造謠，在仍不奏效的情況下甚至使用恐怖邪惡手段自編自導了「天安門自焚」偽案，把其中一人打死，來煽動全國民眾乃至全世界對法輪功的仇恨，誤導了全世界的人。

　　為了逼迫法輪功修煉者放棄信仰，惡警使用了上百種令人髮指的酷刑，幾百萬法輪功修煉者被害死，甚至被作為活體器官庫。中共製造了這個星球前所未有的罪惡——活摘器官的罪行。這是赤裸裸的酷刑罪、屠殺罪、反人類罪，超出了任何正常人類所能設想的犯罪行為方式。

　　在江澤民迫害法輪功的13年裡，整個國家秩序被強行扭曲，政府工作的重點都被壓在了迫害法輪功上。對法輪功的造謠充斥了所有的電視、電台、報刊、雜誌；相當於國民經濟四分之一到四分之三的資源被動用來迫害法輪功；傳媒、司法、教育、醫療、外交、科技、軍隊、企事業單位……方方面面都與法輪功掛鉤，迫害善良才能有業績，才能被委以重任。正常的政府職能被摧毀，法律被踐踏，真相被扭曲，道德被敗壞，維穩經費超過了國家軍費開支。整個政府被帶入卑鄙低下、見不得人的醜聞之中。國家成了恐怖主義、黑社會的源頭。歷史上，從來沒有一個政府墮落到如此沒有基本的道德道義底線。在真實意義上，國家秩序已經走入崩潰的邊緣。作為迫害的始作俑者，江澤民對這場災難負有不可推卸的歷史責任。中國現政府應立即逮捕並定罪江澤民。

中國現政府應該看到，要想繞開法輪功談正常的政府管理與社會運作，根本不可能辦到。江澤民對法輪功的迫害，是以摧毀國家法制和國家正常秩序為前提條件的，因為在正常的國家法制秩序下，不可能這樣去迫害如此數量龐大的主流社會的無辜民眾。

目前，千千萬萬的法輪功學員還在遭受名譽、經濟與肉體上的迫害，中國現政府對此無法「視而不見」。更重要的是，這場迫害已難以為繼。中國社會不可能長時間耗費天文數字的人力物力和社會資源來迫害法輪功。中國的民眾也不會長久容忍政府對百姓的殘害。在江澤民最瘋狂和權力最頂峰時，迫害都沒有成功過，現在更不可能得逞。法輪功已經廣傳世界上120多個國家和地區，迫害的真相也在廣傳。特別是隨著活摘器官真相的傳播，全球反對迫害的聲浪正在興起。近一億法輪功學員還日以繼夜堅韌不拔地在中國各個階層，各個地區講述著迫害的真相。億萬的中國民眾在走向覺醒，在退出中共，民眾對政府的暴行、對迫害的反感與抗爭也日漸公開化。中國社會正處在一個巨變的前夜。

今天中國社會正處於人類文明基本道德尊嚴與邪惡的空前較量中。面對這樣的事情，中共已經不可能還像過去那樣，迫害民眾後用所謂的平反、糾正就可以脫身了事，繼續維持統治。在中共對中國民眾犯下的種種深重罪惡中，尤其是江澤民對法輪功這樣長時間的慘絕人寰的迫害，歷史已經不再給中共機會了，中共也沒有這個機會了。在迫害之初，法輪功學員一再給江澤民及中共機會，在1999年7月迫害開始的前幾年，來自中國及世界各地的成千上萬的法輪功學員赴北京上訪，或致函給中國政府，陳情事實，講明真相，希望政府能主動糾正錯誤，停止迫害。但江澤民卻將迫害步步升級，到今天還在繼續。

江澤民已經把中共徹底拖入了無生之門。中共期待通過躲避清算鎮壓元凶、僅玩弄「平反」遊戲來繼續保存這個政權是不可能實現的，否

則人類就沒有未來。因為對此種罪惡的容忍，就意味失去了人類最基本的善惡標準，徹底摧垮人類文明賴以生存的底線。對法輪功的迫害，如果僅僅是「平反」，已經不足以昭示天理。迫害元凶必須被繩之以法，必須被徹底清算、送上法庭。

習近平政府應當看到，江是一個殘忍的毫無道德底線的無恥小人。自迫害法輪功後，江就害怕被清算，因而一直企圖捆綁高層，共同承擔血債，甚至不惜建立第二權力中央搞政變。「18大」之後，江等迫害元凶第一次徹底被踢出中共政治局常委，因而江更加恐慌，也更孤注一擲。它是一定要捆綁現政權來替它背負黑鍋的。現政權應該清楚，任何在中共體制內的修修補補都是緣木求魚，政治的權謀只會造成自己的步步被動，最後被江反制，替它背黑鍋，葬送自己。

茫茫宇宙攜帶著無法抗拒的天意或者說是規律，其運行並不以人的意志所轉移。中共將被解體，文明將在清盡邪惡中復興，制止對堅守真善忍的法輪功修煉民眾的迫害，清算邪惡，是歷史的必然。一切政治權謀、妥協與一切經濟利益的算計，最終都可能只是誤了自己。

二戰之後，所有納粹戰犯都無法逃過全世界正義力量對其罪行的審判及制裁。迫害法輪功的元凶們同樣如此。

天網恢恢，疏而不漏，沒有任何人能夠逃脫正義的審判和制裁。本通告是本組織在2013年的第一號公告令，我們還會陸續發布要求逮捕其他鎮壓法輪功的元凶的相關通告。天理昭彰，不論天涯海角，不論時日長短，這些人一定會被繩之以法。

清算江澤民迫害法輪大法國際組織

2012年12月31日

第三節

政法委人心惶恐
廣州公安副局長自殺

2013年1月8日，在反腐風暴颳向中國政法委及勞教系統、習近平計畫停止勞教制度的敏感時刻，廣州市委政法委副祕書長、市公安局黨委副書記、副局長祁曉林自縊身亡，終年55歲。

隨後在廣州金盾網上「廣州市公安局局領導班子」名單中，已經將祁曉林的名字去除，此前他排名第三。此時祁曉林之死，民眾表示「耐人尋味」，讓人浮想聯翩。

廣州市公安局的通報稱，2013年1月8日18時許，廣州市公安局黨委副書記、副局長祁曉林自縊身亡，終年55歲。祁曉林生前身患疾病，有抑鬱症狀。

廣州市政府官方網站上公開的信息顯示，祁曉林生於1956年。現任廣州市委政法委副祕書長、市公安局黨委副書記、副局長。其生前的分管單位為：內部安全保衛支隊、交通警察支隊、地鐵分局等單位，聯繫單位為天河區分局。

江澤民勢衰 政法委系統異常恐惶

據悉，自重慶政法委負責人王立軍事件後，中央前常委、政法委書記周永康失勢後，江澤民的老巢政法委、公安局、勞教所系統人心惶恐，都能感到要「變天」了，自己隨時可能被拋出來做替罪羊。

中國江蘇鹽城的政法委官員十分恐懼，他們正面臨一起涉及二名高幹子弟（法輪功學員）的上訴，控其非法勞教、濫用酷刑，事件震動中南海，胡錦濤在2012年12月底親自趕赴鹽城調查此事。

中國江蘇鹽城公安局、政法委系統的官員說：「江青一死，跟隨毛鬧文化大革命的黨羽都被抓起來做替罪羊，我們現在就看江澤民，江若不行了，我們的日子如何啊！」

周永康下台後，政法委被降格，政法系統參與勞教所貪腐的惡人、惡警和官吏等都十分恐惶，之前這些部門都是肥水部門，賺錢快，來錢很容易。但政法委引發的民憤太大，海外法輪功要求清算的呼聲不絕，加上習近平高談「憲政夢」，中國這些部門的惡官酷吏們驚恐萬分。

中國民眾熱評和解讀

此時，廣州市公安局副局長自縊死亡，且官方說法稱其生前患抑鬱症，引起上網民眾紛紛猜測和不同解讀。

「死亡的意義」：是不是銀行存款太多了，手頭房子太多了，老婆孩子全出國了，所以抑鬱了？

「桎梏的鑰匙」：又是抑鬱症？為什麼有抑鬱症的人還能在副局長的崗位上？不禁讓人浮想聯翩。

「熊出沒 320」：關鍵是抑鬱是否是他自殺的唯一原因？！

「雲中看雲」：死了就抑鬱，活著就生猛。

「燕山小黃」：良心深受譴責？

「格藍維森」：當幹部不易啊，弄不好就抑鬱了。

「過往 1971」：那坨屎（庹震）怎麼不去死？

據《鳳凰周刊》報導，近年的中國媒體上，官員自殺的新聞越來越頻繁出現，「抑鬱症」成為最常見死因。官員是否成為抑鬱症高發群體，仍在爭議中。

對於官員不確定原因的自殺行為，大陸官場基本形成一種思維定式，只要是官員自殺，便是「自絕於人民，自絕於黨，跟黨脫離，不想堅強地活下去。」官員死後實行「三不」原則：不開追悼會，組織上不致悼詞，領導班子成員不參加。

第四節

「憲政夢」成政法委惡夢官員頻自殺

　　2013年1月9日夜晚，甘肅武威市涼州區法院副院長張萬雄從法院六樓窗戶縱身跳樓身亡；之前8日晚，廣州市公安局黨委副書記、副局長祁曉林自縊身亡。中共官員頻頻自殺被官方歸為「抑鬱症」。有人認為，其中也不乏「被自殺」，中共官場特別是政法系統已成為一種「高危職業」，目前面臨廢勞教和習近平高談「憲政夢」，使被降格的政法委體系內官員們驚恐萬狀。

法院副院長夜晚跳樓

　　就在祁曉林自殺後的第二天，據蘭州媒體報導，2013年1月9日，張萬雄下班後沒有回家，晚上八時左右，張萬雄從他所在的辦公室（五樓）走出後，先後在五樓和六樓電梯處徘徊了約半小時，後打開六樓電梯間旁的窗戶跳下。

10日早晨八時左右，武威市涼州區法院院內辦公樓下發現了該院副院長張萬雄的屍體。目前關於張萬雄的跳樓自殺原因，武威市公安局涼州公安分局稱已在案發後介入調查，其遺書內容尚不便透露。

官員頻頻自殺被歸為「抑鬱症」

近期，中共政法委系統官員頻頻因「抑鬱」自殺。還有一些官員在職期間非正常死亡，但未標明是抑鬱症。據財新網報導，近年來，官員自殺、並被歸為「抑鬱症」的案例非常多，財新網對此作了不完全統計。

這些自殺的官員年齡大都在四、五十歲，按常理正屬年富力強的階段，卻紛紛患上抑鬱症最終選擇自殺，令人費解。其中一部分死者親友稱，死者生前情緒正常並沒有抑鬱跡象。

有人認為，對內的官場搏鬥中害怕倒台或被清算，對外欠有血債更怕有「楊佳」突然出現，長期膽顫心驚是導致「抑鬱症」的主要原因。有的並沒有「抑鬱症」，但知道的黑幕太多而「被自殺」。

政法委被降格 系統內部擔心做替罪羊

中共18大周永康下台，中共政法委被降格，此後，湖北政法委書記吳永文被逮捕，廣州市政法委副祕書長祁曉林2013年1月8日上吊自殺，山西公安廳副廳長李太平被免職。自2012年重慶政法委負責人王立軍事件後，江澤民的老巢政法委、公安局、勞教所繫統人心惶恐，自己隨時可能被拋出來做替罪羊。

據重慶某警察透露，曾緊跟王立軍「打黑」的警察都無心職守被認為「等死」。一位北京異議人士說，她發現監視她的國保上班時睡覺，

對她的監視無精打采,而且國保對被監視者的態度也變得溫和許多。並認為政法系統低層警察現在吃不準上面的動向,都害怕自己被各種政治勢力拋棄,設法為自己留後路。

廢勞教或許涉及清算 酷吏們驚恐

勞教制度是維護暴力統治的工具,中共政法委將被勞教人員當作奴工進行剝削,從中獲取巨大經濟利益。《大紀元》此前報導,尤其是迫害法輪功十幾年來,數以萬計的法輪功學員被殘酷奴役,此外,還隱藏令人髮指的活摘器官等血腥黑幕。

取消勞教制度後,政法系統的官員無疑會成為最大的反腐對象,加上習近平高談「憲政夢」,國際社會也關注勞教奴工黑幕及活摘器官案,中國這些部門的惡官酷吏們驚恐萬狀。有人認為,中共官場特別是政法系統已成為一種高危職業。

華府中國問題專家石藏山表示:習近平的「憲政夢」、「依法治國、依法執政」在中共體制內不可能走多遠,往下走,必然觸及勞教所所掩蓋的內幕及罪惡,必然要涉及清算這個最敏感的問題。

他說:「特別是鎮壓法輪功13年來發生的直接波及一億中國民眾的驚人真相曝光,最大的清算對象就是江澤民,這些過程必然涉及中共政權倒台,罪惡無法迴避,也繞不過去。」

習亮了底牌 各地政法委驚恐觀風向

2013年1月14日,在嚴重迫害法輪功的重慶市,一位接近市「610」辦公室的官員告訴《大紀元》記者,重慶「610」內部人士透露,自

2012年11月底,被當局抓捕的法輪功學員就不再送勞教所。王立軍、薄熙來事件後,中國公檢法部門內人人自危,沒安全感,不願意出頭,誰都怕被當作替罪羊拋出。

重慶公檢法系統這位不願披露姓名的人士表示:「2012年8月,重慶當局抓捕了幾十位在家中聚會的法輪功學員,除王榮、李向東、詹蘭珍等人外,其餘法輪功學員陸續被釋放,這在以前是根本不敢想像的。」

「現在『610』辦公室內部也很驚恐,稱極少數的被當局看作所謂的骨幹並且堅持不妥協的才會被判刑。而王榮、李向東、詹蘭珍等人的所謂案件之前已經移交九龍坡區檢察院,但目前檢察院推給法院,法院推給公安。特別是在目前局勢不明朗的情況下,誰也不想再背黑鍋。」這位人士告訴《大紀元》記者。

另一位重慶藝術界曾被無端勞教的王先生告訴《大紀元》記者,去年5月起,勞教所對保外就醫、所外執行等規定就有所鬆動,特別是在目前國際和國內外的強大的民意及輿論壓力下,中共當局非常被動。

第五節

周永康嫡系特工打人案紐約定罪

2013年1月8日,紐約皇后區刑事法院對長期在法拉盛以暴力騷擾法輪功學員的中共幫凶李華紅作出刑法公開判決和定罪。(大紀元)

    2013年1月8日,美國紐約皇后區刑事法院對長期在法拉盛以暴力騷擾法輪功學員的女子李華紅作出刑法公開判決和定罪。

    李華紅是周永康海外的嫡系特工人員。周永康因2008年策劃「法拉盛事件」,指使其副手王明華(化名)到法拉盛指揮包括李華紅在內的特務圍攻法輪功學員的事件正在被美國調查。2011年周永康這位副手再次潛入美國紐約法拉盛,給中共幫凶李華紅頒發「敢鬥獎章」。

    美國聯邦調查局(FBI)一直祕密在追蹤調查「法拉盛事件」。

習近平對江澤民亮殺手鐧

李華紅及其幫凶毆打法輪功學員 FBI 追查

2011 年 8 月 26 日下午，李華紅及其幫凶侮辱、毆打從外地來紐約的法輪功女學員，並把前來勸阻的華人程長河打傷。程長河隨後到醫院做了檢查，並到警察局報案。2013 年 1 月 8 日，紐約皇后區刑事法院就該案對李華紅作出公開宣判。從紐約刑事法院公告欄一年多來 17 輪審判李華紅的進程明細表中看到，李華紅出庭 17 次，最終定罪並在 1 月 8 日被判刑。判決李華紅必須經過六節情緒控制（Anger Management）心理治療及「有條件釋放」（條件是在今後一年內不得再因任何原因被捕），並對原告程長河和目擊證人徐女士執行兩年的保護令。

2012 年 2 月王立軍事件引爆的中共高層醜聞持續曝光，4 月薄熙來被解職後，多方消息稱其後台、中共政法委書記周永康被多方秘密調查。周永康副手在法拉盛的特務活動，一直被美國 FBI 高度關注和追查。

周永康製造法拉盛事件 23 名肇事者被逮

早在 2008 年 5 月 17 日，中共當局在美國紐約法拉盛利用特務和幫凶連續幾星期攻擊和毆打法輪功學員，有十多個毆打法輪功學員的凶手被美國警察逮捕，引起全球華人的關注。

李華紅自 2008 年 5 月以來長期在紐約法拉盛社區活動，帶領一群幫凶打手辱罵甚至毆打法輪功學員，以造謠誣衊的方式蓄意挑起公眾對法輪功學員的仇恨，並威脅到法拉盛退黨服務中心辦理「三退」的華人。她在法拉盛的特務幫凶活動多次被《大紀元》拍照存證。

2008 年，周永康派其副手王明華親自到紐約往返指揮和策劃「法

拉盛事件」。這名副手2011年還專程再去美國，紐約聯絡人是紐約北京同鄉會會長侯建利。而美國因為「法拉盛事件」，一直在追查周永康這位副手的下落，侯建利的特殊身分也被美國FBI記錄和調查。

當時的中共紐約總領事彭克玉策劃「法拉盛事件」用以嫁禍法輪功的電話錄音曝光，在華人社區引起極大反響，掀起敦促美國政府驅逐彭克玉的熱潮。

潘心武擔任副主席的福建同鄉會與中共駐紐約總領事館關係密切，這個同鄉會中不少會員是「法拉盛事件」中圍攻法輪功學員的街頭暴力者。美國警方曾逮捕了23名肇事者。

轉移四川地震人禍罪責

中華申正網站站長孔強當時接受《大紀元》採訪時表示，法拉盛事件是中共政法委書記周永康一手策劃的。因為周曾任四川省委書記，在2008年5月12日的四川大地震的人禍中負有罪責，害怕受到嚴懲、審判，因而轉移民眾對於追究責任的視線，同時也是在轉移政府高層內一些人的視線。

2008年5月12日的四川大地震，近10萬人遇難，近40萬人受傷，當時最引起民憤的就是遍布重災區的「豆腐渣工程」，中小學校倒塌無數，造成大量中小學生死亡。

而其中的周永康作為前四川省委書記，對於那裡發生的豆腐渣工程，以及因此而造成無辜的孩子死難，負有不可推卸的責任。孔強說，周永康不但不檢討，還因為怕清算，對凡是想追究豆腐渣工程責任問題的所有人士嚴加打壓。只要是提到與豆腐渣工程有關的人，都通通被抓進監獄，利用國家機器鎮壓老百姓。

習近平對江澤民亮殺手鐧

第十二章

中宣部黑幕與南周事件餘波

江派劉雲山之流藉打壓敢言媒體,以打擊習近平的「憲政夢」,沒想到點燃了全球反中共新聞審查制度的烈焰。「南周事件」後,有海外媒體再次爆料,王岐山反腐行動將從金融行業高官開始,首要目標將對準劉雲山兒子劉樂飛及李長春女兒李彤之私募基金等。

在習近平亮出「勞教所」底牌後,多方消息披露胡舒立與王岐山、胡春華協調《南周》一事,終獲南周事件的「妥協」結果。(Getty Images)

習近平對江澤民亮殺手鐧

第一節

習批劉雲山添亂
胡舒立王岐山介入斡旋

在全球媒體、全球華人和中國民眾及媒體人迅速發出對廣州「南周事件」強大聲援壓力及國際聚焦下，習近平在亮出「勞教所」底牌後，多方消息披露中國財新傳媒總編輯胡舒立找了中共政治局常委王岐山，再與廣東省委書記胡春華協調《南周》一事，終獲「南周事件」的「妥協」結果。

力挺習近平〈中國夢、憲政夢〉的《南方周末》新年賀詞被閹割事件在短時間內不斷發酵，點燃全球範圍的反中共新聞審查制度的烈焰。2013年1月10日在內部達成的「妥協」下，《南方周末》正常出刊。

江澤民陣營選擇打壓以新年祝詞幫習近平宣傳「憲政夢」的三家媒體《南方周末》、《炎黃春秋》和《新京報》來攻擊習近平，「南周事件」升級後，在習近平「被逼急了」，開始顯示不怕「魚死網破」並亮出針對江澤民死穴的「勞教所」底牌後，局勢隨即突變。

之後，由於現任中紀委負責人、18大新任常委王岐山1月10日突

然在新華社上通報「司法審理薄熙來」消息後,開始出面「擺平」南周事件。王曾任職廣東省委常委兼常務副省長,與廣東素有淵源,他出面聯絡胡春華親自協調,最後雙方妥協而告一段落。

王岐山、胡舒立介入 《南周》風雲突變

《中國改革》雜誌社前社長李偉東在其微博透露,《南方周末》新年獻詞被篡改一事將以總編下台、宣傳部取消事前審查而暫時告一段落。這是某「著名女報人」找到王岐山,再與胡春華協調後,得到的「妥協」結果。

李偉東於北京時間 2013 年 1 月 9 日深夜在個人實名驗證的微博上發文:「妥協結果出來了(有人評論這次結果的進步意義超過烏坎):燦爛去職擔責,宣萱不再審稿,明天正常出報,不追究年輕人的行為,事情與頭陀無關。據說著名女報人找了王常,王找了小胡,協調出這個結果。這是 20 多年來第一次媒體人的有限成功,更可能是一次影響深遠的蝴蝶翅動。相信媒體人今夜無眠。熊 174」

「燦爛」指《南方周末》總編黃燦,「宣萱」則為要求《南方周末》採取事前審稿的省委宣傳部,「頭陀」則為部長庹震。「著名女報人」是胡舒立,「王常」當然是王岐山,「小胡」則為胡春華。

高層決定讓庹震稍後離開廣東

港媒《明報》1 月 10 日報導,財新傳媒總編輯胡舒立受「南方朋友」之託,向與她素有交情的中共常委王岐山求助。

台灣《聯合報》也報導:「與南方系和王岐山素有往來的財新傳媒

總編輯胡舒立,找到王岐山為《南方周末》站台。庹震已經和《南方周末》編輯部談妥條件,取消對《南方周末》的事前審查,總編黃燦去職;庹震在不久離開廣東,為顧及中宣部顏面,不會立即讓其下台。」

據外媒消息,胡春華的介入令中共現任政治局常委劉雲山相當難堪,江派人物劉雲山力挺廣東宣傳部長庹震,而胡春華代表習近平和王岐山的意見,暗示庹震和《南周》總編黃燦將下台。

毛左胡錫進、吳法天、司馬南自曝「左派」失利

10日晚,被視為「中國最大五毛黨」代表的胡錫進、吳法天、司馬南等人不約而同地發出博文,表達「左派」失利的訊息,佐證「南周事件」雙方妥協的真實性。

1月9日深夜,胡錫進在其微博上為此事辯解:「《環球時報》是複雜中國的報導者。我們報導複雜,也成為這種複雜的一部分。我們很希望世界簡單些,然而它不是。夜晚的微博是複雜得以較充分延展的時候,圍繞我和《環球時報》的複雜,會更沉重。今晚的所有留言我都會看,直到明早連同此博一起刪掉,化作我記憶的一部分。」

他接著說:「弱弱地申辯一句:我們從沒寫過「南周事件」是『境外勢力』操縱的,我現在也不這麼認為。那是網路小編為增加轉發故意引申的。不好意見,小編也不容易。」

而「大五毛」司馬南也在10日凌晨發了一條令人費解的微博在哀怨:「今晚八點,風雲突變。措置班師,臨陣妥協。此時此刻,予心悲涼。十年之功,廢於一旦……」吳法天則聲明暫停微博更新。

薄黨控制《環時》 王岐山隨時可能升級薄案

《南方周末》因在 2013 年新年獻詞中強調習近平的〈中國夢、憲政夢〉而被李長春的親信、廣東宣傳部長庹震大幅刪改，引發《南周》職工的強烈抗議及全國各界的聲援。

中共常委劉雲山力挺庹震，並下令各媒體、網站 1 月 8 日起轉載《環球時報》時評〈南方周末「致讀者」實在令人深思〉，還就此事定性三點：黨管媒體是不可動搖的基本原則；《南方周末》此次出版事故與庹震無關；此事有境外敵對勢力介入。

《大紀元》曾報導，「南周事件」給世界曝光了中南海二大機密：第一，習近平正遭遇來自江派薄黨的攻擊；第二，雙方在相互搏擊的過程中洩露了江澤民陣營的最大恐懼點、也是習近平針對江澤民的「殺手鐧」──中國勞教所。

《環球時報》一直是薄黨的勢力領地，《環球時報》總編輯胡錫進一直積極協助薄熙來推動「唱紅打黑」，他也是著名的毛左代表人物，早就捲入薄熙來、周永康的政變案，這次「南周事件」關鍵時刻，1 月 10 日，中紀委王岐山再高調拿司法審理薄案來示警，顯示隨時可能擴大薄案抓捕範圍和升級薄案。

習批劉雲山「添亂」令除庹震職務

日本《朝日新聞》2013 年 1 月 14 日引述消息來源說，在 1 月 9 日的中南海會議上，中共領導人習近平在政治局常委劉雲山彙報《南周》審查風波時，表達出對媒體控制系統的不滿，並要求媒體宣傳部門不要增加混亂，並指示不要懲罰那些違反宣傳部命令的記者。

習近平也決定除去廣東宣傳部長庹震的職務。習近平似乎把防止《南周》紛爭進一步擴大並威脅到他的新領導層，作為首要任務。

《朝日新聞》報導說，具有改革傾向的《南方周末》在１月３日被迫重寫新年獻詞之後，有關媒體自由的爭論爆發。中宣部於是指示所有主要媒體在《南周》審查風波上嚴守黨的路線。

消息來源說，在１月９日晚上的中南海會議上，習近平明顯不高興，要求媒體宣傳系統不要增加混亂。

習近平是在分管宣傳的常委劉雲山彙報關於《南周》審查事件時做出的這個反應。劉雲山在胡錦濤期間擔任了十年宣傳部長，目前在政治局常委裡面排名第五。

劉雲山命令《環球時報》重寫社論

《朝日新聞》報導說，習近平對劉雲山命令全國大型報紙轉載《環球時報》１月７日社論表示擔憂。這個社論否認當局捲入《南方周末》新年獻詞篡改事件。這篇社論說：「如果一個媒體機構公開對抗中共當局，它將成為一個失敗者。」

在《環球時報》一篇早先的社論當中說：「我們需要用頭腦清醒的方式重新思考南周事件」，「我們不能繼續老的媒體控制方法」。消息來源說，劉雲山認為這個批評是針對他的，於是中宣部命令《環球時報》發表新的社論。

消息來源說，習近平表示：劉雲山處理「南周事件」的方式損害了社會穩定，因為廣東省的問題已經蔓延到全中國。

在１月９日早上，《新京報》社長以辭職抗議宣傳當局強迫他們轉載《環球時報》社論的命令。互聯網上的相關討論被刪除。但習近平似

乎知悉了劉雲山的命令帶來的反響。

《朝日新聞》報導說，根據一名過去參與媒體控制的黨內消息來源說，劉雲山決定對不遵守命令的編輯和記者進行包括撤職的懲罰。但是習近平指示說，不要懲罰抗議宣傳部的記者。

習近平顯然試圖通過接受《南方周末》記者的要求來遏制事件的影響。《朝日新聞》報導說，習近平決定除去廣東宣傳部長庹震的職務，但外界估計庹震在2013年3月份全國人大召開之前不會離開這個職位，因為立刻除去他的職務將透露出黨內的混亂。根據《南方周末》的記者和前高級編輯的說法，許多員工感到不滿，因為迄今還沒有報紙管理層或共產黨官員下台。

失地農民聲援《南周》被抓

《朝日新聞》報導說，《南周》審查風波導致南周報社外面發生對政府的抗議。1月12日，警察抓走了大約20名農民，當他們靠近南方報業集團大樓的時候。1月13日大約60個警察在南方報業集團大樓周圍巡邏。過往行人被告知不得在附近停留。一些人被要求出示身分證，當他們僅僅抬頭看這棟大樓。

這些農民來自於佛山的三山村，他們來支持《南方周末》。2011年《南方日報》報導了三山村政府沒收農業土地的事情。

「農民們親身學到言論自由和報紙自由的重要性。」一個律師說。後來農民們在被帶到一個初中審訊之後獲釋。

胡舒立直指曾慶紅腐敗 《財經》披露活摘器官黑幕

有「中國最危險女人」之稱的財新傳媒聯合創始人胡舒立,於1998年創辦《財經》雜誌,並擔任主編11年。期間,她與採訪團隊屢屢揭露財金黑幕,包括〈銀廣夏陷阱〉、〈基金黑幕〉、〈誰的魯能〉、〈SARS調查〉等爆炸性、高水準調查式報導。

其中〈誰的魯能〉大曝光江派大管家曾慶紅家族的貪腐黑幕,涉及數額驚人。

另外,2012年11月份,《財經》雜誌還披露中共軍方304醫院、山東法院、勞教所等官方機構夥同背景黑道的器官中介如何偽造〈死囚犯器官證明書〉和〈親屬活體捐獻器官證明書〉等假文件非法販賣50多個活體器官的新聞,事件引起轟動,報導中披露這是北京公安機構正在審理的一宗活摘器官案子,該名器官中介販子已經被逮捕。

常有人問胡舒立,在中國錯綜複雜的權錢關係網與新聞監控限制下,《財經》如何堅守專業操守、發揮新聞工作的監察作用?她的回應很簡單:讓事實說話。她在中央最高層有一定的人脈。能夠隨便推開一些要員大門而入的軼聞,也說明她的人脈的確非同一般。

更多的報導說胡舒立與她的團隊會創辦新的《財經》雜誌,地點在浙江。這可能與浙江前省委書記,當時時任政治局常委的習近平有關。

王岐山被稱為習近平的「清道夫」

18大後,習近平將有經濟背景的老手王岐山突然調離經濟戰線,負責中紀委,抓貪腐,因為中國的經濟只有先將貪腐搬動,才能真正執行經濟政策。

中國問題專家石藏山表示，習要做什麼，都是王岐山在開路，王是姚依林的女婿，實力派人物，在趙紫陽時代就參與改革，對中國的經濟形勢非常了解，本來這次安排作副總理，實際是執行副總理的位置。

石藏山形容，在當前中共政局的形式下，實力派開道，王岐山被中國官場視為習近平的「清道夫」。所以外界都在關注他將怎麼做。

日前北京消息人士對《新紀元》透露說，安排王岐山去中紀委是習近平的布署，目前兩人達成默契，要拿反腐開刀。18 大後，政法系統將「一人獨大」改為「三層分管」，即王岐山「領銜」、孟建柱具體負責、楊晶協管，目的就是相互制衡。

2012 年有消息稱，中紀委王岐山將全力反腐，首要目標或將對準另一常委劉雲山兒子劉樂飛。2012 年 11 月 22 日，海外推特上爆料說：「傳：王岐山未圓總理之夢而被排擠至中紀委，王將全力反腐，首要目標或將對準另一常委劉雲山兒子劉樂飛及前常委李長春女兒李彤之私募基金及其在國內文化機構上市時或已涉及之不法利益輸送。」

曾經主管金融的王岐山對太子黨們利用權力在金融領域黑錢十分熟悉，太子黨家族成員李彤、劉樂飛等都利用金融基金發黑財。

第二節

南方報系前主編
揭中共鉗制媒體黑幕

就在「南周事件」初起時，曾在南方報系做過主編的程益中撰文，揭露中宣部是如何干擾媒體編輯部正常工作。

「2001年5月的一天下午，我接到一個聲稱來自中共廣東省委宣傳部的陌生電話，要我撤掉《南方都市報》將於第二天見報的一篇稿件。作為《南方都市報》總編輯，我經常接到中共各機關類似的電話。不過這次來電者我不熟悉，而我也想藉機表達不滿，就很不客氣地答覆：『不好意思，我不認識你，不能確定這就是來自部領導的指示；為防止有人冒充宣傳部領導對報紙發號施令，麻煩你傳真書面文件給本報，否則無憑無據難以執行。』

江澤民統治的後期，丁關根主導的中共宣傳部門對媒體的控制越來越嚴。一個顯著的變化是，宣傳部門不再像以往那樣鄭重其事地下發文件或明傳電報，對媒體發號施令，要求總編輯執行；而主要採取電話口頭傳達或手機短信通知的方式，直接指令總編輯或具體負責人。原因在

於禁令越來越多、越來越頻繁，書面行文需要層層報批，過於繁瑣，也來不及應付緊急狀況。而電話口頭傳達和手機短信通知，手續簡化，效率高、見效快。

及至胡錦濤當政，與人權惡化、司法倒退、權貴崛起和腐敗加劇同時發生的，是中共對意識形態的鉗制全面加強，媒體受到的衝擊和傷害最大。新華社通訊員出身的劉雲山執掌中宣部，在掩蓋真相和製造謊言方面具備了一定的專業性。

當局管制媒體的力度越來越大，範圍越來越廣，手段越來越多，措施也越來越具體和有針對性。每逢發生重大突發事件或召開重要會議，宣傳部的禁令和規定就鋪天蓋地。2003年初薩斯（SARS）盛行期間，中共廣東省委宣傳部的禁令有時一天多達30多條，甚至對頭版等重要版面具體上什麼稿件、稿件的排版位置及標題字號、圖片的規格大小等等，都做出明確規定。

但《南方都市報》還是不斷想方設法突破封鎖（中國網民有效突破封鎖，請參見第372頁附錄三：突破網路封鎖的方法），揭露真相，發出聲音。時任中共中央政治局委員、廣東省委書記張德江，兩次在省委常委會上質問下屬：『為什麼不用洩密罪起訴《南方都市報》負責人？』

中共當局和張德江想法一致並付諸行動的官員，並不少見。2004年9月17日《紐約時報》駐北京辦事處新聞助理趙岩在上海被捕，11月24日湖南《當代商報》記者師濤被湖南長沙國安拘押於山西太原。兩人均被以洩密罪起訴，趙岩被判三年徒刑、師濤被判十年徒刑。而師濤的所謂罪證，就是他向外界傳播了宣傳部門給媒體發布的禁令。

應該是對自身行動的不正義性和制度性犯罪的事實心知肚明，中共的媒體控制在胡錦濤時代開始進入地下祕密狀態。這一時期的顯著變化是，打電話給媒體傳達禁令的宣傳部門官員，通常都會在掛機之前強調：

『不得做書面記錄，不得留任何字據，不得透露下達了什麼禁令，不得透露是什麼部門下達的禁令，更不得透露下達禁令領導的姓名。』中共宣傳部的禁令，就這樣在祕而不宣中得以貫徹執行。

由於禁令下達的權柄日益私人化和隱祕化，宣傳禁令也日益成為宣傳部門官員進行權力尋租的一大工具。一方面上級官員為了美化自己的政績和粉飾太平，需要倚重宣傳部門，這就使得宣傳官員有更多的拍馬屁和獲提拔機會，大批投機鑽營、思想僵化、不學無術、唯上級命令是從的宣傳口官員得到提拔任用；另一方面，官員、權貴利益集團及大公司在出現醜聞時，首先想到的不再是進行艱難和無效的媒體公關，而是盡快擺平宣傳部門的領導，以便更好地從源頭上封鎖和控制信息（此處省略一個典型案例）。蘇州大學傳媒學者杜志紅，曾經在其微博上說：宣傳部門的禁令，保護的基本都是腐敗分子的利益和違法犯罪的行為；每道禁令背後能收多少保護費？」

程益中還舉例說：「2000年4月份，《南方都市報》的一篇專欄文章被劉祖禹主政的《新聞閱評》提出嚴厲批判。在其後不久召開的中共中央政治局會議上，時任中宣部長丁關根從公文包裡拿出那一期《新聞閱評》，用鉛筆批示『送長春書記閱』，並當即交給鄰座的時任中共中央政治局委員、中共廣東省委書記李長春。幾天之後，時任中共廣東省委常委、宣傳部長鐘陽勝召集時任南方報業集團社長范以錦談話，明令撤銷我的《南方都市報》總編輯職務並調離《南方都市報》。范以錦則採取久拖不辦和槍口抬高一寸的南方報業傳統做法，保住了我在《南方都市報》的職務。

像范以錦那樣保護下屬的案例現在不復存在，或者說根本就不可能存在。近幾年，中共已經從體制上杜絕了媒體不聽話的各種可能性，徹底鏟除了體制內媒體開明派和改革派生存的土壤。可以說，媒體已經徹

底喪失了「犯錯誤」的功能，就像被閹割去勢的男人喪失了男性功能一樣。此外，中共各級宣傳部不但直接或間接地牢牢控制了媒體領導的任命權，還在管理層中培植親信、安插眼線，以便及時掌握媒體內部情況和採取相應對策。

　　2003年5月底的一天上午，鍾陽勝召集《南方都市報》編委會全體成員到中共廣東省委宣傳部訓話三個小時，對《南方都市報》提出謾罵和詛咒式的批評。散會回報社我請編委會成員一起午餐，飯桌上口無遮攔地嘲諷和批駁了鍾陽勝僵化可笑的談話和觀點。飯後在驅車趕往深圳開會的途中，我接到時任中共省委宣傳部新聞處長張東明的電話，他嚴厲質問我：『你剛才不但不貫徹宣傳部領導的談話精神，還大罵領導，你豈有此理！』我手一哆嗦，趕緊把車停到高速路邊。」

習近平對江澤民亮殺手鐧

第三節

南周出報再提憲政夢
新京報獲獎

援引《人民日報》評論反擊中宣部

在經歷了一周的風波後，2013年1月10日，備受各界關注的《南方周末》正常出刊。版面內容涉點評任建宇訴重慶市勞教委案，發表評論〈改革勞教制度以明「依法治國」決心〉，直接響應習近平的「憲政夢」和日前提出的停止勞教制度。

1月10日出刊的《南方周末》頭版報導的是〈那麼多的愛，那麼少的錢——蘭考大火之前的「棄嬰王國」〉。一共32版的《南周》在最後一版是「評中評」專欄，在「2013年1月2日至1月8日的一周高論」中推薦幾篇〈這些聲音值得記住〉的評論。此版面左下方推薦《人民日報》1月7日的一篇文章〈宣傳思想工作要跟著上時代的節拍〉。

《南周》摘編《人民日報》的內容提到，「當下擺在新聞宣傳管理

者面前的考驗，前所未有。」「那些不利於打通心結、凝聚共識的僵化觀念，那些放任信仰缺失、價值迷失、信任流失的錯誤行為，那些手段單一、自以為是的生硬說教，都應堅決摒棄。」

《南周》推薦此文的理由是此文「反映了資訊爆炸、互聯網（網路）已經成為我們生活方式密不可分一部分的現實，由此『需要刷新輿論管理方式』，也反映了進一步改革開放對輿論支持的客觀需要。」「黨管媒體的方式要與時俱進。」

據知情人士透露，「南周事件」涉及江澤民派系打手中共政治局常委、原中宣部長劉雲山、廣東省委宣傳部長庹震等封殺習近平的「憲政夢」。

「意義特別」的薄谷開來故意殺人案

《南周》在這期還評選出〈2012年中國十大影響性訴訟〉，包括薄谷開來、張曉軍故意殺人案；陳平福發帖被捕案；大學生任建宇訴重慶市勞教委案、吳英集資詐騙案、劉艷峰訴「表哥」工資資訊公開案等。

2012年8月20日，安徽省合肥市中級人民法院對被告人薄谷開來毒殺海伍德作出一審判決，認定薄谷開來犯故意殺人罪，判處死刑，緩期二年執行，剝奪政治權利終身。

文章評論說，薄谷開來、張曉軍故意殺人案在法律適用上是最常見的案例，毫無新意。本案的特別之處在於案發的背景、案犯的身分。本案兩被告人一是重慶市委當時主要領導的家屬，一是其家庭公務員。本來領導的親屬未必不可以是刑事案犯的當事人，此案蹊蹺之處正在於「打黑」的主角和主力們對此案的包庇與揭發的過程。

文章表示，此案雖然是公開審理，然而當事人錯綜複雜、神祕莫測

的關係仍然是社會關注的話題。

《新紀元》在新書《薄谷開來案中奇案》中詳細報導了薄熙來的妻子薄谷開來,不僅殺死了英國人海伍德,她還是薄熙來、周永康政變圈核心人物,其案件核心真相一直被掩蓋。薄谷開來涉及活摘器官、非法在國際販賣屍體等罪惡,薄谷夫婦擔心日益與他們家庭疏遠的海伍德洩露他們活摘器官及販賣屍體的祕密,於是對海伍德殺人滅口。

「勞教制度勢在必改」

這期《南周》還在點評任建宇訴重慶市勞教委案和方舟評論中直接響應習近平日前提出的停止勞教制度。

《南周》在點評〈2012年中國十大影響性訴訟〉之大學生村官任建宇訴重慶市勞教委案時表示,勞教制度成為某些地方政府限制言論自由的法外特權。「無論是從維護國家法制統一出發,還是從依憲依法保護公民的基本權利出發,有權機關都應當立即著手根據我國憲法和法律的有關規定修改現行勞動教養制度;在此之前,至少應當嚴格依法限定其適用範圍。」

《南周》這期方舟評論則以〈改革勞教制度以明「依法治國」決心〉為題指出,勞教是一種司法程序外的社會控制手段,被行政權用來單方面、高效率地剝奪人民人身自由。只有徹底改革,才能明確表示執政者「依法治國」決心。

2013年1月7日,習近平在全國政法工作電視電話會議上強硬重提「憲政夢」、「平安中國」,同時讓政法委宣布停止勞教制度。

1月7日,中共政法委書記孟建柱在中國政法會議上突然宣布中國將在報請全國人大常委會批准後,2013年停止使用勞教制度。消息引

起外界強烈關注。他同時表示，在獲批之前，嚴格控制使用勞教手段，對纏訪、鬧訪等三類對象，不採取勞教措施。

消息引起外界強烈關注，包括新華網、中央電視台、《人民日報》中共官媒在內的海內外媒體紛紛轉載和報導。但之後這三家官媒有關停止使用勞教制度的消息均被刪除。且未給出任何解釋。

「南周事件」就是「憲政夢」，被刪除的內容就是習近平要倡導的核心內容，在這樣的局勢下，習近平公開發表強勢講話，要堅持「憲政夢」、「平安中國」，政法委宣布停止勞教制度，但消息很快從黨媒上被刪除，外界都感覺到北京高層出現激烈的搏擊，出現兩個聲音。

戴自更抗命中宣部 反獲中國年度傳媒大獎

在這次「南周事件」中，劉雲山不但錯誤估計了形勢，錯誤判斷了習近平的態度，錯誤忽視了《南周》編輯記者的反抗，而且劉雲山還錯誤估計了整個社會的反響和態度。劉雲山沒想到的是，「南周事件」後，《新京報》社長戴自更敢於向中共中宣部的強令說「不」，帶領員工抵制轉發詆毀「南周事件」的《環時》社評，不但在大陸民間深受好評，還因此榮獲金長城傳媒獎2012中國傳媒年度影響力人物。

2013年1月13日，中國傳媒人曾2012年會在海南三亞舉行頒獎盛典，《新京報》社社長、總編輯戴自更獲金長城傳媒獎2012中國傳媒年度影響力人物。該獎由中國人民大學新聞學院、復旦大學新聞學院、北京大學新聞與傳播學院、清華大學新聞與傳播學院等評出。

對於戴自更的獲獎，新浪網的報導稱之為「有風骨者才會真正有影響力！」被網民調侃大陸要「逆天」了。資深媒體人，五洲傳播中心五洲暢想國際傳媒總製片人王昭翬說：「社長的風骨代表著報社的風骨。

祝賀！」大陸著名學者吳稼祥讚：「人生漫長，關鍵幾步。」《深圳特區報》理論周刊主編周國和對這句話有共鳴，也幫著轉發。知名詩人、學者葉匡政說：「祝賀！」中國殘聯理事，前《華夏時報》社長張寶林表示：「說明堅持就是勝利。」

「我們依然堅持純粹的價值觀」

2013年1月7日，劉雲山下令大陸報紙轉載《環球時報》的社論，1月8日，多個省市的都市報失守被迫轉載此文，但亦有多家媒體「抗旨」未發，其中《南方都市報》、《新京報》、《東方早報》、《重慶晚報》、《瀟湘晨報》等在8日抗命未刊登。8日晚，北京市委宣傳部冷副部長親自上門督導，告訴他們，要麼轉載，要麼解散報社。隨後，《新京報》社內部進行了民主投票，遵照憲法第35條「中華人民共和國公民有言論、出版、集會、結社、遊行、示威的自由」，結果，「拒絕轉載」的這個選項被全票通過。據《明報》報導稱，未轉載社論的情況報送至中宣部局面升級，中宣部長劉奇葆強令「必須發」，中共政治局常委劉雲山也批示「必須發」。

1月9日，《新京報》「抗旨」未遂，但僅在《新京報》第20版不顯眼角落擇取《環球時報》社評刊登。與此同時，新京報網站主頁第二條刊出〈南方的粥〉，「一碗熱滾滾的砂鍋粥，來自南方大地，它似乎也有一顆勇敢的心，在寒冷的夜裡，惟有溫暖與這碗粥不可辜負。在這個近幾十年最冷的冬天，環球同此涼熱，從南到北，如同一個人，從頭頂冷到腳心……」擺明與《南周》同進退姿態。

中國資深媒體人、《冰點周刊》前主編李大同對戴自更直面宣傳部門的表態表示讚許，李大同認為儘管《新京報》違心刊登了《環球時報》

社評,但整個過程及戴自更作為社長的「衝冠一怒」,將使中宣部門在伸出長手管制媒體時有所忌憚:「上頭會知道,以後再要這麼做就有問題了,會引起進一步的反抗。讓當局明白新聞從業者、包括公眾對宣傳部戈培爾式的控制方式到了忍無可忍的地步。」

他也認為整個「南周事件」將使中共高層把「如何管理媒體」這個議題提前:「劉雲山作了一輩子的新聞殺手,現在又是常委,如果要說新政,得看習近平有怎樣的媒體政策。」

戴自更因「南周事件」經歷了以「辭職」而抗命的傳聞之後,於北京時間1月9日下午出席一場論壇時抒發感慨,戴自更在會上發言表示,《新京報》創辦將近10年,作為一份以責任為使命的報紙,「我們依然堅持進步的美好價值觀。」戴自更並期許《新京報》能推動時代進步、政治清明、社會文明。

戰火延燒 《南都報》公開諷刺「中國模式」

1月10日,儘管《南方周末》恢復出刊,但事件的後續效應還在持續發酵延燒。繼一些大陸媒體用各種形式力挺《南方周末》後,1月13日《南方都市報》也藉一書評,公開諷刺官方的「中國模式」。

《南方都市》13日在發表香港作家梁文道的評論文章說,2012年讀到的一本壞書是張維為的《中國震撼——一個文明型國家的崛起》,這本書是宣傳官方自詡的「中國模式」,「但是我覺得最大的問題就在於整本書都在談『中國模式』,卻沒有對所謂的『中國模式』給出一個明確、合理的定義,只能列出一些拼湊的特點,但每一個在我看來都站不住腳。」

所謂的「中國模式」即指,依賴外資與出口、並壟斷在政治獨裁下

的所謂「中國特色」的「中國經濟發展模式」。

　　《外交政策》2012 年 11 月 19 日發表麻省理工學院斯隆商學院教授黃亞生的評論說，有必要打破流傳甚廣的「中國模式」的神話：即中國目前的政治和經濟制度是中國經濟增長的唯一原因。在深入透視這個成就之後，可以發現，毛澤東先讓這麼多中國人一貧如洗，導致後毛澤東時代的中共領導層能讓這麼多人脫離貧困。他語出驚人的提出：「恰當的問題不是為什麼中國在過去 30 年發展如此迅速，而是為什麼跟亞洲其他國家相比它仍然如此貧窮？」

　　梁文道在文章中舉例說，比如民生偉大、保持穩定、順序正確、對外開放，這些是世界各國共有的。作者還用了「非常糟糕」來形容這本書：整本書非常不嚴謹，大量引用了一些媒體的輿論文章，都是非常灌水，缺乏很多第一手的材料和數據來支持它，建立在這些上面的推論像建立在流沙一樣。

　　作者認為最糟的是，這本書的影響還很大，不少學者、作家、媒體人、某些政府人員都很欣賞這本書，這讓他格外擔心。

　　有評論表示，該文表面上是在批一本宣傳「中國模式」書，實質上是在嘲諷「中國模式」無稽之談、直言諷刺「中國模式」本身的荒謬。

第四節

黨校教授詮釋中國夢更前衛

黨校教授言論比《南周》更前衛

　　2013年1月上旬，定位為全中國政界、工商界精英群體為閱讀對象的高端刊物《中國民商》專訪了中央黨校國際戰略研究所副所長周天勇，對習近平的「中國夢」進行了大膽的詮釋。周天勇認為，中共建政的前30年，知識、教育、科technology幾乎不起作用，這個民族根本沒辦法和世界其他國家競爭，而且目前中國的體制不是一個現代國家的體制。外界注意到，在「南周事件」以後，掌握中共意識形態及輿論導向的最高研究機構能夠發出如此前衛的聲音，背後一定有人暗挺。

　　周天勇表示，「中國夢」是相對於世界其他民族而言的，即作為中華民族，首先要清楚，我們是誰？我們的特徵是什麼？是誰的傳人？

　　中國社會對周天勇的這個疑問早有說法與討論，自從2004年底《大

紀元》社論《九評共產黨》面世後，中國社會對中華民族的特徵及文化傳承已經明確認識到，中國人是龍的傳人，不是馬克思的傳人；是炎黃子孫，不是馬克思的子孫；中國人愛的是炎黃孔孟的中華，不是馬列恩斯的暴力鬥爭邪說，唾棄中共理論體系早已深入人心。

外界觀察，在此背景下，周天勇的「我們是誰？我們是誰的傳人？」意味深長。

周天勇認為，中共「建國」不能叫復興，復興首先就在於民族尊嚴和民族地位的提升。「建國」後的前30年，知識、教育、科技幾乎不起作用，這個民族根本沒辦法和世界其他國家競爭。這其中的關鍵問題在於，中國共產黨沒有從一個革命黨轉為執政黨，中國共產黨的工作沒有從革命轉向建設。

周天勇大膽承認，目前中國的體制還不是一個現代國家的體制。他透露，美國在21世紀的全球三大任務便是防止極端法西斯主義死灰復燃，防止極端共產主義死灰復燃，再就是防止極端宗教和極端恐怖主義，中國堅持共產主義，這是極端的共產主義還是人道的共產主義？美國很是懷疑。

未來的中國需要什麼樣的「中國夢」？周天勇認為，「中國夢」首先要解決希望和失望的問題，一個社會最大的失敗就是大多數人對這個社會、國家、體制失望，「中國夢」要給人們一種希望，一種對未來的憧憬和理想。

周天勇還強調，很重要的是，法律不僅僅是幫助政府怎樣管理和規範社會、企業和公民，更重要的，一是要有法律和法規讓政府服務於社會，要有利於的社會創業和創新，要使社會有活力；二是法律法規還應當有利於社會和公民，去監督政府和公務員，以及行政事業性的執法機構和人員，防止其尋租、懶惰和不提供應有的公共服務。

誰在挺周天勇 《民商》為何沒被整肅

在北京編輯、香港出版、大陸發行的《民商》，在《南周》和《炎黃春秋》被中共中宣部修理後，在此敏感時期，為何還敢、也能發出如此前衛的聲音，其中意味深長。

2012年底，曾為新任中共中央總書記的習近平博士論文導師、被戲稱為「國師」的清華大學教授孫立平也曾發出驚人之語，孫不僅指出中共的治國理念與法治格格不入，還預言中共當局如果錯失切割的歷史機會，中共的統治模式不可能維繫多久，「10年可能到不了，五年可能差不多。」

《民商》強調，該雜誌定位是一份能順應歷史潮流，得風氣之先的刊物。《民商》在中共高層受中共黨內改革派力挺，胡耀邦之子胡德平曾特為《民商》創刊寄語。

作為中共理論基地的中央黨校一直是習近平的輿論陣地。中共18大上習近平成為新一任黨魁和軍委主席後，他目前仍兼任中央黨校校長。

「中國夢」和「憲政夢」這兩個夢是中共新任總書記習近平最近講話的重點，2012年11月29日，中共18大的帷幕剛落下不久，新任總書記習近平便率其他常委一同來到國家博物館，參觀大型展覽「復興之路」，並發表了「重要講話」，談到民族復興和「中國夢」，迅速成為大陸媒體當下的熱門話題。

18大之前，習近平擔任校長的中共中央黨校刊物《學習時報》公開承認中國當前正處在「三千年未有之大變局」的時代關口。

2012年11月5日，香港著名的左刊《經濟導報》重新發表了胡錦濤十年前剛當上總書記時在紀念憲法頒布實施20周年大會上的講話：

實行依法治國的基本方略，首先要全面貫徹實施憲法。要抓緊研究和健全憲法監督機制，進一步明確憲法監督程式，使一切違反憲法的行為都能及時得到糾正⋯⋯

大陸周刊財新《新世紀》在18大召開的第二天，即2012年11月9日發表胡舒立〈18大：改革之火燃起來〉的文章說：依法治國，涉及立法、執法、司法和守法等方面⋯⋯，在談及執政黨與憲法的關係時，突出表示：「黨必須在憲法和法律範圍內活動。任何組織或者個人都不得有超越憲法和法律的特權，絕不允許以言代法、以權壓法、徇私枉法。」

外媒表示，習近平為推行他的「中國夢、憲政夢」，在18大前先通過一些有特殊背景的傳媒進行熱身造輿論聲勢，然後出口轉內銷最終登場高調推出兩個夢。

整頓金融 劉雲山李長春家族首當其衝

18大剛結束不久，海外推特上就有爆料稱，習近平把金融專家王岐山封為中紀委反腐鐵腕的目的，就是要懲治金融業的「蛀蟲」。有人總結說，1980年代，大陸貪官主要靠批文，倒買倒賣，1990年代主要靠股票房地產，而2000年後，更多貪腐是在繁雜的金融交易的煙霧彈中進行，一般人不熟悉金融，資金轉幾個圈就被搞糊塗了，而王岐山是金融專家，很多事瞞不過他。

當時人們傳，王岐山反腐的首要目標將對準另一常委劉雲山兒子劉樂飛及前常委李長春女兒李彤之私募基金等。「南周事件」後，有海外媒體再次爆料，中國新年後中共的反貪行動將從金融行業高官開始，名單已經擬好。

前任中共政治局常委、主管意識形態的李長春是江澤民的鐵桿。18大前,李長春的相關醜聞被大量曝光。李長春的女兒李彤被海外媒體曝光利用私募基金在李長春的「精神文明」領域發財。李彤目前除了擔任中銀國際執行總裁外,她還掌管著一家私募基金。中銀國際、中國國際電視總公司及深圳國際文化產業博覽交易會有限公司作為該基金的聯合發起人,計畫募集資金規模 200 億元,首期募集資金 60 億元。

李長春在 18 大後黯然下台。據大連媒體界的消息稱,李長春的哥哥李長吉因捲入薄熙來案,隨後被「雙規」。

劉雲山的兒子劉樂飛,1973 年出生。自 2006 年 7 月起擔任中國人壽首席投資執行官。自 2004 年 8 月起擔任中國人壽投資管理部總經理。期間負責近萬億資產投資管理,主導了南方電網、廣發行、中信證券、Visa、民生銀行、中國銀聯、秦皇島港等大型項目股權投資,獲可觀回報,以至有輿論驚歎:中宣部長的兒子是「金融神童」!

加入中國人壽之前,2003 年至 2004 年,劉飛樂擔任中國銀河證券有限責任公司投資管理總部總經理,並兼任北京銀河投資顧問公司總經理。此前的 1998 年至 2003 年期間,任國家冶金部中冶安順達實業總公司副總經理,同時兼任首創證券公司執行董事。

劉樂飛是第九屆和第十屆全國青聯委員,並擔任新華富時指數委員會委員和路透年金指數委員會委員。

劉樂飛自 2008 年 6 月中信產業基金成立之初,任中信產業投資基金管理有限公司董事長、首席執行官,同時還任中信證券董事。2012 年 6 月劉樂飛卸任中信產業基金董事長一職,仍擔任中信產業基金首席執行官。

2011 年 4 月 20 日,《財富》雜誌正式發布了「亞洲最具影響力的 25 位商界領袖」榜單,其中中信產業投資基金管理有限公司董事長兼

首席執行官劉樂飛位居 22 名，是其中最年輕的上榜人士，年齡 38 歲。

劉樂飛的妻子賈麗青，是曾任國安部長、公安部長以及最高檢察院檢察長的賈春旺的女兒。劉、賈聯姻，被視為是中共政壇「政治聯姻」的典型。

劉雲山當年被江澤民看重，一個很重要原因就是，劉雲山執掌中宣部之後比前任丁關根更保守，對付異議人士手段強硬，在網路控制上更加過分。中國大陸近十年來萬馬齊喑有他的「功勞」。

18 大前，劉雲山是中共高層深感棘手且最具爭議的入常人選之一。中共黨內外對劉雲山的工作、人品、作風劣評如潮。其「入常」難度非常大。據報導，其富豪兒子劉樂飛忙著在財經界運作，幫老子上位。

據港媒報導，劉雲山在 18 大中央委員選舉時得票倒數第一，雖然劉得票最低，卻照樣「入常」。

習近平拿金融業開刀 「處決」名單已定

2013 年 1 月，隨著中國郵政儲蓄銀行行長陶禮明被正式批捕的消息傳出之後，網路又有消息稱，中共最高檢高層人士曾透露：習近平的反腐行動將從金融行業高官開始，且名單已經擬好。

據《財新新世紀周刊》披露，中國郵政儲蓄銀行行長陶禮明已於 2012 年 12 月底被正式批捕。陶禮明於 2012 年 6 月因涉及貪腐問題被當局「雙規」。據調查，一起被帶走調查的還有另外兩名郵政金融系統高官。

據來自中共最高檢內部的消息稱，高層人士透露：「年後反貪行動從金融行業高官開始，名單已擬好。」並認為，陶禮明的批捕，顯示習近平已經開始了他的「金融第一刀」。

中共新領導習近平上任之後，對腐敗官員開始整治，中國也迅速掀起一股微博舉報腐敗的浪潮。但隨後，自從微博實名舉報波及部級高官之後，政府開始消極應對，民眾參與反腐的熱情又開始轉淡。

2012年12月31日，習近平主持召開了中共2012年的最後一次政治局會議。據稱，此次會議上布署了2013年反腐敗工作，並且強調了高級幹部的違紀違法問題。有評論認為，這或許是對此前飽受爭議的「網路反腐止步於部級幹部」所做的回應。

牽出陶禮明涉案的線索是陳明憲（原湖南省交通運輸廳黨組書記、副廳長）案。在2009到2010年間，郵儲銀行曾為湖南高速相關建設建設項目違規發放貸款，在此期間陶禮明的弟弟向湖南高速索賄1000多萬元。此外，陶禮明亦涉及通過銀行間市場利息輸送等違法違規事宜。

大陸官方消息顯示，此前半年，陶禮明早已經被雙規調查，還有兩名系統內官員同時被查，他們是郵儲銀行資金營運部金融同業處處長陳紅平，郵政集團公司黨群部主任張志春。官方資料還顯示，陶禮明現年59歲，2007年3月郵儲銀行正式成立擔任行長一職，之前任郵政局儲匯局局長多年。陶禮明家屬中多人都曾在金融系統任要職。

對於陶禮明會否牽連出更多金融系統高官，甚至引發金融系統反腐風暴，目前尚未可知。不過18大上，中共央行行長周小川已經失勢，香港《爭鳴》雜誌12月刊消息指，周小川身為18人主席團成員，是國務院內定負責金融的國務委員候選人之一，但卻在18大中央委員預選的差額選舉中落選。由於年齡原因，周小川或於2013年3月份從中共央行行長之位退下。

周小川的失勢或許意味著許多金融系統內部的人事將出現大的變動，而「反貪」則長期以來被認為是中共體制下人事變動中肅清「攔路虎」或打擊「對手」的手段。

第五節

有習家背景的港媒披露宣傳部黑幕

　　力挺習近平「中國夢、憲政夢」的《南方周末》2013年新年賀詞被閹割事件在短時間內不斷發酵，觸發全球範圍的反中共新聞審查制度的烈焰。1月10日，香港雜誌《陽光時務》第38期〈還我新聞自由：解密南周・中國公民反抗中宣部〉對「南周事件」做了系列報導，在「主編的話」〈反擊宣傳部〉文中，稱《南方周末》這次集體行動，公開挑戰宣傳部權力，將宣傳部門的黑幕撕開一條裂縫。

　　《陽光時務》隸屬香港陽光國際集團，其董事長陳平早年為中國政府高層政治智囊，與已故中共前總書記胡耀邦的長子胡德平私交甚篤。2012年18大前習近平「神隱」期間，該刊曾因獨家報導習近平的近況而廣為各方所熟知。此次《陽光時務》為習近平發聲、打擊中宣部。

宣傳部權力兩特點：不受制約及黑幕化

2013年1月10日，曾因發表敢言言論被南方報業集團解雇、現任《陽光實務》主編的長平，在《陽光時務》撰文〈反擊宣傳部〉，文章說：「宣傳部門是管理者角色，它自然和作為被管理者的媒體會有摩擦。但是，和一般的管理者與被管理者之間的摩擦不一樣，宣傳部門的權力有兩個特點：一是不受制約，二是黑幕化。

宣傳部門每天都在向媒體發禁令，大到國際政治，小到企業恩怨。有些禁令非常荒唐。然而，哪怕是中共組織內部，也幾乎沒有任何機制來對其制約和修正，形成它絕對正確的權力地位。行政機構的決議或指令大多有檔案記錄，很多必須公開，但宣傳部門的禁令被當作國家機密予以保護，而且他們也愈來愈不願意留下痕跡。」

長平談到，別的機構權力受到挑戰，管理受到質疑，指令受到抵制。不服從者一可以向上級機關反映，二可以找媒體投訴（或者直接到網上控訴），三可以到法院起訴。這三種情況，宣傳部門都很少遭遇。

不少著名學者都從宣傳部接過髒活

長平認為，絕對的權力導致絕對的腐敗。文中說：「宣傳部門的權力沒有邊界，工作也就沒有規則。如此一來，宣傳部長的個人志識和興趣，就扮演著非常重要的角色。有些宣傳部門開明一些，甚至認為自己有推廣現代文明的責任。」

「有些宣傳部門看到了權力尋租的空間，不僅自己樂於被腐化，也用它來腐化別人。國內不少著名的學者，都從宣傳部門手中接過髒活。我自己也曾收到宣傳部長的邀請，如果願意去配合他寫點文章，『好處

不在話下』。」

「宣傳部門不受制約的權力，以及工作的黑幕性質，而且又和媒體是一家人，令其腐敗行為無從揭露。坊間很多傳言，都只能停留在猜測的層面。」

最後，長平談到轟動海內外的「南周事件」。他說：「《南方周末》同仁的這次集體行動，不僅公開挑戰宣傳部門的權力，而且以『深入調查、公布真相』的訴求將宣傳部門的黑幕撕開一條裂縫。」

「這是這場抵制運動中，我最看重的意義。內幕曝光，任何人都會知道，中國到底有沒有新聞審查和輿論管控，這種審查和管控到了多麼荒唐的地步。每一個珍惜自己知情權的人，每一個不願意被洗腦的人，每一個支持言論自由的人，都應該發出抗議的吶喊。」

《陽光時務》此時發聲，被外界認為非同尋常。

《陽光》曾獨家報導習近平身體健康 消除外界猜測

香港《陽光時務》於 2011 年 8 月 25 月創辦政務電子雜誌。該刊隸屬香港陽光國際集團，其董事長陳平早年為中國政府高層政治智囊。

《陽光時務》創刊僅一年多，曾因 2012 年 18 大前，習近平「神隱」期間獨家報導習近平的近況。

習近平自 2012 年 9 月 1 日出席中央黨校秋季學期開學典禮並講話後，就從公眾視野中消失兩周。9 月 5 日，習近平罕見取消了與美國國務卿希拉里會面的原定行程；同時還取消了和新加坡總理李顯龍以及俄羅斯代表團的會面。直到 15 日到農業大學參加科普日活動才再次亮相。

在中共 18 大即將召開之際，習近平的「神隱」，曾引來外界眾多猜測、謠言滿天飛。當習近平不明原因失蹤 10 天後，香港《陽光時務》

周刊於 9 月 12 日獨家報導稱：目前習近平身體健康，正主導大局且忙於籌辦 18 大並謀劃推動政治體制改革，其地位穩固，已得到元老、紅二代、知識分子、包括軍方實權將領的支持。

報導還引用了習近平的親屬向該媒體發來的短信：「好，都好，放心。」至於習十來天沒有露面和會見外賓，報導稱是「本人的選擇」。

報導還透露，路透社及各大海外媒體 7 日報導習近平會見胡德平強調加快政治改革的消息，可靠可信。

胡德平與陳平私交甚篤

《德國之聲》2012 年也曾提到，胡德平與香港陽光國際集團董事長陳平私交甚篤，《陽光時務》在對習近平做出獨家報導後，曾向德國之聲確認習、胡會面，並預言習肯定會進行政治民主改革。他也表示習在權力交接前不會出現意外。

據報，陳平在收到前方記者的信息後表示，習近平和賀國強並不如外界傳言，均處正常狀態。他還強調：「我要求我們派出的記者一定要真實報導，請相信《陽光時務》。」

早前報導稱，胡德平是已故中共前總書記胡耀邦的長子，現任全國政協常委、經濟委員會副主任委員，近年來被看成是「大力推動改革」的發言者。據悉，胡德平與習近平關係也非同一般，兩家私交甚好。

習近平對江澤民亮殺手鐧

第六節

新華網刊宋祖英囧照羞辱江澤民

宋祖英是眾所周知的前中共黨魁江澤民的權勢晴雨表，震驚中外的「南周事件」後的 1 月 13 日，中共龍頭黨媒新華網首頁刊登標題為〈宋祖英囧照大全尤其是素顏照簡直無法言語〉的一組圖片，極為明顯地羞辱江澤民的姘婦宋祖英，官媒這前所未有「舉動」，令外界浮想聯翩。

人們注意到，在此新聞圖片的旁邊，新華社點名的是趙本山、倪萍——這兩人都牽扯薄熙來一案。趙本山曾被爆料是薄熙來曾許諾過的政變事成後的文化部長，而倪萍被多家媒體曝光與薄熙來關係曖昧，江澤民則是薄熙來的終極後台。有聲音認為，自習近平上台後，特別在「南周事件」的影響還未終結之時，新華社這樣露骨的暗示，似在警告江系餘黨，也在不斷給欲施「老人干政」的江澤民下馬威。

2012 年中共 18 大之時，江澤民在中南海八一大樓的辦公室被撤之後，中共黨媒就開始頻繁「羞辱」宋祖英。在不久前的個人演唱會上，她竟然莫名其妙地落淚，還主動與男嘉賓摟摟抱抱；更是被黨媒稱為「趙

本山的最寵愛」。

2013年1月6日，大陸多家媒體網站刊發〈宋祖英個唱與沙寶亮相擁起舞激動落淚〉的照片，引發外界輿論。有民眾疑問：什麼事情哭成那樣？不知是想著自己年華老去，不久後的舞台將不屬於她？還是感覺自己失去「後台」，以後無人仰仗擔心遭受欺凌？

有趣的是，「南周事件」後，1月13日新華網在其社區版藉論壇民眾的推薦登出〈毛澤東不修邊幅的幾張老照片〉，完全顛覆中共官媒一直把毛澤東神化的形象。

而此前因「南周事件」輿論界左右激戰之時，1月9日新華網在其首頁刊出了毛澤東1957年關於反右的文章〈事情正在起變化〉，露出一股毛左氣焰。

中宣部此舉再招來各界的強烈反對，《南方周末》所屬的《南方日報》總部樓前，連續三天有市民集會，聲援《南周》記者和他們的罷工抗爭。1月9日，《南周》門口也出現很多「五毛」，不僅拉了多條橫幅，還出動高音喇叭，並使用暴力挑釁。

大陸民眾在微博紛紛披露，五毛黨聚集於《南方周末》大門前，與前來力撐的民眾打對台。可是一天黑，五毛黨如同放工一樣，齊齊走人，現場只剩維持秩序的公安。因此網民質疑五毛黨因為沒有加班補貼，所以便準時收工，跟香港那「250」日薪的柴粉很相似。

新華網刊出的毛澤東照片，基本就是個土匪模樣，這些組圖被不少網站轉載，毛的醜陋形象再度成為人們的笑料，顯示出此輪毛左想藉機「復辟」的願望落空。同時讓外界看到，中共黨媒在中共高層的兩種聲音下已經「摸不著北」，只能見風駛舵，走一步算一步了。

習近平對江澤民亮殺手鐧

第十三章

政法委大坍塌
大老虎呼之欲出

習近平上任僅三個多月期間,中共各級政法委官員被雙規、逮捕人數已多達453人。然而政法委主要官員的背後,不但有地方和部委的財團力撐,更有江系及黨內大老的影子,政法委的大坍塌充滿意外的血腥。

(AFP)

習近平對江澤民亮殺手鐧

第一節

453人被查 政法委大坍塌

2013年1月，北京消息人士透露：原政法委某位高官最近向胡錦濤和江澤民遞交報告，其中內容包括，過去三個多月以來，各級政法委官員被雙規、逮捕人數多達453人，其中公安局系統392人，檢察院系統19人，法院系統27人，司法廳（局）5人，非公檢法司系統的有10人。另外，還有12名政法高官自殺身亡。

接近胡錦濤辦公室的北京消息人士分析認為，有關的信件，顯然是希望引起江澤民和胡錦濤的高度重視，並對習近平和王岐山發出勸導之聲。據悉，胡錦濤對此信並未表態。他估計胡錦濤不會發聲干預新領導班子的政策，而江澤民的反應目前不得而知。

吳永文被捕 目標是周永康

目前中國各地出問題的政法系統官員中，湖北省吳永文級別最高。吳從2007年到2012年7月期間擔任湖北省政法委書記，正是薄熙來在

重慶「崛起」和周永康政法系統權力處於最頂峰時期。

吳永文下台，據說因為情婦的丈夫提供證據，上告其受賄和「生活作風」問題所導致。來自北京的消息稱，吳永文下台並非簡單的貪腐和情婦問題那麼簡單。最近，在北京被判刑的武漢商人徐崇陽被釋放出獄，並向外界透露他去年在北京被捕之後的一系列遭遇。徐談到，他被捕之後，一直由北京市公安局和湖北駐京辦官員審問。審訊人員對他刑訊逼供，強迫他承認幾個罪名：一是他為美國情報機構提供情報；二是美國有關方面通過他提供金錢給當時中央辦公廳主任令計劃，令則向他透露大量有關薄熙來的資料，並由徐撰寫批評薄熙來的文章；三是強迫徐承認自己是法輪功成員。

這三個罪名連穿起來，顯然要「指證」美國政府—令計劃—法輪功之間的關係，並且令計劃和美國及法輪功等境內外「敵對勢力」勾結，對薄熙來抹黑和栽贓陷害。

來自北京的消息顯示，徐崇陽一案，由北京市公安局副局長傅政華直接領導，背後則由周永康授意，而吳永文作為湖北省政法委書記全力配合。

另一方面，中國支持薄熙來的毛左，曾多次在武漢召開全國聯絡會議，討論中國政局演變及如何促成薄熙來上台。會議中毛左多次提出和毛澤東文革類似的政治綱領，提出「殺 50 萬人」的專政目標，甚至模擬了黨政軍接班的領導人名單。

早在 2009 年中，薄熙來開始支持毛左派的初期，毛左也曾經在武漢召開「人民勞動黨」建黨籌備會議，「黨中央」選定在重慶。該會議在武漢順利舉行，全國多名著名左派人物到場參加。吳永文作為主管政法和國內政保的政法委書記，接受了周永康指令，對會議沒有任何干預。

勞動黨籌建會的主要成員，會後順長江去重慶，在路上被全數截獲問話。但有趣的是，該批人物只被警告不得再討論建黨的事情，不但沒有受到任何政治追究，反而受到了鼓勵。隨後由於受到有關官員的人力和資金的大力支持，毛左活動日趨活躍和強硬，以至 2012 年初，毛左在北京市召開了兩千多人的誓師大會，張宏良做「政治報告」要全面對「帝修反資」算總帳。

作為一個要推翻中國政府和反對主要官員（比如發起全國「送瘟神運動」）的國內黨派，在中國活躍長達五年，是一個十分罕見的現象。其原因是背後周永康政法系統的默許，當然也是薄熙來全面支持的結果。北京新領導人上台之後，對毛左及其背後的政治勢力進行調查，吳永文在此時被祕密押進北京，絕非偶然。

政法委成習近平施政障礙

北京消息人士對《新紀元》透露，政法委系統是習近平施政的主要障礙。他透露說，最近公安部某主要負責人，在私下場合對習近平大表不滿。他也痛罵孟建柱是見風使舵的小人。孟建柱原為江派提拔的人馬，但在習近平上台之後權力向習靠攏，完全不顧過去的「老領導」和政法系統本身的利益。當時在座的人數不少，很多人對於這位人士的「勇敢」非常詫異。

這位消息人士說，習近平和黨內主要派別以及太子黨主要人物找到了「最大公約數」，即要恢復 50 年代「新民主主義」時期的中共執政模式，並提出「落實法治」。習近平提出劉少奇 1955 年的講話，制定憲法的意義是民眾晚上睡覺「不怕敲門」。

過去十多年以來，中國的法律條文成為虛設，中國政府走向法西斯

化，其中以政法委領導的維穩政策「居功」最大。中國公檢法司各部門，為了達成某種目標，競相把對手妖魔化、境外勢力化，以便施展非法措施。這是過去十年以來中國社會矛盾激化以及中共信譽大幅下降的主要原因。

習近平上台後提出落實憲法落實法治，顯然有對上述問題「矯枉過正」的目標。不過現在看來，阻礙恰恰來自過去在這一領域的既得利益團體——政法委。事實上，政法委系統除了掌管公檢法司、武警之外，也協調宣傳、統戰、文化等50多個部門，預算費用高達近7000億人民幣，超過中國的軍費，儼然成為可以和中共最高領導人分庭抗禮的國中之國。

消息人士透露，目前北京對政法委下屬的眾多官員開刀，最終目標還是以反貪為手段，拆除政法委這個龐大的「法外帝國」。多數貪腐政法委官員被雙規逮捕，只是為了抓捕其中幾位最重要的關鍵人物作為掩護。有來自北京的分析認為，政法委主要官員的背後，不但有政法系統官員的支持，也有地方和部委的財團力撐，更有一些黨內大老的全力支持。習近平想要扳倒這些人極為困難，除非拿出「非殺不可」的鐵證，否則未來的鬥爭可能將充滿意外的血腥。但已經肆意了十年的政法委體系的全面大坍塌，恐怕無法避免。

習上台後貪官急逃 兩月捲走238億美元

習近平自2012年11月上任後，高調反腐，據民眾統計，僅在第一個多月裡，被查處的貪官有20多人，另有一批貪腐官員相繼被宣布接受調查。據最新出版的一份香港雜誌報導，近期中共內部通報，中共18大一結束便有大批貪官攜鉅款外逃，2012年最後兩個月被提走238.9

億美元等值外幣。

香港《爭鳴》雜誌最新一期刊登報導引述中共中紀委於 2012 年 12 月 13 日向中共中央通報的「反腐敗鬥爭工作的新動向」內容，描述 18 大後中共貪官外逃狀況。

通報說，根據中國人民銀行、銀監會 2012 年 12 月 11 日公布的資料顯示，中國 2012 年 12 月上旬被提取 92.46 億美元等值外幣，11 月也被提取 146.44 億美元等值外幣。

報導還透露，中紀委、中辦、中共中央組織部至 12 月中已約見近 120 多名現任高官「打招呼」，要求他們的家屬停止拋售住宅、註銷假名、匿名帳戶等。

另據中共央行公布數據顯示，2012 年 11 月末，中國金融機構外匯占款餘額較 10 月末大為減少。據華泰證券首席經濟學家劉煜輝計算，11 月資金外逃達 2595 億元人民幣（約 412 億美元），創年內新高，顯示資金外逃加速。

各地官員拋售「灰色」房產

此外報導引述中國住房和城鄉建設部、監察部的通報說，中國 45 個大中城市 2012 年 11 中旬起，出現拋售豪宅、別墅風潮，12 月這股風潮持續擴大，其中拋售住宅業主有六成匿名、假名或以公司掛名拋售。

通報說，經核查當年原始記錄、帳戶資金來往、住宅地點等，出售物業的業主皆屬於黨政、國家公職人員、國有企業高級管理層。

有大陸媒體報導，去年 11 月以來，中共在個別地區試點推行公開官員個人財產及住宅信息，引發擁有多套房產的基層官員們急於脫手名

下房產,導致北京、上海、廣州等多個城市的二手房成交量迅速增長。北京市住建委網簽數據及多個機構的調查數據均顯示,北京2012年11月二手住宅合計簽約1萬4449套,同比增長了94.5％。上海、廣州等地的二手房市場成交也十分火熱。

外界分析指,在18大後「反腐」風潮下,官員財產申報成焦點,擁有多套房產的官員們趕緊將名下房產脫手出清,引發二手房產市場爆棚,中國可能會出現新一輪官員對外財產轉移潮。

中共官員外逃形成大勢

據中國社會科學院的調研資料,90年代中期以來,外逃貪官約1萬8000人,捲款達8000億人民幣。

一項對中共中央委員會的研究發現,中央委員當中91％的人都有家人移民海外,甚至加入外籍;中紀委成員當中,88％的人都有親屬移民海外。

而網路瘋傳稱據美國政府的統計顯示,中國部級以上的官員(包含已退位)的第二代中74.5％擁有美國綠卡或公民身分,第三代中有美國公民身分達到91％或以上。

此前有消息稱,2012年僅從北京外逃官員354人攜款3000億元人民幣。在中國,貪官們正掀起一場攜款、攜妻、攜子、攜二奶、三奶的大逃亡風潮,且愈演愈烈。

第二節

揪出烏坎、李旺陽、鄧玉嬌案的幕後黑手

　　自從 2012 年 2 月王立軍出逃、薄熙來倒台之後，江派主要成員周永康、薄熙來欲藉政法委掌控的武警公安搞政變的陰謀被曝光於天下，從那時起，很多政法委系統官員就開始被中紀委調查。2013 年 1 月 1 日後，原湖北省政法委書記吳永文被中紀委祕密逮捕進京審查；1 月 9 日，又傳出山西省公安廳副廳長李太平被撤職；1 月 13 日，山西省公安廳副廳長李亞力被建議撤職，留黨察看一年，此前山西省另一位公安廳副廳長蘇浩已被撤職調離；1 月 16 日，官媒報導廣東省汕尾市委常委、政法委書記陳增新被立案檢查。

　　1 月 7 日，政法委書記孟建柱宣布 2013 年將停止勞教制度，政法委將面臨大的變動。一連串的官員落馬，導致整個政法委系統的黑心官員驚恐萬分，生怕下一個處罰就落到自己頭上。

吳永文被捕 新年首位副省級官員

據香港媒體報導，曾主管湖北省政法公安系統五年（任湖北省政法委書記、公安廳長）、現任該省人大常委會副主任的吳永文，2013年元旦後，被中紀委祕密逮捕、遞解進京。據大陸官方報導，早在2012年7月，吳永文就被免去政法委書記的職務，9月被免去公安廳廳長職務。

港媒報導說，吳永文被中紀委帶走調查，與吳涉嫌權錢交易、包養情人、生活腐化等系列問題相關，目前中紀委地方巡視組正在湖北省會武漢市作相關調查。不過在官方簡歷上還能看到吳永文在2009年4月29日湖北省委政法委廉政建設報告會的發言。吳永文標舉「三條線」原則，要求幹警「把握守牢底線、不踩紅線、不碰高壓線。做到不為私心所擾、不為名利所累、不為物慾所惑。慎對愛好，防止個人愛好成為被拉攏腐蝕的突破口。……老老實實做人、乾乾淨淨做事、兢兢業業工作。」中共貪官這種「白天廉政、晚上貪腐」的人格分裂鬧劇比比皆是。

據南京楊鄭廣律師微博披露說：「浙商樓恒偉在湖北慘遭暗算，不僅資產被扣押，還冤坐兩年九個月大獄，法院至今不給說法。高官吳永文等人被指係幕後黑手。真所謂『搶劫有理，生財有道』。」

據悉，吳永文是18大後繼四川省副省長李春城下馬之後，第二個被調查的副省部級官員。2012年12月中旬，新任中央候補委員的李春城，被喉舌新華網宣布涉嫌嚴重違紀，遭中央免職。李春城被稱為周永康家族的財務家臣。

據北京知情人士向《新紀元》獨家透露，湖北省政法委書記吳永文的被捕進京，還有汕尾政法委書記陳增新的被審查，都與前政法委書記周永康被審查相關。

官方簡歷顯示，吳永文1952年出生在湖北荊門，小學民辦教師出

身的他，1994年任荊門市公安局局長和政法委書記，三年後他離開公安系統，1997年任荊州市副市長，2006年任鄂州市委書記。等到2007年周永康擔任中央政法委書記後，2007年9月吳永文回到政法委系統，被周永康提拔為湖北省委政法委書記，2008年1月還擔任湖北省公安廳廳長、黨委書記，武警湖北省總隊黨委第一書記、第一政委；2012年1月，吳永文還多了一個頭銜：湖北省人大常委會副主任，不過2012年7月，吳永文被免去政法委書記職務，9月被免去公安廳廳長職務。

鄧玉嬌案背後的政法委黑手

要說吳永文擔任湖北政法委書記「最引人注目」的政績，當屬2009年轟動網路的「鄧玉嬌殺淫官」案。假如沒有全國民眾的奮力反擊，這位「中華烈女」就可能讓政法委送進監獄了。事發後官方一直把鄧玉嬌關在縣看守所，也一直想讓這位普通農家女為死去的中共淫官償命。

2009年5月10日下午6點左右，湖北省巴東縣野三關鎮的政府人員鄧貴大、黃德智、鄧中佳等人到雄風賓館休閒中心夢幻城消費，其間三位官員要求服務員鄧玉嬌提供「特殊服務」，遭鄧玉嬌拒絕，三位官員惱羞成怒之下便試圖強姦鄧；起初鄧玉嬌力求和平妥協，希望雙方各讓一步，但對方作風惡霸，繼續糾纏，其後鄧玉嬌在幾人衝突中，出於正當防衛慌亂中抓起水果刀，刺傷鄧貴大和黃德智，隨後主動將對方送醫急救，撥打110自首。其中鄧貴大搶救無效死亡。當晚鄧玉嬌被羈押在野三關派出所。隨後被關押在縣看守所，官方試圖以殺人罪判處鄧玉嬌。幸虧這事被人傳到網上，引起全世界的關注。5月20日巴東縣政法委書記、縣公安局局長楊立勇表示要依法懲治殺人者，6月5日，巴

東縣地區檢察院已經將鄧玉嬌起訴至巴東縣法院，罪名是故意傷害罪。據說這背後黑手就是湖北省政法委書記吳永文。

後來在網民的強烈關注和支持下，特別是在正義律師出面交涉後，6月14日，官方公布鄧玉嬌的精神病鑒定結果是患有「雙相心境障礙」，具有部分刑事責任能力。兩天後，巴東縣法院一審作出對鄧玉嬌免予刑事處罰的判決。當時該事件被稱為大陸網民的勝利。

巴東縣是湖北施恩土家族苗族自治州所轄的一個小縣，人口不到50萬，除了2009年名震全國的鄧玉嬌案外，2010年還發生了震驚全國的「官員日記案。」

2010年11月8日，ID為「某_書_記」的網友在網上發表名為「書記微博直播」的貼子，裡面記錄了恩施州公安局副局長譚志國從1999年到2010年的貪腐內幕，以第一人稱記錄。2011年1月，譚志國被免職。

山西省公安廳三副廳長相繼被查

2013年1月9日據中國網新聞中心消息，山西省公安廳副廳長李太平因兒子、司機等「身邊人」惹事被調換、免職。這是繼山西公安廳副廳長蘇浩、李亞力被免職後，第三位被查離職的公安廳副廳長。據悉，李太平的被調離與2012年8月其司機鄭斌駕駛一輛武警牌照汽車當街殺死一名太原市民的惡性事件有關。

根據2012年8月21日山西公安廳對外通報，8月8日零時許，鄭斌與朋友聚會用餐後，駕警車在長風大街由東向西行駛至長治路交叉路口東北角彎道處，與正在此處等候搭乘出租車的劉某某等五人發生口角並引發毆鬥。

鄭斌駕車離開後自覺吃虧，遂駕車返回，將劉某某等五人攔住，下

車後持折疊刀將劉某某捅傷。傷者劉某某經搶救無效死亡。

對於鄭斌的身分，通報稱鄭「係山西省公安廳雇傭駕駛員」，沒提他駕駛的是警車，而且他是公安廳廳長的專職司機，省公安廳並命令遮罩掉網路有關消息。案發後，死者家屬曾多方求助，最後官方將案件定性為「傷害致死」。此事件在民眾中引起極大公憤，有人公開懸賞五萬元徵集李太平貪腐線索。

蘇浩與李雙江兒子打人案相關

蘇浩1959年出生在山西朔州，部隊轉業後在山西工商局工作。1995年任朔州市公安局副局長，1999年任局長。2002年周永康擔任公安部長後，蘇浩於2003年被提拔為山西省公安廳副廳長，2007年兼任大同市公安局局長，2008年兼任太原市公安局局長。

2011年9月6日，北京一小區門口一對夫妻遭到一輛無照寶馬和一輛牌照為晉O00888的奧迪司機毆打。經核實寶馬司機15歲無駕照，係著名歌唱家李雙江之子李天一，山西牌照的車主是18歲的蘇楠。也有民間揭發，李雙江的兒子不止15歲，應該是18歲以上了。

在派出所裡，蘇楠自稱是山西省公安廳副廳長、太原市公安局局長蘇浩的兒子。9月8日，山西省公安廳官方闢謠稱，蘇浩與肇事司機沒任何關係，蘇浩本人也否認他是蘇楠的父親，但兩天後的10日，籍貫山西的媒體人李建軍在博客上發出〈太原市公安局長蘇浩先生，你有無勇氣與奧迪晉O00888蘇楠做個親子鑒定？〉直指「李雙江之子打人事件」中，參與打人的奧迪車司機蘇楠有可能係蘇浩非婚所生之子。蘇浩和妻子只有一個女兒，而且民間傳說曾有女人帶著一個男孩來找蘇浩認父親。

此事引起高層關注，李天一被判一年收容管教，蘇楠也因同樣的「尋釁滋事罪」被逮捕。除此之外，還有民眾舉報說，蘇浩還在太原利用職權敲詐了很多企業近億元鉅款。2011年11月17日，蘇浩被調離，但網路上沒有公布其現在情況。

太原市公安局局長李亞力被建議撤職

蘇浩離開後，李亞力接替蘇兼任太原市公安局局長。但不到一年時間，李亞力也因貪腐問題被撤職。

2012年10月3日後，網上不斷傳出李亞力之子李正源涉嫌醉駕毆打執法交警的消息。而李亞力縱子醉駕襲警，利用職權徇私舞弊干預現場執法，軟禁被打民警，恐嚇被打交警家屬，銷毀其子打人和醉駕罪證的視頻證據。

2012年12月6日晚，太原市全市公安幹部大會宣布中共山西省委和太原市委決定，停止李亞力的山西省公安廳副廳長兼太原市公安局局長職務，接受調查。2013年1月13日，新華網報導，山西省紀委決定給予李亞力「留黨察看一年處分」。

2012年12月21日，有媒體報導稱李亞力到任一年未滿，已經突擊提拔幹部一百多人，經常在公安分局局長、各支隊支隊長不知情的情況下，突然下派一個派出所所長或大隊長，事後人們才知道是李正源安排的，比如李正源的鐵哥們劉波等。據傳，曾是街面上小混混的「四哥」，是李亞力父子賣官的仲介之一，經其手推薦提拔重用的公安系統幹部有20多人。

有消息稱，政法委系統買官賣官現象十分嚴重，其源頭就是周永康。

被周永康從新疆調到山西的公安廳長楊司

面對山西公安廳三位副廳長家人及下屬作案時的囂張態度，為非作歹的行為方式，人們不禁要問，山西省公安廳是群匪徒惡霸窩，當時的公安廳長是誰呢？

官方報導顯示，他叫楊司，1956年出生在河北槁城縣，1976年當兵後擔任新疆石河子公安局刑警隊刑警，在王樂泉的提拔下，2006年擔任新疆建設兵團黨委政法委副書記，兵團公安局局長。2010年5月被周永康調到山西任省公安廳廳長，2012年2月後被調離公安廳，擔任檢察院黨組書記，檢察長。

當副廳長蘇浩的私生子事件被曝光後，時任省公安廳廳長的楊司在接受記者採訪時曾公開表示，蘇浩是否有私生子，這是他個人的私事，由他個人去處理。楊司的說法遭遇民眾的抨擊。《法治周末》報執行總編輯郭國松在其微博中稱：「蘇浩是公安廳副廳長，是公共官員，如果有私生子，就是違法行為，至少要被撤職、開除黨籍！」知名律師郝勁松也指出：「這絕不是個人的私事，這涉及到黨紀國法。從楊司的話語中，人們看出這位公安廳長或檢察院長，沒有基本的法制常識，沒有公務員最起碼的法制觀念，政法委系統都是這樣的人，百姓怎能不遭殃呢？」

陳增新當政法委書記 收取毒販保護費

不過在2013年新年期間倒台的政法委官員中，民憤最大的是廣東省汕尾市政法委書記陳增新。2013年1月16日，中共官媒報導說，廣東省汕尾市委常委、政法委書記陳增新已被雙開（開除公職和黨籍），

並被移送司法機關立案檢查。

據廣東紀檢監察網的通報，陳增新任職期間，利用職務上的便利，為他人牟取利益，先後多次收受他人賄賂，數額巨大；嚴重違反廉潔自律有關規定，收受禮金。陳增新的案子是在 2012 年 8 月爆發的，當時廣東紀檢監察網曾發布消息，陳增新因涉嫌嚴重違紀問題被調查，近期通報的是調查的結果。

陳增新在汕尾臭名昭著。早在 2011 年 7 月 15 日，網路上傳一封公開信〈陸豐市史上最瘋狂的市委書記〉，舉報陳增新。2011 年 7 月 22 日，又有一封網路舉報公開信〈當代和珅——陳增新〉，揭露陳增新大量賣官。

儘管民憤極大，但自 2011 年 9 月起，陳增新兼任汕尾市委政法委書記。此後，陳增新大權在握，更加有恃無恐。民眾舉報，自 2011 年底以來，在陳增新的保護下，陸豐縣甲子、甲東、甲西三鎮千家萬戶公開製毒，販毒活動肆無忌憚。後來，這三地成為製毒專業鎮，百分之五十的家庭參與製毒販毒。陳增新幾乎與每個販毒分子都有金錢關係，動輒收取上千萬的保護費。

東洲事件與烏坎事件的殺手

官方簡歷稱，陳增新 1956 年生於廣東海豐縣，1997 年任海豐縣海城鎮委書記，2000 年任汕尾市計畫生育委員會主任，2004 年任汕尾國土資源局局長，2006 年任陸豐市委書記，2011 年 9 月擔任汕尾市委政法委書記。

2005 年 12 月 6 日，汕尾市東洲鎮爆發舉世聞名的「東洲事件」就與陳增新當時擔任的國務資源局有關。由於修建電廠而徵收東洲村民土

地,但村民得到的補償非常低,村民前去上訪,當地政府動用警力,以暴力手段對付村民,導致多名村民死亡。這是1989年六四事件後中共再次朝手無寸鐵的百姓開槍的惡劣事件,受到國外媒體關注。

也許是陳增新的強硬手法獲得周永康之流的賞識,從那以後,陳增新開始升官,並擔任政法委書記。就在陳增新上任不久的2011年9月21日,汕尾陸豐再次爆發舉世聞名的「烏坎村事件」,當天,3000多民眾聚集在陸豐市政府大樓與派出所,就土地賠償問題提出抗議。

在政法委的指示下,汕尾員警與村民發生激烈打鬥,之後村民自發組織「烏坎村村民臨時代表理事會」,在12月9日起村民每天在村內村委會附近的仙翁戲台前集會示威,並在遊行通往陸豐市政府大樓前與警方爆發衝突,此後開始警民對峙局面。

12月9日,村民薛錦波等五人被刑事拘留,兩天後,官方稱薛錦波死於心臟病,但家屬發現死者明顯是被毆打致死。於是矛盾驟然升級,村民趕走了所有村官,成立自治村民會,並架設路障,阻止官方員警進入村莊,儼然成了獨立民選政權。

12與20日後,廣東省委書記汪洋下令副書記朱明國親自處理烏坎事件,才以和平方式解決了烏坎問題。2012年2月16日,官方將薛錦波遺體交還家屬並發放90萬人民幣撫恤和殮葬費,但並未提及死亡問責問題,同時將3000多畝土地歸還給烏坎村。2012年8月10日,廣東省紀委公布陳增新涉嚴重違紀正接受調查,2013年1月15日被雙開。

李旺陽與薛錦波之死 陳增新的背後是周永康

烏坎村民薛錦波(1969年4月7日至2011年12月11日)死時才42歲。他曾被村民們投票選成村代表、臨時理事會副會長,他身強力

壯，沒有任何心臟病，但在帶領村民維權運動中，被政法委祕密抓捕兩天後突然死亡，當地政府所給出的死亡原因是「心源性猝死」。

據其大女兒薛健婉表示，薛錦波「胸部破損，到處都是淤青，手都腫了，手腕淤青，有傷，大拇指明顯倒過來變形了，斷了的樣子，額頭、下巴都破皮出血，鼻孔裡也有血，都乾了，脖子整一圈都是黑色的。臉和身上其他地方顏色都不一樣，發青發紫，都是黑的，頭上腫了一個大包。背部有很多被腳踢過、踩過的傷痕，靠近肺的地方，腫了一個大包。膝蓋一直到腳腕，都是淤青、破皮、浮腫的。」薛健婉懷疑薛錦波12月9日當天就被打死了，因為11日她看到薛錦波遺體的時候，他身上已經有味道了。

不過，官方在家屬不在場的情況下對薛錦波遺體進行過兩次屍檢，一次是由汕尾公安局做的，一次是由廣州中山大學法醫鑒定中心副主任羅斌等四人做的，結論都是「沒有發現外傷，是由心臟病引起。」

半年多後「六四硬漢」李旺陽的死，人們對中山大學法醫鑑定中心羅斌等法醫的職業道德的質疑更加增強，人們發現，被打死後掛在低矮窗戶上「上吊自殺」、近乎全盲的湖南邵陽民運人士李旺陽，明顯是被害死的，但在羅斌等四人的鑑定結果依然是:「李旺陽死亡係自縊所致。」

周永康當紅權傾一時 為第二中央

《新紀元》在2012年6月21日出刊的280期封面故事中，揭示了李旺陽被殺的黑幕後面牽扯的中南海高層內鬥。當時有消息稱，胡錦濤、習近平有平反或放鬆六四的願望，而周永康為了阻止此事，故意讓人殺死了李旺陽，並故意做出偽造自殺現場的方式來激怒民眾、震懾想為六四翻案的人。結果胡錦濤到香港前的6月10日，2.5萬港人遊行抗

議。據知情人透露，涉嫌謀殺「六四」英雄李旺陽的三名主犯是：中央政法委祕書長周本順、邵陽市公安局長李曉葵、邵陽市公安局國保支隊長趙魯湘。

大陸官場的人都知道，周本順是周永康的鐵桿心腹。周本順1953年生於湖南漵浦。1975年在湖南省地質學校當老師多年後，1985年被調到湖南省委政策研究室，1994年出任湖南省邵陽市委副書記，2000年任湖南省公安廳廳長，2003年11月被周永康提拔為中央政法委副祕書長、機關黨委書記。

2012年12月4日，據財新網報導，「中央政法委祕書長周本順，日前兼任中央綜治委副主任。這是他第二次出任該職。」2008年3月，周本順曾出任中央綜治委副主任，主任是周永康。

2011年9月中央綜治委更名（即由「中央社會治安綜合治理委員會」更名為「中央社會管理綜合治理委員會」），周本順與最高人民法院院長王勝俊、最高人民檢察院檢察長曹建明、中央政法委原副祕書長陳冀平等四人，卸任中央綜治委副主任，當時七位擔任副主任的均為副國級，他們是時任政法委副書記王樂泉，時任全國人大常委會副委員長兼祕書長李建國，時任國務委員兼公安部長孟建柱，時任國務院副總理回良玉，時任中央書記處書記兼中宣部部長劉雲山，時任國務院祕書長馬凱，時任全國政協副主席錢運錄。

當時綜治委主任還是周永康，那時的周永康達到了權力最高峰，綜治委基本上囊括了所有管理部門，在全國從中央到地方各級的地方綜治委中，主任職務一般由同級黨委書記或副書記兼任；副主任則由黨委、政府主要分管領導兼任。一般情況下，同級的黨委紀委、組織、宣傳以及人大常委會、檢察、法院、公安、司法、國家安全、人事、文化、工商、民政、交通、勞動保障等有關部門主要領導擔任綜治委的委員。

那時的周永康，在掌控了超過國防軍費還多的維穩經費後，在以綜治委的名義，建立了類似「第二中央」的權力機構，胡溫的很多指令，若得不到綜治委的支援，也就只能「政令不出中南海」了。

人不治天治 政法委人心惶惶預留後路

有評論指出，自從習近平接班胡錦濤之後，短短幾個月就利用反腐扳倒了很多貪官，但仔細追查這些貪官的後台，大多與中南海的江派高層人物有關。藉反腐扳倒政敵，這是中共官場常用的手法。

很多人也指出，中共對貪官的處罰太輕了，比如山西省公安廳那幾個副廳長，如此為非作歹，只判個「留黨察看」，或「建議離職」。但也有人說，人不治，天治。最近在山西就流傳一個做了壞事遭報應的故事。山西省司法廳廳長王水成的兒子二十多歲，在美國留學，2012 年底回國探親，據說開著其母親的豐田車，帶著女朋友酒後駕車，凌晨二點左右，車撞在路上的隔離帶欄杆上身亡，其狀慘不忍睹，其女朋友至今仍昏迷不醒。

據太原一位有通陰功能的人說，她看到王水成兒子死後被帶到閻王殿審判說：「在人間因你爸爸是司法廳長，長期迫害好人，特別是修煉人，造了大業。你也受了共產黨的毒害，誹謗佛法，才遭此報應。現在把你投入水牢，等大審判的時候再定你們的罪。」

據說王水成的兒子在地獄水牢裡，被各種毒蛇毒蟲撕咬，一會兩腿就變成了兩條白骨，痛苦極了。最後他求閻王允許他給父親託夢，告訴父親他在地獄受苦的原因就是父親幹的壞事太多了，得趕緊贖罪。據說王水成死了兒子之後，一周之內瘦了很多，頭髮也白了。不過，夢醒後的王水成能否真的悔改呢？

據大陸官媒報導，因害人太多而得憂鬱症的中共政法委系統官員很多，如 2013 年 1 月 8 日，廣州市公安局副局長祁曉林上吊自殺，1 月 9 日，甘肅省武威市涼州區法院副院長張萬雄從六樓跳下身亡。

在害死李旺陽的湖南邵陽縣，2010 年 7 月 17 日，邵陽縣政法委書記鐘經求在辦公室自殺，當時鐘身上有三處刀傷，後被搶救過來。據說他的自殺與捲入該縣黃亭市鎮一黑煤礦有關。

特別是中共 18 大後，政法委書記被降格而不再入常。周永康因為政變陰謀曝光，隨時面臨被清算，政法系統因為迫害法輪功和異議人士等欠下了眾多的血債，基層維穩官員早已經人心惶惶。

習近平高談「憲政夢」更成為政法委系統官員的惡夢。2013 年 1 月 7 日習近平在全國政法工作電視電話會議上講話強調，司法公正和權益保障，全力推進平安中國、法治中國和過硬隊伍建設，停止勞教制度，這使中共政法系統的惡官酷吏驚恐萬狀。

勞教所向來是中共的「法外之地」，勞教制度則是政法委的核心與生財工具。勞教所迫害法輪功十幾年來，所有被勞教法輪功學員都被要求做苦工，而勞教所和政法委官員則賺取巨大經濟利益。

北京網友「掃地小乙」表示：東廠這幫人，一貫仗著主子和太上皇勢力，作威作福，不把皇上放在眼裡，掌管全國武裝捕快，自己都已經快搞成一支獨立軍隊了，現在主子失勢，不清理一批頑固舊臣，當今怎能收服這幫外系亂臣。

據大陸異議人士介紹，如今國保上班睡覺多，監視無精打采，而且他們對被監視者的態度比之前好很多。主要是他們吃不準上面的動向，害怕自己成為替罪羊。停止使用勞教制度更加令大陸各級政法委、公安局、司法系統內部人員感到「變天」了，人人自危，執行上面命令都三思而行，為自己留後路。

第三節

知識界要求撤銷政法委、廢除勞教制

2013年1月16日上午,就在《南方周末》事件還沒有結束時,由大陸《財經》雜誌主辦的第三屆財經法治論壇,在北京發布《中國司法改革年度報告(2012)》,並舉行第四次司法改革學術研討會,主題是「司法改革與司法獨立」,大陸在京的知名法學專家、律師,如江平、張思之、賀衛方、何兵、吳稼祥、丁補之、崔敏、張千帆、于建嶸、陳有西等在京法學界名流大多出席,並進行熱烈討論。

否定「黨大於法」要求司法獨立

之所以這個時候開研討會,外界解讀也是對習近平提出的「中國夢、憲政夢」的支持,對劉雲山之流打壓敢言媒體的抗議。

會上公布了北京理工大學法學院教授徐昕等人撰寫的《中國司法改革年度報告(2012)》,全文四萬字,總結了當今中國司法改革面臨的

困境和未來出路分析。

關於司法獨立的重要性，專家的主要觀點：

第一，司法獨立要求任何個人或組織不得干預司法。司法獨立包括職能獨立、組織獨立和法官獨立。

第二，司法獨立是司法有效運作的必要條件，實現司法公正的前提和保障。

第三，司法獨立是國際通行的法治準則。司法獨立是一切法治國家的基本準則，也為諸多國際文件明文規定。

在中共現行體制中，中共黨務部門有個「政法委」，負責全面管理公檢法司，過去二十多年中，政法委被牢牢掌握在江澤民派系手中，成為江派能另立山頭的重要依託。

大陸內部有統計說，在民眾上訪的案例中，70％以上都與政法委的錯誤有關，換句話說，正是由於政法委的知法犯法，才促使政府與民眾的矛盾如此對立，如此尖銳。

近年來，中共政法委一直由江澤民的鐵桿親信把持，在周永康的政法委主導下的公、檢、法、司「無法無天」，勾結黑社會，搜刮民脂、迫害民眾等罪行，早已是千夫所指，其中對法輪功的迫害最為令人髮指。在江澤民的「打死白打死，打死算自殺」，「名譽上搞臭、經濟上截斷、肉體上消滅」，對於法輪功學員的訴訟案「不接待、不受理、不解釋」等政策下，政法委下的「610」辦公室殘酷迫害法輪功學員，警察們有恃無恐，甚至參與活摘法輪功學員器官、牟取暴利的罪惡。法輪功明慧網已公布有名有姓的 3638 位法輪功學員被迫害致死。

廢除勞教制度是第一步

在談到具體的法治改革措施時，很多專家提出，「勞動教養制度必須即將停止使用」。他們說：「基於行政法規和部門規章的現行勞教制度明顯違憲。第一，違反《憲法》第 37 條。第二，違反《立法法》、《行政處罰法》等上位法規定。第三，違反 1998 年中國政府簽署的《公民權利和政治權利國際公約》。」

這些學者披露，實踐中，勞教制度的弊端更是暴露無遺。勞教決定權完全掌握在公安機關手中，缺乏制約導致權力肆無忌憚的濫用。勞教制度異化為「維穩」手段，上訪之路通往勞教。重慶打黑時期，勞教淪為壓制言論的工具。勞教制度缺乏基本的正當程序保障，勞教的「罪刑」極不相應。

多年來，有關部門以「勞教制度應當改革而非廢除、改革方案尚未達成共識」等藉口，拖延勞教制度的廢除。「因而我們只呼籲廢除勞教，而不談所謂改革。勞教制度必須廢除，這是原則。剝奪公民人身自由的權力交給司法機關，是世界潮流，是法治底線，是所有民眾的共識。」

專家還談到拘留所條例的頒行在立法過程遭遇公安機關的抵觸和反彈，他們認為，拘留條例對警察權的限制明顯不足，尤其缺乏問責，檢察、被拘留人親屬及大眾監督的缺位，未來「睡覺死」、「洗臉死」等非正常死亡案件仍將不斷上演。

習近平對江澤民亮殺手鐧

第四節

劉雲山左膀落馬
江派三高樂團解散

就在民間舉報拉倒 20 多名中共官員之際，中央編譯局女博士實名舉報上司衣俊卿淫亂。衣俊卿是江派筆桿子劉雲山的左膀。18 大後，習近平力圖將筆桿子和槍桿子握在自己手中，衣俊卿被解職，可謂習針對江系筆桿子所釋放的明確信號。

中共官方 2013 年 1 月 17 日宣布，據有關部門證實，中央編譯局局長衣俊卿因生活作風問題，不適合繼續在現崗位工作，已被免職，賈高建將擔任中央編譯局局長。

2012 年 1 月中旬，就在習近平王岐山利用民間舉報，拉倒 20 多官員時，中共中央編譯局女博士後常艷實名舉報上司衣俊卿，這篇以〈一朝忽覺京夢醒，半世浮沉雨打萍——衣俊卿小 n 實錄〉為題的文章長達 12 萬字，自曝其與衣有婚外情，並多次發生性關係，還在酒店開房 17 次。54 歲的衣俊卿曾任黑龍江大學校長、黑龍江省委宣傳部長，2010 年 2 月起擔任中央編譯局局長。他同時是中國現代外國哲學學會副會

長、中國俄羅斯東歐中亞學會副會長、中國辯證唯物主義研究會常務理事。用大陸媒體評論的話說，一個長期從事馬克思主義文化哲學研究的副部級高官，用他滿腹的男盜女娼，將他掛在嘴上的節操，「毀損得滿地亂滾」。

情婦透露衣和劉雲山、李長春關係密切

據悉，常艷在中央編譯局進行博士後研究，專攻恩格斯學說，曾任山西師範大學政法學院副教授。常艷用日記體的方式，事無鉅細地描述了與衣俊卿的情史，還在日記裡透露了一些政治官場資訊。

文章更舉證詳細敘述兩人情史，包括已婚的常艷為進入編譯局工作拿到北京戶口，曾多次向衣行賄數萬元，甚至以身相許，兩人先後在多間酒店開房 17 次，以及獲 100 萬元人民幣掩口費等。

2012 年 2 月 11 日，常艷記錄說：「衣老師給我講，原來是打算讓他到中宣部任副部長，但突出不出來，所以來編譯局。雖說是個副部級單位，但是一把手。」

衣還說：「差常委裡有一個給自己說話的唄！那誰誰（我不太知道那人，所以沒記住）不就是有個人說話，就起來了嘛！下一步，就看雲山誰講話的話，就好辦些。他比較了解我。」

衣俊卿還說，他給《光明日報》寫的〈在中華民族偉大復興中增強理論自覺、理論自信〉文章，他說：「這篇文章寫絕了，只寫了七、八個小時。李XX講完話後，有好幾個人想寫，但後來《光明日報》特約他寫的。說發表後，首都師範大學等學校有人給他寫信；還說李XX、劉 yunshan 等人看見了也高興，這是給他們的觀點做論證啊。」

這裡指的是宣傳主管李長春和劉雲山，兩人幾乎每月都要光顧中央

編譯局，名義上是到這裡促進馬克思主義理論研究和建設，但實際上是光顧編譯局招募御用文人。

習近平想奪回筆桿子

衣俊卿是繼四川省委副書記李春城、湖北省人大副主任吳永文被雙規後，又一副部級官高落馬。

衣俊卿還有一個鮮為人知的背景，就是在中央編譯局充當江派的筆桿子。消息稱，李長春掌控宣傳口期間，衣俊卿是李長春的右臂，劉雲山是李長春的左膀；而在劉雲山掌控宣傳口後，衣俊卿成為劉雲山的左膀。

中共18大後，李長春面臨下台，「筆桿子」成為中共各派的必爭之地。江派和李長春都試圖將印把子交給自己的心腹，習近平也力圖將筆桿子和槍桿子握在自己手中。如今習近平將江派筆桿子衣俊卿解職，明確對江系筆桿子李長春和劉雲山釋放針對中宣部的信號。

三高樂團解散 江派高官當場痛哭

2013年1月下旬，中共媒體報導江派核心人物李嵐清組建的「三高」樂團被解散。據稱李嵐清宣布此一消息時，不少高官當場痛哭起來，那時江派正高調放風江澤民觀看「三高」樂團演出。外界認為，這次官媒報導此事，這是習近平對江多次公開挑釁「習八條」的再度反擊。

2012年5月李嵐清組建了「三高」樂團，樂團包括幾十個省部級官員，除了這些高級幹部外，樂團還有高級知識分子和高級軍官，稱為「三高」。據《南京日報》21日報導，2012年12月22日晚上，該樂

團在北京國家大劇院做最後一次演出，最後宣布樂團解散時部分團員痛哭起來。

2012年5月「三高」樂團組成人員基本敲定，包括97名樂手、141名合唱團員；7月開始正式排練；8月26日進行內部演出；11月下旬，樂團分別在天津、南京、上海、北京舉行多場排練演出。12月21日、22日，在北京國家大劇院公開演出，前中共領導人江澤民、李嵐清等觀看演出。

該報導稱，參加演出的「三高」，來自16個省份和香港特別行政區以及軍隊系統。當晚最受矚目的，是小提琴手、深圳市委書記王榮獨奏法國作曲家馬斯奈的名曲《沉思》。還有中共外交部長楊潔篪、中央社會主義學院黨組書記葉小文、新華社副社長周樹春等參加了演出。

報導還稱，「三高」樂團有如曇花一現，成立才半年多就解散了。有人評論認為，這個「三高」樂團與普通藝術樂團不同，代表的是呼風喚雨的特權集團，其成員大多都是江派鎮壓法輪功「血債幫」的鐵桿高官，他們以演出的方式粉飾太平、結黨營私，特別是對外宣傳江澤民派系的實力，為江站台，是對習近平執政的叫板對抗，也是對高雅藝術的玷污，解散他們勢在必行。

樂團成員大多跟隨江派鎮壓法輪功

李嵐清如此為江澤民賣力，是因為其是江一手提拔，他的兒子李志群曾犯下十億大案，被江一筆勾銷。在1999年7月，江開始血腥鎮壓法輪功，李嵐清是中共中央處理法輪功問題領導小組組長，是第二批被「追查國際」追查的中共官員。

前中共國家宗教事務局局長葉小文追隨江公開鎮壓法輪功，多次發

表詆毀、誹謗法輪功及其創始人的言論，也是被「追查國際」追查的中共官員。

王榮也一直追隨江派鎮壓法輪功，有報導稱，王榮在主政無錫時，多次指示嚴打法輪功，多名法輪功學員被迫害致死。他在 2000 年至 2001 年任江蘇省教育廳廳長期間，聯合江蘇省「610 辦公室」，開展各種反法輪功宣傳和「校園拒絕 X 教」活動，在江澤民、羅幹製造「天安門自焚」偽案後，江蘇省教育廳召開座談會詆毀法輪功，並要求高校組織一批「有分量」的文章抹黑法輪功。

2013 年 1 月 21 日，在中共前軍頭楊白冰送別儀式的花圈排名中，江澤民首次排在七名中央政治局常委之後。外界認為，這是繼江澤民不斷干涉「習八條」以及「南周事件」之後，江在中共高層排名突然大跌，證實持續十年且不斷升級的江、胡鬥轉為江、習大戰，中共分崩在即。

有趣的是，2013 年 1 月 22 日，中共龍頭喉舌新華網轉載中國青年報的一篇名為〈央視春晚早該告別「趙本山」們〉的社評，被封為「第二央視」的香港鳳凰網當天也高調視頻轉載引申有關報導。

文中寫道：有 30 多年歷史央視春晚有一位已過氣女明星，就連刻意維持曝光率的手段都顯得異常蒼白和單調。除了趙本山，央視舞台還過於依賴宋祖英等老面孔，這是諸多硬傷之一。

這與「南周事件」1 月 13 日，新華網在首頁刊登標題為〈宋祖英囧照大全，尤其是素顏照簡直無法言語〉的一組圖片的用意相同，極為入骨地羞辱江澤民的姘婦宋祖英。

這些都標示著江派的迅速失勢和即將到來的土崩瓦解。

第五節

前高層智囊稱中國將爆發革命

三年必發生革命 第五代領導人無法阻止

2013 年 1 月中旬，香港《陽光時務》周刊創辦人、早年曾任中共高層政治智囊的陳平接受台灣媒體《新新聞》專訪時，對兩岸三地的重要議題侃侃而談，言詞犀利，毫不保留。

陳平認為「南方事件」是個偶然，是中宣部官僚奴才管理心態，想表現迎合新主子、錯判下屬反應的偶發事件，卻也是必然，因為民心思變，但中共中層官僚仍生活在主奴的狹窄文化中。「這種逆淘汰制，只會做兩頭不討好的事、兩頭惹亂，做的事都是加速中共統治的瓦解！」

在談到中國的發展趨勢時，陳平認為：「中國三年一定會發生革命，即便是中國第五代的領導人也改變不了這大趨勢！」

陳平預測，革命最終是來自於社會大規模的抗爭中，最後走向結束

一黨專制,開放報禁與黨禁。「這規模愈來愈大的抗爭,可能你們很快就看得到。」

18大後,儘管中共新任領導人上台後高調反腐、提倡「政改」,但陳平卻認為,新班子雖然說一定要改,但怎麼改,仔細一看都是空話!

他表示,原因在於:第一、受中共龐大既得利益集團的限制,這些領導人有些心裡想的說不出來;第二、他們畢竟在這官僚系統三十多年,期間所接觸、所認識的知識資訊還是既有的體制下,受到局限,這兩點導致說的是「空話」。他說,儘管中共第五代領導人不斷釋放改革的善意,但終究難以實現。

除此之外,在80年代曾參與制定對外開放等經濟改革戰略,對大陸經濟狀況知之甚深的陳平剖析:「中國大陸的經濟已走不下去!」其主因在於官僚利益集團在國民經濟中所掠奪的成分太大了。看到大陸許多地方政府樓蓋得比白宮還豪華,他對現在中共很多地方政府揮霍人民的血汗錢深感痛心。

陳平深信2014年就會表現出中共本身活不下的狀況,「到處都是財政危機,然後你指望右手拿剪刀砍掉自己的左手,怎麼可能?」所以陳平稱之為「革命」。

為習近平發聲 打擊中宣部

2013年1月10日,由陳平創辦的《陽光時務》周刊以「主編的話」〈反擊宣傳部〉聲援《南方周末》,文章說:「2013年頭的兩個黑夜和一個白天,公民所要求的不過是一句話:還我新聞自由。憲法保障的,清清白白的自由。」

陳平早年為中共政府高層政治智囊。據悉，七、八十年代時，陳平曾跟隨中共元老習仲勛（習近平之父）考察深圳特區；他也與胡耀邦、趙紫陽、萬里暢談改革構思。1989年「六四」民運發生之後，陳平離開中共中央智庫，下海做生意，因緣際會與洛克菲勒合資成立公司，並開始以併購企業為業。

陳平與習近平、胡德平（胡耀邦之子）私交甚好，其辦公室牆上至今掛著他與習近平的會面照。陳平曾向德國之聲確認習、胡會面的真實性，胡德平近年來被看成是「大力推動改革」的發言者。

習近平對江澤民亮殺手鐧

附錄一

江習鬥內幕 第一回合大事記

2012 年

2月16日,習近平訪美期間,美國報紙曝光王立軍遞交給美方的材料中,包括薄熙來、周永康密謀如何整垮習近平的政變陰謀。(詳情請見本書系之《中南海政治海嘯全程大揭祕》上、下冊)

9月初,江澤民力保薄熙來與周永康,習近平以「背痛」為由辭職,消失於公眾視線14天。各方調停妥協下,習提出諸多條件,18大才得以召開。(詳情請見本書系之《習近平元年殺機四伏》)

10月26日《紐約時報》發表溫家寶家族貪腐27億美金的消息,並有人放言,下一個攻擊目標就是胡錦濤。胡為了阻止江派「魚死網破、同歸於盡」的拚命掙扎,11月11日在政治局會上宣布不連任軍委主席,但提出條件:堅決杜絕老人干政,絕對不許江澤民干擾習近平施政。(詳情請見本書系之《胡錦濤全退布局與令計劃的復仇》)

11月15日,在延期近一小時後,中共宣布七常委名單。江派表面上占了多數,但胡錦濤布下「1,2,4」弱常委制的機制,關鍵實權部門多是團派和習家軍人馬,江派落得「印象派」結局。

12月4日，習近平就工作作風等問題提出「八項規定」，從制度上杜絕老人干政。同日，習還在現行憲法施行30周年大會上講話時，強調依靠憲法治國。

12月下旬，習近平以王岐山為清道夫，利用民間大舉反腐，薄熙來的心腹雷政富、周永康的心腹李春城、張高麗的寵臣梁道行等相繼落馬，江派恐慌。

12月22至24日，江澤民三天內四次違規露面題詞，公然挑戰習。

12月25，習近平帶令計劃走訪工商聯，26日，胡春華給鄧小平像獻花，官媒再次報導當初鄧小平對江澤民的最後通牒：「誰不改革誰下台！」26日，大陸訪民要求周永康公布財產，警察罕見地沒有阻攔。

12月26日至29日，胡錦濤訪問江蘇鹽城，秘密考察轟動中南海的高幹子弟煉法輪功遭受迫害索賠事件。

12月30日，人民網刊發〈老常委卸任後的生活〉，刊登江澤民與陳良宇合影照，同時官媒還高調報導江兇星李瑞環出書。

12月31日23時53分11秒新華網發消息稱，「習八條」升級，要求將「監督執行八項規定作為經常性工作」。

2013 年

1月1日，新華網轉發《解放軍報》元旦獻詞，軍方高調拋出「要堅決維護習主席的權威」，這是繼1992年鄧南巡後，軍隊第二次直接向江喊話。

1月2日，《南方周末》新年致詞被廣東宣傳部長庹震私自篡改，刪除了習的「憲政夢」，並出現多處嚴重錯誤。

1月4日，52名《南周》前實習生聯名寫公開信，呼籲庹震辭職並

公開道歉。4日上午九點多,《炎黃春秋》網站被突然關閉。

1月6日,胡春華連夜在省委開會,調解《南方周末》僵局。

1月7日,《環球時報》發表社評〈南方周末「致讀者」實在令人深思〉後,中宣部發出三點緊急通知:一,黨管媒體不可動搖,二,南周出版事故與庹震無關;三,此事的發展有境外敵對勢力介入,並要求各地以顯著版面轉發環時社評。

1月7日起,各地民眾聲援《南周》,很多人還聚集在廣州南周大樓前舉牌抗議。

1月7日同一天,政法委書記孟建柱在中共全國政法工作電視電話會議上突然宣布:「今年停止使用勞教制度。」習近平在此會上也全力推進「平安中國、法治中國」,再次強調「憲政夢」。

1月7日,官媒上停止勞教的消息很快被換成國家能源局原局長張國寶吹捧江澤民的文章,同一天,被《財經》雜誌副主編羅昌平實名舉報的國家能源局局長劉鐵男出席能源會議的消息也被官媒報導。劉鐵男是江派撈錢的財務主管。

1月8日,北京《新京報》、湖南《瀟湘晨報》等多家報紙抗命中宣部,拒絕刊登《環時》社評。8日晚,劉雲山下令、北京市宣傳部長親自督陣,《新京報》社長戴自更表示,寧願辭職也不願轉載。但中宣部提出,不轉載就關閉報社。最後時刻,這兩家報紙都被迫屈服,但記者稱:沒人能讓我們真的跪下。

1月8日,廢除勞教制消息傳出後,廣州市委政法委副祕書長、市公安局黨委副書記、副局長祁曉林自縊身亡,終年55歲。

1月9日,甘肅武威市涼州區法院副院長張萬雄從法院六樓窗戶縱身跳樓身亡,被降格的政法委體系內官員們對懲治非法勞教驚恐萬狀。

1月9日,中紀委召開新聞發布會,通報薄熙來、劉志軍、李春城

案的審理情況。同日，在中南海會議上，習近平批劉雲山在南周事件上「添亂」。

1月10日，《南方周末》正常出報，再提憲政夢，並抨擊勞教制。

1月13日，新華網首頁刊登「宋祖英囧照大全」，羞辱江澤民，並在社區版藉網民推薦，登出「毛澤東不修邊幅的幾張老照片」，土匪模樣的毛顛覆被毛左神化的毛形象。

附錄二
法輪大法簡介

　　法輪修煉大法是由法輪佛法大師李洪志先生創編的佛家上乘修煉大法，「是同化宇宙最高特性『真、善、忍』為根本，以宇宙最高特性為指導，按照宇宙演化原理而修煉，所以我們修的是大法大道。」李洪志大師論述法輪佛法的著作已經公開發表的有《法輪功》、《轉法輪》、《轉法輪（卷二）》、《法輪大法義解》、《法輪大法 大圓滿法》、《法輪大法 精進要旨》、《法輪大法 悉尼法會講法》、《法輪大法 美國法會講法》和《轉法輪法解》等39本，這些著作已經譯成30多種外文版，在全世界發行和傳播。

　　法輪大法直指人心，明確修煉心性是長功的關鍵，心性多高功多高。心性包括德（德是一種白色物質）和業（業是一種黑色物質）的轉化；包括忍、悟、捨，捨去常人中的各種欲望、各種執著心；還得能吃苦中之苦等，包括許多方面的東西。法輪大法還有修命的部分，這就要有動作去煉了。動作一方面是用強大的功力把功能和機制加強；另一方面在身體裡還要演化出許多生命體。在高層次上修煉要出元嬰和演化出許多術類的東西，這些東西都要通過動作去演煉。完整的一套性命雙修的修煉方法，那就既要修又要煉。修在先，煉在後。「不修心性，只煉

動作是不能長功的」「動作是圓滿的輔助手段。」

　　法輪大法是修煉一個法輪。法輪是有靈性的旋轉的高能量物質體。李洪志大師給修煉者下在小腹部位的法輪（真修者讀李大師的書，或看講法錄像，或聽講法錄音，或跟隨大法學員學煉也同樣能獲得法輪）每天24小時旋轉不停，自動幫助修煉者煉功。也就是說，修煉者雖然沒有時時在煉功，而法輪卻在不停地煉人。「這是當今在世界上傳出的所有修煉法門中唯獨能夠達到『法煉人』的修煉方法。」

　　「旋轉的法輪具有同宇宙一樣的特性，他是宇宙的縮影。佛家的法輪，道家的陰陽，十方世界的一切，無不反映在法輪裡。法輪（順時針）內旋度己，從宇宙中吸取大量能量，演化成『功』；法輪（逆時針）外旋度人，發放能量，普度眾生，糾正一切不正確狀態；在修煉者附近的人都會受益。」

　　法輪大法「圓容明慧，動作簡練，大道至簡至易。」他區別於其他任何修煉法門的獨到之處，主要有以下八點：「一、修煉法輪，不煉丹，不結丹；二、人沒有在煉功，法輪卻在煉人；三、修煉主意識，自己得功；四、既修性又修命；五、五套功法，簡單易學；六、不帶意念，不出偏，長功快；七、煉功不講地點、時間、方位，也不講收功；八、有師父法身保護，不怕外邪侵擾。」因此，法輪大法在理論上完全不同於其他傳統的修煉方法，不同於各家、各門派的煉丹學說。

　　法輪大法修煉一開始就處在很高的起點上，為有緣之士和煉功多年而不長功的人提供了一個最方便、最快、最好、也是最難得的修煉法門。「當修煉者的功力和心性達到一定層次後，實現在世間修成金剛不壞之體，達到開功開悟，整體昇華到高層次。大志者學正法，得正果，提高心性，去掉執著方為圓滿。」「珍惜吧！佛法就在你們面前。」

　　http://falundafa.org/

五份調查報告
顯示法輪功祛病健身效果

　　健康的身體是人美好生活的根本。中國大陸著名男高音歌唱家關貴敏，演唱及錄製過上千首歌曲，曾被評為全中國聽眾最喜愛的歌唱演員。1983 年，39 歲的關貴敏歌唱事業正達高峰，卻意外發現罹患乙型肝炎兼早期肝硬化。為了治病，他休養一年，四處求醫，找偏方，並嘗試各種氣功，但都未見好轉。1996 年春天，在朋友的介紹下，關貴敏開始學煉法輪功，經過一年左右，身體痊愈了。

　　李其華離休前曾歷任中共解放軍第二軍醫大學校長、總後衛生部政委、解放軍總醫院院長等職。其老伴患重病幾十年，他身為醫學專家和醫院院長，給予她最好的治療也無濟於事。但是，老伴自從煉了法輪功後很快疾病全消。李其華驚訝於法輪功強身健體的神奇效果，於 1993 年也開始煉起了法輪功，從此，他自己一身的病也不藥而癒，身體越來越好，親身經歷的這一切使李其華深有感觸：法輪功是真正的更高的科學，願人們平心靜氣的讀一讀《轉法輪》，煉一煉法輪功。

　　江忠遠曾在美國哈佛醫學院工作過，但身患世界五大絕症之一的「漸凍人」症，無藥可醫，但是參加法輪大法學習班的第一天時就全身舒暢，發生了一系列神奇的現象，如體內滾滾熱流湧動，莫名地持續流淚，一路上多次找廁所大量小便等；修煉三個月的時間，身體狀況完全恢復正常了，一度六克的血色素（不到正常男子的一半）也都正常了（而人的血細胞周期需要 120 天！），體重也從 110 多斤恢復到了 150 多斤。《波士頓環球報》記者聽說此事來採訪他，幾乎不敢相信自己的眼睛，

因為他看到汪志遠正在跑步。

在修煉法輪功的人群中，上述事例不是偶爾聽到的個別事例。1998年5月15日，當時的中國國家體育總局局長親赴法輪大法發祥地吉林省長春市考察。1998年9月國家體總抽樣調查法輪功修煉人1萬2553人，疾病痊愈和基本康復率為77.5%，加上好轉者人數20.4%，祛病健身有效率總數高達97.9%。平均每人每年節約醫藥費1700多元，每年共節約醫藥費2100多萬元。下面這幾份調查報告或許能給您一個更全面的認識。

來自北京的調查報告

調查者對北京市五個城區（西城區、崇文區、東城區、宣武區及朝陽區）部分法輪功修煉群眾的修煉效果進行了宏觀的調查。此次調查共涉及北京五個城區的200多個煉功點，採集到1萬4199名法輪功修煉者的修煉前後身心變化的對比資料，有效調查人數1萬2731例。

調查結果表明，修煉前患一種疾病的有2547人，占20%，患二種疾病的3004人，占23.6%，患三種以上疾病6341人，占49.8%，有病人數合計1萬1892人，占總調查人數的93.4%。修煉後健康狀完全康復6962人，占58.5%；基本好轉2956人，占24.9%，修煉後祛病總有效率為99.1%。

醫療費用節省情況的統計結果顯示，被調查人群每年總共可節省醫療費約4170萬元，平均每人每年節約醫療費約3270元。修煉後體質得到增強者9871人，體質改善率80.3%；其中體力精力強盛者從修煉前3.5%增加到修煉後的55.3%。修煉前精神負擔重和較重者占52.4%。修煉後1萬2287人精神得到改善，占總人數的96.5%；其中達到「樂

觀豁達」程度的有 7202 人，占 56.6％；「有較大改善」3447 人，占 27.0％；「有一定改善」1638 人，占 12.8％。

參與調查的法輪功學員中有 839 位修煉前健康無病，占總數的 6.6％，修煉後 486 人體質狀況增強，占 57.9％。修煉後精神狀況有改善者 742 人，占 88.4％。

來自武漢的調查報告

1998 年 12 月，調查者對湖北省武漢地區的法輪功修煉者進行了調查。涉及武漢三鎮的三個地區，50 餘個煉功點，被調查人數為 2005 人，調查方式是以團體普查，隨機抽樣等方式進行，調查內容分一般情況，修煉前患各種疾病的分類項，修煉後身體健康狀況的改變，修煉前後醫療費用的比較，以及三大特殊嗜好的改變。

被調查的法輪功學員遍及各個不同的年齡階段，7 歲至 85 歲；遍及不同社會階層，其中有工人、農民、幹部、科技人員等等，包括專家、學者、教授和領導幹部；來自各種不同的文化層次，其中以高中、中專、大專、大學、研究生等有文化的比例最大。

2005 名法輪功學員中修煉前患有各種疾病者為 1899 人，占 94.7％。而且大部分學員都患兩種病以上，病案總數為 3323 例，修煉後身體健康狀況明顯改善，症狀消失率為 75.15％，好轉率為 23.5％。

修煉前醫療費用有 37 人每年達到上萬元，通過煉功後，身體達到了無病狀態，因此絕大部分學員不需用藥就醫，據統計 95.51％的人都沒有使用醫療費，為國家和工作單位都節約了大量醫療費用。

2005 名學員中，修煉前吸煙 377 人，飲酒 536 人，賭博者 420 人，共計 1333 人，（其中有人具備二至三項）修煉後僅有 11 人吸煙，10

人飲酒，1人賭博共計22人占1％。

來自台灣的調查報告

2002年12月28日，台灣大學經濟系助理教授胡玉蕙發表的一項調查報告顯示：法輪功學員修煉後，一年只用一張健保卡者達72％，幾乎是修煉前的一半；法輪功對於戒除不良的生活習慣有顯著的效果，同時法輪功對心理情緒的幫助很大。

這項學術研究調查是以法輪功學員為例，針對全台法輪功學員，以部落抽樣的方式，抽出五分之一的鄉鎮市區，共回收1182的有效問卷，並以統計分析方法所做成的結論。報告中指出，法輪功對於戒除不良的生活習慣有顯著的效果。81％的戒煙率、77％的戒酒率、85％的戒賭率，還有85％完全戒除吃檳榔的習慣。

胡玉蕙指出這項研究也說明了，法輪功對心理情緒的幫助很大：對自己健康狀況滿意程度，從修煉前的24％大幅上升到78％；對自己日常活動能力的滿意度，從修煉前的36％上升到81％。此外有33％在修煉前有緊張、憂鬱等傾向，修煉後只剩下不到3％的人有此感受。

人們知道糖尿病最大的麻煩就在於許多棘手的合併症，心血管病變以及中風就是其中的兩大項，光就這兩項來說，平常有抽煙、喝酒等不良生活習慣的人，罹患率要比不抽煙、不喝酒的人高得多。世界衛生組織並且證實30％的癌症都和吸煙有關。其實有許多長年抽煙、喝酒的人，也都知道這些習慣對身體有百害而無一利，但是怎麼戒也戒不掉。拿抽煙來說，藥理學家認為，煙草中的尼古丁會刺激中樞神經，讓人上癮。心理學家則認為，吸煙是一種習慣，經由不斷練習而累積成的行為。其實不管是「上癮」還是「習慣」，煙在不知不覺中都會影響吸煙者的

情緒、思考，進而「控制」了吸煙者的生活。所以要戒煙是需要相當強的意志力的。

據了解，法輪功學員之所以能根本戒除不良生活習慣，是因為他們將這些不良習慣當成是一種修煉過程中必須去掉的執著心，所以只要是真正修煉法輪功的人，都能有一般人沒有的意志力，支持著他們徹底擺脫尼古丁、酒精等的毒害。

來自俄羅斯的調查報告

2001年4月23日至2001年6月24日，由俄聯邦內務部法醫研究室的高級法醫鑒定專家古羅奇金教授（醫學博士）和司法醫學檢查處的主任鑒定醫師──精神科醫生斯明塔尼組成的調研組對俄羅斯部分法輪功修煉者進行了調查研究，調研項目包括：修煉者的有關醫療證明文件，修煉前後的健康指數，法輪功功法內容，修煉者的日常生活。

調研組採取隨機抽樣方法，從32名法輪功學員中選取12人進行了調研。調研組的鑒定內容包括：1. 身體器官和系統的健康狀況；2. 調查對象的客觀情況和主觀意見；3. 調查對象的動態精神狀況。12名調查對象的狀況：三人40歲以下，九人40歲以上；四男八女；修煉法輪功已超過一年的兩人，超過兩年的十人。

調查對象在修煉法輪功前均患有疾病，其中三人患有胃腸疾病（潰瘍和炎症），一人內分泌失調，一人患有呼吸道疾病，八人在家庭和工作關係中有問題，精神抑鬱，易疲勞。

調研組在開始調研和結束調研時，運用牛津分析測驗理論對調查對象進行了測試，測試其對日常問題的客觀反應，觀察煉功對解決這些問題的影響。12人中，九人的測試結果是正的，八周的測試期內，測試

曲線總增長超過 100 個點。

對調查對象進行的臨床醫學檢查結果：無病訴，血和尿的化驗指標正常，經全面身體檢查無病理反應。所有調查對象的精神狀況都很正常：精神穩定，積極，反應正確，負責任，容易相處。調查對象的主觀意見：修煉法輪功使他們的身心健康得到了改善。

調研組的鑒定結論：1. 修煉法輪功的袪病健身效果為 75%；2. 對法輪功學員的醫學鑒定表明，修煉法輪功能使人的身體和精神狀況得到明顯的改善；3. 法輪功對人的身體和精神沒有任何危害，是一種可接受的保健方法。

來自北美的調查報告

受中國大陸 1999 年 7 月前的健康調查結果的啟發，幾位北美法輪功學員在北美做了小規模的法輪功修煉健康調查。調查者將調查表發給部分在美國和加拿大的法輪功學員，共收回 235 份答卷，其中 202 份來自美國，32 份來自加拿大，還有一份未註明所在國家。參與調查者中有 18 例在修煉前有吸煙習慣，修煉後全部都戒了煙。從吸煙到完全戒掉所使用的平均時間為 4.58 天（標準誤差值為 9.72 天）。103 例在修煉前有飲酒習慣，100 例修煉後戒了酒，兩例每周飲酒不超過三杯，一例未填答案。

調查者中 230 人交回的反饋中有修煉前健康狀況的完整資料，226 人交回的反饋中有修煉後健康狀況的完整資料。從兩份完整資料中可以明顯看出，224 位反饋者在修煉後，健康狀況得到極大的改善，占 97% 以上。並且可以從調查結果中可以看出，煉功時間越長，健康狀況改善越明顯。

現代醫學認為，人的疾病是由社會因素、環境因素及生物因素三方面造成的；這三方面因素在很大程度上是通過精神作用對身體造成影響的，從而導致疾病和不健康狀態。由此可見，精神因素在人的健康方面起著至關重要的作用。法輪功修煉的一個突出的特點是要求修煉者把提高思想境界放在首位，要求修煉者在工作、生活中嚴格按照「真、善、忍」為準則，從提高人的思想品德上真正改善人的精神狀態，從而使身體達到理想的健康狀態。修心加上煉功，這對修煉者身心健康的改善和增強是顯而易見的。不僅如此，修煉法輪功還可以使人戒除不良嗜好，改善人際關係，從而產生良好的綜合社會效益。

除了上述袪病健身方面的神奇事例外，法輪功主要強調道德，使人變得誠實、善良、寬容、平和；還揭示出了人體、生命和宇宙的奧祕，為真正想要往高層次上修煉的人指明了一條光明大道。法輪功教人遇事向內找，先考慮別人，先他後我，與人為善。

中國國家體育總局在調查報告的結尾中寫道：「法輪大法修煉人群出現的這一特異現象，說明了法輪大法有著十分超常的功效。總之，法輪大法修煉人群中的這些奇特的現象與事例，已遠遠地超出了現代醫學所能認識的範疇，法輪大法這一超常的科學現象值得我們醫學界和科學界的深思和探討，這對於提高全人類的健康水平和文明進步有著十分積極的意義，也為科學的進一步發展提供了一個全新的方向。」

附錄三

突破網路封鎖的方法

自由門：

使用海外免費信箱，給 freeget.one@gmail.com，或 freeget.two@gmail.com，發一封信，信的標題隨便取，但不能空白。一般海外免費信箱可到下面網站申請：https://gmail.google.com，http://mail.sfilc.com（台灣中文），http://www.themail.com，http://www.aol.com，http://mail.asiaco.com 等。收到回信後，下載安裝自由門，這是最簡單的方法。

雅虎通：

如果您在使用雅虎通，給 dynet_001@yahoo.com 發一個即時短信，很快就會收到一個動態 IP。訪問這個 IP，就能看到國外信息。

MSN 即時通訊：

如果您正在使用 MSN 免費即時消息服務，給 yugu797@hotmail.com 發一個短信，很快就會收到一個 IP。

Skype：

要從官方網站 http://download.skype.com/SkypeSetupFull.exe 下載 skype，在「Skype 用戶名」框中輸入「dongtaiwang.com」，把「動態網的 Skype 版」「添加」為聯繫人，給他發個信息。

希望之聲國際廣播電台：

其短波覆蓋東北、華北、華東、華中和華南的大部分地區。如早上 6:00 至 7:00，7105 千赫、9635 千赫，晚間 10:00 至 12:00，9450 千赫等。

附錄

中國大變動系列 **007**

習近平對江澤民亮殺手鐧
——中央高層有兩個聲音

作者：新紀元編輯部。**執行編輯**：王淨文／張淑華／黃采文。**美術編輯**：羅靜芬。**封面設計**：R-one。**出版**：博大出版社／新紀元周刊出版社有限公司。**電話**：886-2-2268-9688（台灣）852-2730-2380（香港）**傳真**：886-2-2268-9610（台灣）／852-2730-2580（香港）。**Email**：mag_service@epochtimes.com。**網址**：www.epochweekly.com。**香港發行**：田園書屋。**地址**：九龍旺角西洋菜街56號2樓。**電話**：852-2394-8863。**台灣發行**：高見文化行銷股份有限公司。**地址**：新北市樹林區佳園路二段70-1號。**電話**：886-2-2668-9005。**規格**：21cm×14.8cm。**國際書號**：ISBN978-988-18080-9-7。**定價**：HK\$128／NT\$450。**出版日期**：2013年2月。**初版二刷**：2013年7月。**初版三刷**：2013年11月。

新紀元 NEW EPOCH WEEKLY

9498844R00219

Printed in Great Britain
by Amazon.co.uk, Ltd.,
Marston Gate.